彗星図書館

BIBLIOTHECA
FINES

Hiroko Minagawa

皆川博子

講談社

彗星図書館
目次

BIBLIOTHECA FINES

Hiroko Minagawa

この彗星図書館には、皆川博子館長が
蒐集《しゅうしゅう》してきた名作・稀覯本《きこうぼん》が
辺境図書館に続いて収められている。
貸出は不可。
読みたければ、世界をくまなく歩き、
発見されたし。運良く手に入れられたら、
未知の歓びを得られるだろう。

彗星図書館　司書

装画　伊豫田晃一
装幀　柳川貴代

彗星図書館

BIBLIOTHECA
FINES

Hiroko Minagawa

026

『夢魔のレシピ　眠れぬ夜のための断片集』と
レメディオス・バロ

用意する材料は、〈強力な根　1キロ〉というのがそもそも奇妙ですが、続いては〈雌鶏　3羽、にんにく　1株、蜂蜜　4キロ〉……4キロ？　まあ、いいとしましょう。それに〈鏡　1つ〉。え？〈子牛のレバー　2個〉穏当です。〈レンガ　1個、洗濯挟み　2個〉不穏です。〈芯入りコルセット　1着、付け髭　2個、好みの帽子　数個〉何ができあがるんだ。

〈まず鶏の羽根をむしり、それを大事にとって置きます。次に2リットルの蒸溜水か塩を入れない雨水に、皮をとって砕いたにんにく1株を入れて火にかけます。（略）ベッドを北西から南東に設置し、窓を開けてベッドをそのまま寝かせて下さい。（以下全文略）〉

特異な画風の画家レメディオス・バロは、〈一九〇八年スペインのカタロニアに、兄弟の間の一人娘に生まれた。〉と訳者野中雅代《のなかまさよ》氏が記しておられます。

奇妙なレシピが載っている『夢魔のレシピ』（邦訳一九九九年刊）は、書店でタイトルと装画に惹《ひ》かれ入手しました。

画集ではなく、バロ自身の綴《つづ》ったフラグメントを集めたものですが、三章のタイトルが「イメージの実験室――バロ自身によるバロ展」で、三十点の絵が載っており、ハンス・ベルメールに初めて出会ったときのように惹かれました。何十年前になるか、新潮社の新刊紹介の紙（新刊書に挟んである二つ折りの薄っぺらな）に素描の小さいカットが添えられていました。十二、三の痩せた少女がシャツを脱ぐように上半身の皮膚を脱ぎ捨てようとしている。それがベルメールとの初対面でした。やがてベルメールの作品集が刊行され、ベルメールの影響を受けた吉《よし》田《だ》良一《りょういち》（後に良《りょう》と改名）氏の人形写真集『星体遊戯』（一九八七年刊）と出会って心《こころ》摑《つか》まれ――このうちの二葉を拙作の装画に使わせていただいて――という追憶はさておき。

バロの絵は、ベルメールとは全く傾向が異なります。その奇想から強《し》いて連想するのはヒエロニムス・ボス。背景はカイ・ニールセンのように装飾的、様式的です。人物は、どれもほぼ無表情でしばしば鳥のような目玉を持ち、躰《からだ》も四肢も鳥の脚のように細く、黙々と錬金術師あるいは占星術師めいた奇妙な作業をしています。不気味であるとともに、童話の挿絵のようなファンタスティックな雰囲気をも漂わせる独特な絵です。バロのまとまった画集は日本では出版されていないと思います——私が知らないだけで、刊行されているのかもしれませんが——。海外で出版されたものを古書店や美術書専門店をあさって入手することを思いつかず、ネットで探す方法についても無知でした。

これを書いている今、箱からはみ出して山をなした本が突然崩れ落ち、下積みになっていた一書が出現しました。カトリーヌ・ガルシア『レメディオス・バロ——絵画のエクリチュール・フェミニン』。バロの独自性について精緻《せいち》に研究分析した書です。この箱には、『辺境図書館』と『彗星図書館』用の書物をまとめているのですが、気づかないうちに勝手に増殖し、螺旋状《らせんじょう》に伸びることで辛《かろ》うじてバランスを保ち、必要な本を取り出すのに難儀しています。ガルシアのこれは自発的にあらわれてくれました。三年前、たまたま書店で見かけ入手したのでした。

〈バロの絵画は（略）つねにマージナルである。（略）画家としての形成期がヨーロッパとメキシコの間にまたがるという状況によって、創作時期がちょうど古い芸術と新しい芸術の転換期にあたることによって、古典主義、神秘主義、シュルレアリスムから受けた多彩な影響によって、そうなのだ。そしてまた絵画言語《ランガージュ・ピクチュラル》においても、バロは東方のイコン、ヒエロニムス・ボスの想像力、フラ・アンジェリコの宗教画、ブルトンの夢幻世界、マックス・エルンストの偶発的なタンポン技法などから多様な遺産を受け継ぎつつ、特異な表現を生みだしたのである。〉ボスを連想したのも当然なのでした。

〈それぞれの絵は、もうひとつの現実《レアリテ》が組み立てられる空間であり、画家の心象風景が描かれる空間なのである。

　この空間は見慣れたものと奇妙なものからなり、その内部ではバロの想像世界を反映するさまざまなモチーフが形作られる。（略）天体、鳥、糸を紡ぐ女、錬金術師、人間と生き物の異種混淆、神話的モチーフ……など。〉

　ガルシアがあらわれたのと入れ違いに、机上に置いてあったはずの『夢魔のレシピ』

が消えてしまった。巻末におかれた訳者野中雅代氏のバロ論「メキシコの魔法の庭」によれば、バロは〈幼い頃から神秘に対する感受性をもっていた。また厳格なカトリック教育を受けて育ちながら、内部にそれに反抗する生命力と情熱を抱いていた。〉入れ替わりは超常現象でも神秘的な力が働いたのでもなく、私がそそっかしくて、『夢魔のレシピ』を崩れた本の山の中に落としてしまっただけでしたが、一瞬、奇妙な錯覚を持ちました。

バロの絵はダークだけれどエドワード・ゴーリーのようにユーモラスでもあって、「ロコモシオン・カピラール（毛力移動）」と題する絵は、四人の男と娘が一人描かれています。三人の男たちは立ったまま宙に浮いているのですが、それを支えるのは彼らの身長より長く伸び先端が床に達し丸まった顎髭《あごひげ》です。娘が浮いているのは、もう一人の男が長い顎髭で彼女を巻き取り誘拐しようとしているからで、バロが付したコメントに曰く〈哀れな娘は驚いています。〉あまり驚いている顔には見えません。他の絵の人物と同様、無表情です。

「鳥の創造」というタイトルの絵があります。梟《ふくろう》と一体化した人物が右手で描く鳥は、左手に持った三角のプリズムを通して導き入れられる窓外の星の光の秘儀的な作用を受け、浮き上がり、飛び立ちます。用いる絵の具は、二つの卵形の器を用いた蒸留器のような器具で作られ、細い管を通してパレットに注がれています。卵形の頂点からのびた細管は、背後の窓から星屑を取り入れているらしい。人物の首にペンダントのようにかけられた小さいヴァイオリンは弦が通常より少ない三本。丸い穴があり、そこから伸びた細い糸が絵筆の先端につながっています。小道具の一つ一つが意味ありげです。

手元に、バロの作品を装画に用いた書物が五冊あり、そのうち三冊までが装画にこの「鳥の創造」を使っています。前記『夢魔のレシピ』『レメディオス……』と、西崎憲氏《にしざきけん》が編訳された『短篇小説日和　英国異色傑作選』。あとの二冊は、同じく西崎憲氏編訳の『怪奇小説日和　黄金時代傑作選』と、トンマーゾ・ランドルフィの『月ノ石』。『短篇小説日和』と『怪奇小説日和』は手に取りやすい文庫版です。

西崎憲氏は、選《よ》りすぐりの作を翻訳編纂《へんさん》される翻訳家・アンソロジストであるとともに、『世界の果ての庭』――複数の系列のフラグメントから成る興味深い作――で日本ファンタジーノベル大賞を受賞された小説家であり、文学ムック『たべるのがおそい』

（先鋭的な作家たちの書き下ろし小説などを収めた文学誌）を企画編集され、同誌第一号には今村夏子《いまむらなつこ》さん――『こちらあみ子』で注目された――の「あひる」が掲載され……と、書いているうちに話がどんどんずれるので、元に戻します。

『怪奇小説日和』に使われた「偶然の一致」は、部分図なので全体はわからないのですが、石畳らしい道を、くすんだ緑色の布を頭から全身にゆったりまとった人物が、右手に杖、刃物らしいものを左手に、何だか不安げな歩き方で、巡礼者に似ているけれど、黒いズボンを穿《は》いた細い脚の一方が腿の付け根近くまで露わです。道に沿った壁には、フレスコ画みたいな壁画が描かれ、ほとんど色褪《いろあ》せているのですが、その人物によく似た姿が亡霊のように壁面に浮き出しています。実体も亡霊めいた絵も、顔は布が作る陰の中で青暗く、顔の代わりに闇があると錯覚しそうです。怪奇短編集の装画にまことにふさわしい。

トンマーゾ・ランドルフィ『月ノ石』の装画に用いられた「星粥」は、胸のわずかな曲線と小さい机の下からのぞくのがスカートからのびた脚であることを見逃したら少年と錯覚しそうな少女が、鳥籠に入れた三日月《みかづき》の口もとに匙《さじ》で粥をはこび食べさせています。天空から細いパイプで豆挽き器に導き入れた星を、挽きつぶして作った粥です。
カトリーヌ・ガルシアによると、〈人間に依存し養われる天体というイマージュは（略）古代メキシコ文明の、人間と神との関係についての考え方を想起させる。たとえば、アステカ人にとって人身供養の目的の一つは、太陽神を人間の血で養うことにあった。〉
一九三九年に刊行された『月ノ石』（邦訳は二〇〇四年刊）は、牧歌的な日常的な風景から始まります。都会の若者が、田舎の旧家である叔父の家に遊びに行く。何の変哲もない台所の光景なのですが、そこに一人の娘が訪れてきます。顔見知りとみえ、叔父一家は娘を歓迎しますが、若者は、見てしまいます。〈細い足首と優雅な足の代わりにスカートからのぞいていたのは、先の割れた山羊のひづめだったのである。〉叔父の一家は誰も、この異形《いぎょう》に気づいていないようです。ファウストが馬の足を持ったメフィストフェレスの案内でヴァルプルギスの魔女の宴を訪れるように、若者は美しい山羊娘に不思議な場所に連れて行かれ、数人の山賊がいるところにも伴われます。山賊たちは死人なのでした。人に悪さをすることのない死人たちです。〈母たち〉とも会います。

〈母たち〉という言葉の意味は説き明かされていません。月の光の中で若者はイニシエイションを受けるような時を過ごします。

バロの「星粥」は、この愛らしく不思議な物語のために描かれたと思えるほどです。「星粥」を装画に選び、絵の上下に暗緑色を含んだ細い帯状の黒、右の縁に沿って乳白色の部分を配した装丁家を讃えるべきでしょう。この白い部分がなかったら、「星粥」は装画として生きなかっただろうと思います。

鳥籠に捕らえられた三日月、それを星粥で養う少女。本来なら、少女に影響を与える強い存在であるべき月が、人間に屈服しているのか。しかし、バロの描く少女は、地上の普通の人間とは違った存在であるようにも思えます。

向かい合った三日月の内側のラインと少女のふくらんだ髪、左腕の湾曲したライン、テーブルの斜めの線をつなげると円形が浮かびます。月と少女が一つの天体の一部である、あるいは天体を構成している、というふうにも見えるのです。

絵を楽しむのに深読みは不要かもしれませんが、見る者はその意味するところを探りたくなります。『レメディオス……』のガルシアもその訳者湯原《ゆはら》かの子氏も、『夢魔のレシピ』の訳者野中雅代氏も、謎に満ちた絵をそれぞれ詳細に分析し解説しておられます。

スペインで内乱が起きた時期、バロはパリにわたり、シュルレアリストたちと交友を深め、影響を受けます。一九四一年、WWⅡで混乱するパリからメキシコに亡命し、戦後もそのままメキシコにとどまり、独特の作品を発表するようになります。

カトリーヌ・ガルシアは、バロの作品を〈シュルレアリストたちの試みにもまして、神話が生まれる無意識の領域を探求している。（略）バロは画布のうえに神話的空間を構築する。〉と記しています。一九〇八年生まれのバロが生きたのは、圧倒的に男性優位であり女性への抑圧が強かった時代です。それをはねのけようとする潮流も兆します。男性芸術家や作家によって描かれる存在であった女性が、〈とりわけ造形芸術の分野において、表現者として頭角を現していくのである。〉

バロの『夢魔のレシピ』、評伝『レメディオス・バロ――絵画のエクリチュール・フェミニン』、そうしてバロの絵を装画に用いた『月ノ石』。三冊のハードカバーの書物を改めて見て、『月ノ石』の作者をのぞき、著者も訳者も、すべて女性であることに気づきました。『月ノ石』は、訳者と装丁家が女性です。偶然ですし、ジェンダーに言及するのは今では意味のないことでしょうけれど、男尊女卑を強要される時代に生まれ育った私には、感慨深いものがありました。

女性であるがために才能の十全な発揮に困難をおぼえたカミーユ・クローデル(一八六四年生まれ、一九四三年没)を思い重ねます。ガルシアの『レメディオス……』の訳者湯原かの子氏は、カミーユ・クローデルの評伝も著しておられます。偉大なる師ロダンに愛され、師の男性としての身勝手な力に圧され、搔爬《そうは》の処置を受けねばならず、渾身《こんしん》の作品は師の模倣と言われ、精神をおかされ、三十年にわたる後半生を精神病院の一室で過ごした女性彫刻家。劇作家であり詩人であったポール・クローデル(外交官として駐日もしています)の姉です。ちなみに、拙作《せつさく》「睡蓮」は、この評伝に発想の元を得ています。カミーユ・クローデルの生涯は、イザベル・アジャーニ主演で映画化もされました。

昭和一桁生まれのすぐれた創作者である矢川澄子《やがわすみこ》さんが男性優位の壁に苦しまれたこと、これも昭和一桁生まれの小泉喜美子《こいずみきみこ》さんが、結婚した相手に小説を書くなと言い渡されていたことなどが、否応《いやおう》なしに思い浮かびます。禁を破って傑作ミステリ『弁護側の証人』を書き、離婚。その後も、『血の季節』など洗練されたミステリを著しながら、深夜酔っ払って電話をかけてきて、あたいはあいつが好きなんだよ、と泣いていた喜美子さんの声を思い出してしまう。下町っ子の小泉喜美子さんは、酔っ払うと「あたい」になるのでした。今は、小説を書き発表するのにジェンダーのハンディキャップはなくなったと思いますが。

冒頭のレシピは、雑誌や新聞の女性向け記事「お肌を色白にする方法」「胸の形を保つ方法」などの皮肉なパロディでありました。

027

『深い穴に落ちてしまった』とイバン・レピラ

入り口は狭く、底は広い、がらんどうのピラミッド状——日本人がイメージしやすい言葉で言えば、擂《す》り鉢《ばち》を逆さにした形——の穴。

そこに落ち込んでいる兄と弟。

〈深さはおよそ七メートル。でこぼこの湿った土壁には、木の根が混じってみえる。〉

地下水がにじみだし、地べたには水たまりができ、絶えず流れる風のせいで木の根は揺れて回転し、〈まるで森がじわりじわりと世界を動かしているような〉穴の底です。

なぜ、落ちたのか。だれかが投げ込んだのか。

説明はない。

イヨネスコやベケットの不条理演劇を思わせる状況です。愛らしい童話のようなスタイルですが、内容は恐ろしい。単純な文章で恐ろしい世界を描く点では、アゴタ・クリストフの『悪童日記』をも連想します。「恐ろしい」の意味は、いわゆるホラーの怖さとは異なります。ホラーの多くは、健全で正常な——とされる——日常が異常に侵されることが恐怖となっています。異常が取り払われれば、正常——あるいは凡庸《ぼんよう》——に戻ります。

『悪童日記』も『深い穴に落ちてしまった』も、拠《よ》って立つべき「正常」がない。絶対的な安全を保証するもの、確固とした「正しさ」が、最初から失われている。そういう世界で子供たちは生きねばならない。

とにかく穴から脱出しなくては。二人はあらん限りの知恵を絞り力を尽くします。体が大きく力のある兄は、泥土を集め壁に階段を作ったけれど、足をかけるたびに崩れてしまう。小さい弟を肩に担《かつ》ぎ上げてみたけれど、届かない。兄の発案で、両手を強く握り合い、大きい兄が小さい弟をぶん回して投げ上げる。弟は〈彗星が地球から太陽へ駆け抜けるようにして〉飛び出していったものの、壁に激突し、墜落《ついらく》します。耐えがたい空腹。彼らは袋を持っています。その中にはパンと乾燥トマト、イチジク、チーズも入っているのに、母さんに渡す食いものだから、絶対、手をつけてはいけない、と兄は言い渡します。兄弟が必死に探して食べるのは、アリやカタツムリ、小さいイモムシ、やわらかい木の根、幼虫。飲むのは泥水。

〈ふたりは最初のように、相手の目のなかに自分を探そうとしなくなった。生き抜くことがいちばん大切な状況に置かれれば、情愛の伝達は不要になる。愛は沈黙を誓い合ったかのような、老いたワニに似たもの、爬虫類じみた荒削りのものになってしまう。

「ねえ、ボクのこと好き?」弟が訊く。

「そのうちに雨になる」兄は言う。〉

〈兄のこめかみにはひっそりした怒りが集積し、一瞬、弟を絞め殺してやりたい衝動にかられる。首に手をかけて眼球がとび出すまでぐいぐい締めつけ、ゼラチン状の白っぽい目玉をキャラメルみたいに吸って、しょっぱい水分を飲みほしてやりたいと思う。

「オレに質問をするのはやめろ」

「なんにも言ってないよ」

「話しかけるのもやめろ」〉

23

〈自分は穴でなく、すり鉢のなかにいることに弟は気づく。兄は種がいっぱいに詰まった果物だった。オリーブの実から油を絞りだすようにして、すりつぶして油を取り出せばいいんだ。〉

弟は病み衰え、兄は体力をつけるため運動します。

〈弟は何日も死の淵をさまよい、兄はその命を支えつづけた。まるでふたりでゲームをしているかのように。

兄はなかでも特別大きな虫やまるまる太ったイモムシ、甘い木の根を食べさせ、自分のシャツで泥水を漉《こ》して、きれいな水を飲ませてやった。〉

家に帰ったら食べる料理を、兄は弟に話します。〈シナモン、レモンピール、ココアパウダーとサワーソップのシロップで味つけしたライス・プディング。（略）ジャガイモの皮の剝きかた、玉ねぎを焦がさずにこんがり炒めるための切りかた、鶏肉やビーフのちょうどいい焼き加減〉を詳しく教えてやります。まったく私的なことなのですが、戦争末期、空襲を逃れた疎開先で、読む本が何もない。印刷物がない。活字がない。祖母が持参していた古い婦人雑誌の付録、料理法が挿絵《さしえ》つきで載っているのを、何度も読んでいました。甘い食べ物が何もない日々、イチゴジャムの作り方を読んでいたっけな。拙作《せっさく》『倒立する塔の殺人』に、家は焼《しょう》夷弾《いだん》で焼かれ、防空壕の中で暮らす姉が妹にご馳走《ちそう》の絵を描いてやる場面があります。飢えた兄弟に、それらを思い重ねてしまいました。

兄は思いつくままにいろいろな話を弟に聞かせますが、〈想像力が尽きて話がつまらなくなってくると、ほんとうのことも話した。

「ときどき、オレたちは本当の兄弟じゃないと思うことがある」〉

こういう深読みしたくなるフレーズがところどころにあります。

〈弟はどうでもいいようなことを訊いてくる。

「ボクたちはどうしてここにいるんだろう」

「これは現実の世界なのかな」

「ボクたちって、ほんとうに子供なの？」

兄は返事をかえさない。〉

兄は弟に〈人の殺しかた〉を教えます。

必要なのは、まず、怒り。〈怒りがなければ、人を殺すための意義が見つけられないからな。そうじゃない人たちもいる。想像もできないような暴力が渦まく環境で育ち、おまえの知らない洞窟の陰からこっちを見ているような種類の人間が。そいつらは、生きることそのものが穴のなかにいるのと変わらない。そんな連中は、殺すことはできない。そうしようとすれば、こっちが殺される。オレたちはそういう人間じゃないから、怒りが必要なんだ。〉

栄養失調で痩せこけた弟は想像、夢想、奇想、幻想の中を浮遊するようになります。

〈「きみはだれ?」弟は訊く。

「わかってるだろ」弟が答える。〉

あれこれと、〈文化活動〉と称するものを弟は編《あ》み出します。乾いた木の根で自分の骨を叩く〈ホネホネ植物音楽〉の演奏など。

〈「人間を檻のなかに閉じ込めて、それからね」弟は説明する。

(略)想像してみて。そこら中のカフェ、本屋、教会、病院、それになんたって学校、どこもかしこも天井から檻がぶら下がっていて、そのどれかには、反抗的な、このまま

では終わらないと思ってる人が入ってる。（略）
　ねえ、想像してみて。
　ボクに檻を開ける鍵が作れたらね。檻のなかの人たちを隠しておくことに世界が慣れっこになるまで何年も待つんだ。〉そうしてその状態があたりまえだとみんなが思うようになったら、〈そのときに檻の鍵を開けるんだ。〉
　最後のほんの数ページで、恐ろしい事実が明らかになります。兄弟はなぜ、穴のなかにいたのか。母さんに渡す食べ物の袋の持つ意味。最後にその袋が果たす役目。兄が弟に教える〈人の殺しかた〉は、この部分と照応します。
　訳者白川貴子《しらかわたかこ》氏のあとがきによると、スペインの経済情勢は深刻な危機にあり、原著が刊行された二〇一三年、失業率は過去最高の二六％、二十五歳未満の若者の二人に一人が失業という事態だそうです。本作の閉鎖状況に、スペイン社会の閉塞的な状況が投影されていることに、訳者は言及しておられます。
「穴の底」は、少数の富裕な権力者を頂点とするピラミッド状の社会の最底辺にいることを暗示しているとも思えます。

本作で子供たちに与えられた不条理は「戦争」と直接の関わりはないのですが、内戦の悲惨な影はこの国に長く伸びています。

無力な子供と圧倒的な不条理、という点においても、『悪童日記』と重なります。子供が耐え、生き延びる辛さは変わらない。

「子供と戦争」――その不条理と残酷さ――を主題とした作品のなかで、『悪童日記』は文学としての質において傑出していると思います。一九九一年、早川《はやかわ》書房から邦訳が出たとき、ずいぶん話題になりました。表現が独特だった。私も魅了され、今なお鍾《しよう》愛《あい》している一人です。文庫は版を重ね、最近映画化もされ、新しい読者を増やしています。

『辺境図書館』『彗星図書館』では、広く知られた作には敢えて触れず、素晴らしいけれど忘れられがちな古い作、あるいはおびただしい出版物の中に埋もれがちな作を選ぶのをコンセプトにしていますので、『悪童日記』には深く踏み込まず、同じく戦争と子供をモチーフにしたイエールジ・コジンスキーの『異端の鳥』について少し筆をさきます。

『悪童日記』と『異端の鳥』には幾つかの共通点があります。どちらも、無力な子供が戦争というとほうもなく大きな不条理のなかで生きざるを得ない状況。定着していた場所から他の場所への、自分の意志にはかかわりない移動。

『悪童日記』の作者アゴタ・クリストフは、ハンガリー動乱に際し西側に亡命、スイスに居住し、母語ではないフランス語で本作をはじめ、創作を発表します。『異端の鳥』のコジンスキーはポーランド生まれで、第二次大戦後アメリカに亡命し、猛勉強して英語を身につけ、創作活動に入ります。

ハンガリーもポーランドもＷＷⅡにおいてはドイツの支配下にあり、終戦後はソ連の衛星国となったのでした。

『異端の鳥』の六歳の少年は、戦火を逃れるために両親と別れ東ヨーロッパの大きな町から地方に疎開したものの、そこの養《やしな》い親が死に、一人、村から村へさまようことになります。その地方の住人は皆金髪で青か茶色の眼をしており、黒い髪に黒い眼の少年はジプシーかユダヤ人と見なされます。ジプシーもユダヤ人も収容所入りの対象で、匿《かくま》った者は処罰されます。貧しい村は、ドイツ軍とパルチザンの双方に収穫の大部分を差し出さねばならず、いっそう貧困は深まっています。残虐と疎外の中で、子供は声を失い、唖者《あしゃ》と周囲から見なされます。子供の目に映る迷信に満ちた周囲の様子は、細密にリアルに描くほど、シュールレアリスティックな詩になります。後年、合作だとか盗作だとか悪評をたてられ、コジンスキーは自殺しています。何が真実か私にはわかりようもないのですが、『異端の鳥』が幻想美と残虐美が溶けあった魅力――ことに前半において――を持った作であることは変わりません。後半はこの魅力が失《う》せていると感じますが。『悪童日記』は鋭い鑿《のみ》の一刀彫りのように、最後まで緩みがない。むしろ最後に向かうほど鋭さが増しています。

『深い穴に……』に話を戻します。作者については、訳者あとがきにある一九七八年生まれのスペインの新進作家、本作が二作目、ということしかわかりません。

童話のようで実は恐ろしい寓意《ぐうい》や暗喩《あんゆ》を含む本作にふさわしい装画は、未読の者を深い穴に誘い込む魅力があります。穴の底から強引に外に出て、冒頭にならぶ二つのエピグラフを読みなおし、その示唆《しさ》するところと本文の暗示との合致に慄然《りつぜん》としたのでした。

028 『黄色い雨』とフリオ・リャマサーレス

読み終えたとき、深い沈黙の外に出て行きたくないと、私は思うでしょう。

独特のスタイルを、『黄色い雨』はとっています。

〈けれども、ある朝目を覚ますと、あたりは深い静寂に包まれていた。あの風もまた村を捨てて出て行ったのだ。私たちはこの部屋の窓から、強風が残していった爪痕を眺めた。スレートと木材はひき剝がされ、支柱は倒れ、木の枝は折れ、畝と種を蒔いた畑は荒れ果て、壁が壊れていた。〉

31

普通パラグラフの冒頭は一字下げますが、本作は逆に一字上げています。次に改行するとき一行あけ、また冒頭を一字上げて、次のパラグラフが始まります。
別のページから、少し長く引用します。

〈あの年はいつになく時間がゆっくり過ぎていった。というか、あの最初の年以降、毎年時間の流れが遅くなり、日々の暮らしはますます単調で退屈になって、何もする気になれず、鬱々として楽しまなかった。時間が突然凍りついてしまったのだ。
（略）

あの年以降、私は峠に足を向けなかった。ベスコースが亡くなると、彼の息子たちは羊を売り払った。おかげで、アイニェーリェ村周辺の羊飼いの小屋や荒地は疫病に見舞われたように荒廃した。（略）

いつの間にかそういう暮らしに慣れてしまった。というか、ほかにしようがなかった

のだ。しかし、暖かい季節の訪れとともに、突然言いようのない孤独感に襲われ、最初はそれを乗り越えるのに苦労した。〉

パラグラフの一つごとが、真珠を並べた小函《こばこ》であるような印象を私は持つのです。真珠の石言葉は健康とか富とか。否。この小函に並ぶのは、深い哀しみと深い孤独をその意味とする〈私がかってにそう意味づけた〉灰色のバロック真珠です。……という譬喩《ひゆ》は感傷的すぎます。哀しみと孤独を描きながら、詠嘆や感傷からは遠い文章です。

この作に流れる時間は、「過ぎた時」と「今より先の時」です。「今」より先に起きるであろうことを、〈私〉は未来形で語ります。読者が本書を開いてまず読むのは、この未来形の部分です。

〈彼らがソブレプエルトの峠《とうげ》に着く頃には、おそらく日が暮れはじめているだろう。黒い影が波のように押し寄せて山々を覆って行くと、血のように赤く濁って崩れかけた太陽がハリエニシダや廃屋と瓦礫《がれき》の山に力なくしがみつくだろう。（略）

33

前方遠くに山の斜面が広がっている。そこに岩山と畑に挟まれるようにしてアイニェーリェ村の屋根と木々が見えるが、西側に山が控えているせいで日の暮れるのが早く、今ごろはもう暗くなりはじめているだろう。峠から見ると、アイニェーリェ村は崖にしがみつくようにして建っており、湿気と目のくらむような川のせいで崩れ落ちた敷石とスレートが雪崩をうって落ちそうになっている。（大幅に略）

だから、彼らは黙って私を捜しつづけるだろう。身体を寄せ合い、ランタンの灯を見つめて村の中を歩き回るが、記憶はもはやあてにならないと分かっているので、本能を頼りに動くだろう。〉

会話体は一切用いられず、同じトーン、同じリズムで語られます。〈彼ら〉は、何のために〈私〉を捜しているのか。〈彼ら〉とは、何者なのか。徐々に、〈彼ら〉は〈私〉に近づいてきます。

1の章の最後の一行に、読者は〈私〉がいかなる状況にあるか、知ります。未来形と過去形、二つの「時」の接点である「今」にいるのは、ベッドに横たわり、死につつある、あるいはもう死んでいるのかもしれない〈私〉です。

そして、〈私〉は過去の時を語ります。

村の人々は、最初は少しずつ、やがて他に後れをとるまいというふうに、次々と去って行きました。

〈私〉と妻のあいだにいた三人の子供。女の子は幼くして病死し、二人の息子の一人は戦争に行き、残ったもう一人も家を出る。村人の最後の一家も、去る。アイニェーリェ村にいるのは〈私〉と妻のサビーナ、そして一匹の雌犬だけになります。他と区別する必要がないゆえに、雌犬は名前を与えられていません。

荒涼とした村に、降り注ぐ黄色い雨はポプラの枯れ葉です。〈野原をくすんだ金色に染め、街道や村々を急に物悲しく穏やかな色調に染め上げた。〉

穏やかな色調の黄色い雨は、すべてを――おそらく〈私〉の心まで――ゆっくりと酸化させ、破壊します。

無人となった家々は、長い年月の間に朽ち果てていきます。

悲惨な状況を描いているのに、本作の美しさはただならぬものがあります。感傷を排除し、目が視る光景、耳が捉える音を、淡々と描く言葉が、詩人でもある作者によって選び抜かれているからでしょう。〈最初、黴《かび》と湿気が音もなく壁を食い荒らし、ついでに屋根を喰らい尽くす。やがて、屋根を支えている梁だけが、進行の遅いレプラにおかされたようにあとに残される。その後、野生の地衣類が姿を現し、苔と白蟻が黒い死の鉤爪を立てる。〉

ある馬小屋は〈雪の重荷に堪えきれなくなって、銃弾を受けた家畜のようにどっと倒れ〉ます。

雪と沈黙、荒廃と崩れた家々に囲まれて、村の中を〈この世ならぬ風のように〉さまよい歩く妻サビーナを、〈私〉は目にします。

そうして、ある日サビーナは縊死《いし》します。

〈ひとりで暮らしていると、いやでも自分自身と正面から向き合わざるを得ない。それがいやだったのと、過去の思い出を守りたかったので、まわりに厚い防壁を築くことにした。人間にとってもうひとりの人間ほど恐ろしいものはない——この両者が同一の人間である場合はとりわけそうである。荒廃と死に囲まれて生き延びる唯一の方法、孤独と狂気に陥るのではないかという不安に耐えうる唯一の可能性はそれしかなかった。（略）

それからは記憶が私の存在理由、生活の中の唯一の風景になった。時間は片隅に打ち捨てられて停止し、砂時計を逆さにしたようにそれまでとは逆方向に流れはじめた。（略）

それからは終焉が、長く果てしない別れがはじまることになるが、私にとってはそれが人生そのものになった。（略）ことばが生まれる時は、そのまわりに沈黙と混乱が生じるが、それと同じように記憶もまた自分のまわりに厚い霧の壁を作り出す。〉

妻の死も、家の倒壊も、静かに美しく語られます。妻が用いたロープを〈私〉は雪の降り積もる通りに投げ捨てますが、埋もれていたそれが春の雪解けで先端を見せたとき、拾い上げ自分の腰に巻きつけます。

黄色い雨は、やがて、村全体に浸透し、〈私〉の影を黄色くし、〈私〉の骨をも黄色くします。

本書を読みながら、フェルナンド・ペソア『不穏の書』の幾つかの文章と美しくひびきあうことに気づきました。同書から、二、三のフレーズを引用します。

〈夜の孤独の高みに、窓の向こうの見知らぬランプが花咲く。街は、そこを除けば真っ暗だ。〉

〈もうずいぶんまえから、私は実在しない。〉

〈私は自分の存在を脱ぎ捨ててしまったので、存在することがまずは装うことになってしまう。自分であるのは仮装しているときだけなのだ。そして私のまわりでは、未知の落日が息絶えながら、私がけっして見ることのない風景を黄金色に染めている。〉

『黄色い雨』のフリオ・リャマサーレスは一九五五年スペイン生まれ、『不穏の書』のフェルナンド・ペソアは一八八八年ポルトガル生まれ。訳者は前者が木村榮一《きむらえいいち》氏、後者は澤田直《さわだなお》氏。年代も訳者も異なるのに、この二人の作品に、文章の息づかい、リズム、そうして気配あるいは感覚と言いましょうか、それらが共鳴する部分があると感じたのです。

『黄色い雨』の〈私〉は、積極的な行動はしません。しかし、ただ運命に流されているのではない強靱《きょうじん》さを、私は感じます。村にとどまる。それが、〈私〉の行動です。迷いも躊躇《ためら》いもない。〈私〉は村と融合している。そう感じます。村を捨ててあたふたと逃げていく者たちより、はるかに勁《つよ》い。「静」は時に「動」より勁い。

タルコフスキーの映画『ぼくの村は戦場だった』を思い重ねます。ハリウッドの戦争映画のような派手な戦闘場面、銃撃、砲撃はいっさい描かれていない。逆に、美しい沈黙が、何より強く、戦争の悲惨と少年の慟哭《どうこく》を伝える。少年を主人公にした映画の、マイ・ベストワンです。

話が逸《そ》れっぱなしにならないよう、軌道修正します。

無為であることによって、耐える、という一点で、ジョルジュ・ペレックの『眠る男』も連想されますが、深入りせずに通り過ぎ、『黄色い雨』に戻りましょう。

〈時間は川と同じように流れて行く。最初は物憂げで弱々しく見えるが、年が経つにつれて速度を増して行く。川と同じように、幼年期の柔らかいアオサや苔が絡みつく。川と同じように、早瀬や滝を下るとともに速度を増して行く。（略）誰もが時間を無限の川、自らを糧にして、永遠に尽きることなく流れる奇妙な物質であるかのように思っている。しかし、それがまちがいであったことに気がつく。（略）時間は雷に打たれた雪の塊のように溶けはじめる。（略）儚い蒸気に変わり、人の心を徐々に包み込んで眠らせる。〉

老いと死は、美しく静かに語られ、未来形に続きます。

〈沈黙が砂のように私の目を埋め尽くすだろう。風が吹き散らすことのできない砂のよ

40

うに。

沈黙が砂のように家々を埋め尽くすだろう。家々は砂のように脆く崩れるだろう。その悲鳴が聞こえる。風と植物で押し殺された孤独で暗い悲鳴が。〉

そうして、〈彼ら〉がくるだろうと、〈私〉は思います。現実が静寂の中に闖入《ちんにゅう》してくる気配ですが、ラストの心にしみ入る言葉はそっと本の中に残し、私も沈黙の中に埋もれて、今夜は過ごすでしょう。

029 『短篇集 死神とのインタヴュー』とハンス・エーリヒ・ノサック

〈「かくて戦争になりました。世界をまきこむ戦争でした。若者たちが戦争に馳せ参じ、何百万もの兵士が戦死した。一方彼らの背後では都市が破壊され、女子どもたちは廃墟の下に埋められた。（略）わたしから見ればこれは豊作じゃないか、とおそらくあなたはお考えになるでしょう。（略）たしかに人の命を鎌で断ち切るという役があって、それがまたわたしに割りふられているのですから。ところがです。あれは農耕時代のイメージでしてね。」〉

第二次大戦敗戦後。街は壊滅し、人々は無気力で、繁盛《はんじょう》しているのは闇市。

仕事が忙しくて疲れ果てた死神は自宅のベッドで寝ていたのですが、母親に起こされ、ソファに腰掛けて、〈わたし〉のインタヴューに応じます。農耕時代ではない、市民社会で暮らしている死神は、『デスノート』みたいな恐ろしげなところはみじんもない、ごく平凡な中小企業の社長といった風情《ふぜい》です。母親と妹との三人暮らし。死神の仕事は亡父から受け継いだらしい。インタヴュアーも、それを奇異に感じてはいない。何十年か前の初読のとき、この設定が印象に残りました。死神の妹は夜の仕事に出ている。夜勤と母親は婉曲に表現したけれど、ナイトクラブのダンサーをしているらしい。それで闇物資なんかも手に入れてくる。

ハンス・エーリヒ・ノサックは、一九〇一年、ハンブルクのブルジョワの家庭に生まれました。彼が十三歳のとき勃発《ぼつぱつ》し四年にわたった第一次大戦は、ドイツの敗北で終わります。皇帝は退位、帝国は共和国となり、戦争のすべては敗戦国ドイツの責任とされ、とほうもない賠償金の支払いを命じられ、卵一個買うのに手提《てさ》げから溢れるほどの紙屑《かみくず》みたいなマルク紙幣がいる、コーヒー一杯が何億マルクもするという想像を絶するインフレに襲われ、通貨改革とアメリカ資本の導入でどうにか収まったものの、貧富の差は激しく、民衆の不満は溜まっていたのでした。ヒトラーが当初民衆に熱狂的に受け入れられたのは、巧妙な手段による権力掌握、群衆を煽《あお》り立てる演出の効果と共に、多数の人々の意識下の願望が形をなした側面もあると思います。そうして、一九三九年、ドイツ軍のポーランド侵攻によって、ＷＷⅡが始まります。

激烈な空爆によってドイツの大都市はあらかた廃墟となり、一九四五年、ヒトラーは自殺し、敗戦。

岩波文庫版『短篇集　死神とのインタヴュー』の解説で、訳者神品芳夫《こうしなよしお》氏が敗戦後数年間に発表されたドイツ文学の特徴について詳説しておられます。〈戦後の新しい文学はまずなによりも、弱い者の立場を語る文学でなければならなかった。〉この時期の文学は「廃墟の文学」とも呼ばれます。

ドイツ人は〈被害者の虚脱感と加害者の罪責感の二重苦に苛《さいな》まれた。〉

ソ連軍に占領された地区では女性は強姦《ごうかん》の被害おびただしく、食糧も石炭も乏《とぼ》しく、冬は凍死する老人が出たほどでした。

ヨーロッパ東部の国々に何代も前から居住していたドイツ人――フォルクス・ドイチェ――は、すべて本国に移動することを強制されました。川口《かわぐち》マーン恵美《えみ》氏がドイツ人であるご夫君《ふくん》の身内の方から聞かれたこのときの悲惨な体験を一書に著しておられ――

44

『あるドイツ女性の二十世紀』だったと思います――、一読、私は強く心動かされ、触発されて「ジャムの真昼」という短篇を書いたのでした。本国までのトラックに乗るのに、一家族ごとの人数に制限があるため、母親は小さい子と一緒に荷台に詰め込まれ(父親はいない)、上の子は母親と別れ、大人の保護無しでドイツ本国まで独力で歩かねばならなかった。辿《たど》り着いたときは、一時的に記憶喪失になっていたそうです。フォルクス・ドイチェの子供の多くが同じような体験をしています。その悲惨をドイツ人が声《こわ》高《だか》に言い立てることは、ナチの罪を相対化するとして、暗黙のうちに禁じられています。アウシュヴィッツの犯罪が、すべてを押し潰す。

『三文オペラ』などで知られるベルトルト・ブレヒトの譚詩《たんし》『子供の十字軍』は、十三世紀の少年十字軍ではなく、二十世紀、WWⅡの子供たちの哀しいさすらいをうたいます。矢川澄子《やがわすみこ》さんの訳に山村昌明《やまむらまさあき》氏の銅版画が添えられた薄い愛らしい本が刊行されています。ドイツ軍に攻め込まれ、焦土となったポーランド。恐ろしい戦乱を逃れ平和な土地を求めて、子供たちはとぼとぼと歩みます。ポーランド人の子ばかりではない、ユダヤ人の子も、なぜか、ドイツ大使館の子も。そして、犬が一匹。行く先々はやはり戦乱。餓《う》えた哀しい子供たち——戦争孤児でしょう——が次々に加わり、〈信仰も希望も足りなくはない。／足りないのはただ肉とパンだ。／とがめるな　一夜の宿さえゆるせば／子供らも盗みはしなかった。〉五十五人になった子供たちは〈弾痕だらけの農家から／弾痕だらけの農家へと〉物乞いしながら南を目指します。農家も貧しい。五十五人の餓えを満たすことはできない。〈もとめるは　安らぎのくに。／砲声もなく　銃火もなく／すてた土地とは別天地——〉やがて、ポーランドで、やせこけた犬がつかまります。首に一枚の紙きれ。助けてください。ぼくたち道に迷っています。この犬についてきてください。この犬だけがぼくたちの居場所を知っています。犬が死ねば、ぼくたちもうおしまいです。書かれた日付は、一年半も前。犬は餓え死に寸前でした。

『死神……』解説の引用に戻ります。

〈召集されて前線を転戦し、死地をさまよった末に無意味な死に遭遇しなければならなかった無名の兵士たちの偽りのない声が、ハインリヒ・ベルなどの小説を通して語られる。〉

その一つとして、一九四七年に著されたヴォルフガング・ボルヒェルトの『戸の外』

46
（『戸口の外で』というタイトルの邦訳があります）が挙げられています。この短い戯曲を、何十年か昔、他の作者たちの戯曲とともに収録された戯曲集（総タイトルは忘れました。他に何が載っていたかも覚えていません）で私は読み、強い印象を受けました。細部は忘れ果てましたが、敗戦後、若い兵士が、戦線からようやく帰り着いた我が家の前で、どうしても中に入ることができない。戦争は終わったのに防毒マスクを着けている異様な姿と、「戸口の外」にしか彼の居場所はない、ということが、時の経過によって洗い流されてもなお残る砂金のように記憶の中にあります。敗戦後の日本内地に復員してきた兵士たちを、母国の人々が冷たい目で見た、その記憶と重なりもします。
〈戦争から受けた傷は人の境遇によってさまざまだが、無名の人の無名の苦しみを表現した文学が主流を占め、地位も気取りも国民性もない人間の肉声が支配したという点において、敗戦の一九四五年から五〇年ぐらいまでの時期はドイツ文学史上希有な状況を呈していたといえよう。〉
一九四八年、ノサックは十一の短篇を収録した『死神とのインタヴュー』を刊行します。その中の一篇「滅亡」は、大空襲によって壊滅したハンブルクを、ルポルタージュの手法で精密に記しています。

一九四三年、ハンブルクが大空襲を受けたその夜、ノサックは市街地から南に十五キロほど離れた村におり、南からハンブルクに向かう千八百機の爆撃機の轟音《ごうおん》を聞き、高射砲、榴弾砲《りゅうだんほう》の炸裂音、〈投下された爆弾のうなり、弾丸の破片のさざめき〉を聞きます。すでに二百回以上の空襲を体験してきたけれど、このときのは〈なにかまったく違ったもの〉でした。空襲は幾夜か続き、家を失った人々がほとんど身一つで避難してきます。避難民と受け入れ側の間に軋轢も生じます。

〈あの当時の人の顔、だれがあの顔を忘れることができよう。〉彼らは、個としての表情を失い、意志のない放心状態にあります。〈避難民たちは、ハンブルク周辺の過密を緩和するために、強制的に南ドイツへ移転させられ〉ます。再読し、こういうとき、個々の人間はその差違も願望も内心の思いも無視され「避難民」という一つの塊《かたまり》にされてしまうのだ、と、あらためて思いました。

空襲がおさまってから作者はハンブルクに戻り、彼自身の住まいが崩壊、焼亡し、書きためた原稿や日記が灰となったことを知ります。瓦礫《がれき》の荒野となった市内を、彼は見て回り、人々に話を聞きます。その詳細な叙述をここにすべて記すことはできません。焼け残った扉にはチョークで〈お母さん、どこにいますか。知らせて下さい。わたしは今しかじかの場所にいます〉と記されています。ハンブルク大空襲を皮切りに、ベルリン、ミュンヘン、非武装都市の古都ドレスデンも、ことごとく瓦礫となるのですが、そのベルリンの空爆後の写真集を見たことがあります。瓦礫の間に札を立て、あるいは貼り紙をし、家族の消息を伝えたり訊ねたりしていました。その中の一つに、「私たちはまだ生きています」と記された紙がありました。

〈遺骸、あるいはかつて人間であったものの残滓《ざんし》とでも呼びたいものは、その場で焼かれるか地下室で火炎放射器によって灰にされるという噂だった。しかし実際はもっとひどかった。作業員らはハエのために地下室に達することができず、指ほどの長さのウジ虫がうようよするために床で足をすべらせた。〉市を支配するのは、あつかましく太ったどぶネズミと緑色に輝くハエの大群でした。

「滅亡」以外の短篇は、寓話《ぐうわ》、神話、ＳＦと、さまざまな手法をもちいていますが、どれも戦争の影が露《あら》わに、あるいはそれとなく、のびています。

表題作「死神とのインタヴュー」において、死神は、インタヴュアーに答えます。〈むかしと今の違いはこうです。むかしは殺したり殺されたりは、生きるためにどうしてもやむを得ないことだと思っていたのです。〉しかし、今は、と死神は慨嘆します。あなたたちは、番号を呼び上げられるたびに、はいと返事して死へ飛び込む。あなたがたは生をこわがっている。〈わたしはしかしこういう死に対する無抵抗な精神を嫌悪します〉。

死神が住む家の中庭には、〈長蛇の列ができていた。（略）灰色の中庭に彼らは立ちつくしていた。声ひとつ聞こえなかった。〉

死神の事務所で手続きをするために黙々と行列する人々に、黙々と南に運ばれる無気力な——無気力にならざるを得なかった——避難民の列が重なります。死神の事務所の応対は、崩壊後のハンブルク市役所のように事務的なのでしょう。死は個々の顔を失ってしまった。

死神が街を歩くのに、彼はつきあい、死神が一見さりげなく——しかし積極的に——仕事をするのを目撃します。死神のささやかな行動によって車に轢き殺された女の子の赤いボールが、読者の印象に残るラストになっています。

収録作の一つ「海から来た若者」は、次のような話です。敗戦後の、食糧事情の悪い荒寥《こうりょう》とした時期。海辺の小屋に行き、水着になって海に入ったハンナは、何ものかに膝にしがみつかれます。〈「出ていらっしゃい」（略）水が彼女の足もとからやわらかく自分のからだを撫《な》でて上へとあがってくるのを感じた。そしてすぐに若者の頭が水面に浮かび出た。〉素裸の若者をハンナは小屋に連れ帰り、何くれとなく世話をやきます。若者は何も喋らない。言葉を知らないのか。ハンナが一方的に――まるで独り言みたいに――自分のことを喋るだけです。何ページ分も喋ります。何事も起こらず、若者は眠り、ハンナも眠り、翌朝目覚めたとき、若者は消えていた。作者は、ハンナから聞いたこととして、そのいきさつを記しています。時折作者の感想も混じります。作者と言っても、ノサック自身ではない、作中の作者です。間接的な記述であるために、どこか距離を置いた、冷静な感じがあります。ノサックがそのスタイルを選んだわけです。若者の素性も内面もいっさいわからない。人間の姿をしているけれど、人魚のような水棲の生き物なのかもしれない。海が包含する「死」を象徴するかのようでもあります。ハンナがどれだけ事実を語っているのかも、読者にはわからない。そのために、ありきたりのラヴ・ロマンスにはならず、日常的な描写に終始しているにもかかわらず不思議な水妖譚のような余韻《よいん》を漂わせます。とりわけ好きな一篇です。

030
『もうひとつの街』と
ミハル・アイヴァス

古本屋は、新刊専門の書店にはない独特の気配を持っています。照明が煌々《こうこう》とした古書店も近頃はあるのかも知れませんが、薄暗い奥の帳場に少し猫背気味の頑固《がんこ》そうな老人がつくねんとしている、昔、私が訪れた古本屋はそういうふうでした。〈私〉が何気なく入った、プラハのカルロヴァ通りにある古本屋も、仄暗《ほのぐら》かったことでしょう。

窓の外は、目眩《めまい》を引き起こすような雪が降りしきっています。〈視線を本に戻し、本の香りをすっと吸い込みながら（略）文章の断片を読みふけった。文脈から抽出されたせいだろうか、断片は不可思議な眩い光を放っていた。〉

書架に並べられた本の背を、〈私〉は指でなぞっていきます。〈国家経済を論じたフランス語のぶあつい分冊と『牛と馬の助産術』という書名の背が剝がれかかっている本のあいだにできた暗い窪みのなかに、すっと指が入り込んでしまった。〉

　奥の本を取り出してみます。濃い菫色《すみれいろ》のビロードで装丁された本には、書名も著者名も記されていない。ページをめくると、それまでに見たことのない奇妙な文字が並んでいます。〈文字の形は、完全に閉じられているのか、あるいは閉じようとしているのか、痙攣して締めつけられ、髪が逆立っているようにも見えた。外から内に入り込んだ尖った楔《くさび》で力強く剝がされている文字があったかと思うと、内からの圧力でパンパンになり丸く膨らんでいるように見える文字もあった。〉

　菫色の本を買い取った〈私〉は、ランプの明かりのもとで、じっくりと本を眺めます。エッチングの挿絵《さしえ》――巨大な建造物と小さな人物（その一人は虎に嚙みつかれている）、泥まみれの海底にある真珠貝の解剖学的な断面図、ベルト状の伝動装置、歯車とパーツが複雑に組み合わさった機械の絵など――がついています。

　窓に面した机に本を置き、〈私〉は寝に就きますが、ふと目覚めると、緑がかった淡い光が本の上で揺れています。本のページそのものが、光を放っているのでした。

この本の正体を突き止めたい、内容を知りたい、という当然な欲求に駆られて、〈私〉は大学図書館を訪れます。そこで館員から聞かされた奇妙な話。館員は、ある人から遺産で譲《ゆず》り受けた書物の処分を頼まれます。その家の書棚で見かけた一冊の書物。留め金をはずすと、本は緑色の光を放ち、文字は光ったり消えたりし、やがて、すべてが消えて、虫のような黒い文字だけが残る。高津波が押し寄せる。室内になだれ込みはせず、窓の外、手のとどく場所で、水は壁になっている。指を突っ込んでみたら、巨大な魚がぬっと顔を突き出し、意味不明なことを喋《しゃべ》った。そんな体験を経て、図書館員は、出会う限りの人に未知の文字で書かれた本のことを訊ねてみた。本を知るものはいなかったけれど、彼の質問を受けた人たちは、みな、〈忘れていた出来事や、ほかの空間が出現した奇妙な出会い〉を思い出して話します。リビングの湿ったカーペットの上にヒトデがいたり、夜、列車に乗ったら、車内がゴシック様式の礼拝堂になっていたり。

〈私〉は思います。境界の向こう側では、〈原初の舞踊〉を見ることができるのではないか。〈「その舞踊の痕跡こそが、私たちの世界にほかならないのではないでしょうか」〉

〈原初の舞踊〉を見ることはできないと、図書館員は言います。〈「見るということは既知の感覚の網に入り込むことであって、この感覚を通して命が宿らないものは私たちには見えないのと同然だ」〉

カーペットの上のヒトデや礼拝堂の車両、そうして謎の文字で書かれた本などに、こっち側の人々が遭遇しているではないかと反論する〈私〉に、それらは、たまたまこちら側の岸に打ち上げられたに過ぎない、あの奇妙な本のことは忘れたほうがいい、と図書館員は忠告します。〈「私たちの世界の境界は、片側しかない線であって、内側から外につながる道など存在しない、そもそも、そんなものはありえんのだよ」〉

その後、〈私〉は現実の街に重なって存在する「もうひとつの街」を部分的にちらちら見るようになります。

ペトシーンの丘を歩いているとき、地面から突き出た円柱が目につきます。子供のころ、ペトシーンでかくれんぼ遊びをしていたとき、この円柱の陰に身を隠したのだった、と〈私〉は思い出します。円柱の上部に、金属の窓がついている。子供のとき、開けてみようとしたけれど、びくともしなかった。今回、取っ手を回したら、開いた。中をのぞき込みます。円柱はドームの頂塔の一部であるとわかります。広いドームの下は寺院の身廊で、周囲に十二の礼拝堂があります。それぞれの礼拝堂の中央に、巨大な硝子《ガラス》の彫像が立っており、内部は水で充たされ、さまざまな海の動物がそのなかを泳いでいる。〈彫像の内部は、不安と闘争が支配していて、海の動物はつねになにかを追いかけ、鋭い歯でたがいを傷つけていたりした。〉

ここで恒例の連想による寄り道。子供のころ、海辺の漁村に避暑に行かされました。毎夏、海や山で小さい家を借り切って過ごすのですが、避暑先には本が乏しくて、私は好きじゃなかった。早暁《そうぎょう》、地引き網を見に連れ出されました。漁師たちは夜も明けないうちから、木造の大きい和船二艘を漕ぎ出し、帰ってくる。二艘の間には漁網が沈んでいます。浜で待ち構えていた女や子供、船には乗らなかった男たち老人たちが連なって網を引き寄せます。生きている魚の群れで膨れあがった巨大な網が、ずりずり砂地に上がってくる。網の目に引っかかった魚が朝日を浴びて蠢《うごめ》く。その光景が、幼い私には何だか異様で怖かった。青木繁《あおきしげる》の「海の幸」を見たときに感じたのと同質です。「海の幸」は地引き網ではなく、銛《もり》で仕留めた巨大な魚――鮫《さめ》でしょうか――を担いだ全裸の男たちが列をなして歩いて行く。有名な絵ですが、やはり子供のころ、家にあった美術全集で何の予備知識もなくこの絵を見たとき、怖かった。前を向いて歩く男たちの中で、一人だけ、女みたいな若い男の顔がこっちを向いているのも怖かった。拙作《せつさく》「龍騎兵《ドラゴネール》は近づけり」は、この地引き網の記憶と「海の幸」の印象が発想の源になっています。

ボヘミアの地は、海に接した部分がありません。ミハル・アイヴァスが描き出す異界は、先述の津波といい、水と水棲《すいせい》動物が、あるべからざるところに忽然《こつぜん》と顕れます。水と異界はもともと親和性が高い。『水妖記』は言わずもがな、泉《いずみ》鏡《きよう》花《か》にあっても、「春昼」「春昼後刻」「沼夫人」など、水は重要な役割を持っていますね。

ドームの頂塔の窓から見下ろす礼拝堂に、人々が集まり、司祭の説教が始まります。作者の綺想全開とおぼしい説教です。〈書物のあるページには、ヌードルスープの脂の染みがついている。その染みはなにかと言えば、太陽が燦々と光り輝くなか、突然、怪物の角の影が差した瞬間に、書き手が感じた恐怖の痕跡にほかならない。〉話は曲がりくねって、いつの間にか、詩人とタイプライターのことになっています。詩人の使っているタイプライターは、ぶっ壊れている。なぜ、別のを使わないのか。〈ほかのタイプライターはすべて消失してしまっているからだ。タイプライターの一部は、バッタの大群によって、コーカサスへ運ばれた（バッタたちは協力しあうと、馬でさえも何キロも離れた場所に運べることは、証明済みだ）。〉はァ？

重々しい説教は延々とつづき、司祭はどうやら追放された者の遍歴について語っているらしいのですが、〈「（略）追放者が決意したことはいずれも、取るに足らないものだった。これこそが、今日の説教で大事な点であり、今週皆さんが瞑想しなければならないテーマなのです」〉煙《けむ》に巻かれて、読む方は笑いながら放り出されます。

その後、〈私〉は「文字」と「意味」について哲学的考察をしたり、緑色の大理石でできた路面電車に出会ったり、タクシーでそれを追跡したり、酒場で初対面の男から、その路面電車に彼の娘が乗って、そのまま消えてしまったという話を聞かされたり、男の〈「（略）あの完全な世界はおれたちの世界が空っぽと見なすような場所にあり、あの世界の空っぽなところはおれたちの世界で満ち足りているものなのだとな……」〉という述懐を聞いたりし、「室内大戦争の最新発見について」という講義があると知って、深夜、大学の哲学部を訪れ、司祭の説教を上回るへんてこな講話の数々、〈男と男の仁義なき戦いは、クローゼット内のうっとりとするようなジャングルで繰り広げられている。（略）コートのなかで数カ月にわたって時間を過ごす兵士たちは、もはや人間というよりも、コートと同じ姿となり、思考方法もまた、コートと一体化している（略）誤って兵士を羽織ってしまい、そのまま外出してしまう事態が生じる。〉などを聴講します。講義が終わると、聴衆は全員、木の小箱を机に置きます。蓋を開けるとイタチが顔を出す。ただ一人、机に箱を置かない――持ってもいない――〈私〉に全員の非難の目が注がれ、逃げ出した〈私〉はイタチに噛みつかれます。別のイタチが小さい橇《そり》を引きずってくる。その上にテレビとビデオカメラが置かれ、テレビの画面にはさっき講義をした男が映っており、嘲笑ぎみに諭《さと》します。〈「古来の諺にこういうものがある。『空飛ぶ大聖堂で、イタチをフライにすることはできない』。この諺の意味がすこしでもわかっていれば、こんな恥ずかしい状況に陥らなくても済んだはずだ。（略）」〉もう一度、はァ？

　ここまではまだ序の口で、さらにさらに、こちらはあちらに侵蝕され――こちらがあちらに侵入しているのだろうか——いっこうに悲愴感はなく、読者は楽しく振り回されます。

プラハの旧市街と、ヴルタヴァ川を挟んでその対岸のフラッチャニの丘に聳《そび》えるプラハ城の一帯は観光用に保存が行き届き、昔日を想像することができます。南から北に流れるヴルタヴァ川が東に向きを変える、その角の一郭に、かつてはユダヤ人の居住区——いわゆるゲットー——がありました。石壁で取り囲まれ、夜になると扉が閉ざされる。壁の内側で人口が増えても領域の拡大が許されないため、貧困者の住む一郭は狭い路地が入り組み、二階は一階より張り出し、鼠《ねずみ》が横行するという有様だったそうです。墓地も拡張が困難なため死者の上に死者が葬られる。犇《ひし》めきあう墓碑の群れは今も残っています。十八世紀に啓蒙的な思想を持っていたことで知られる皇帝ヨーゼフ二世によって取り壊されるまで、ゲットーの壁は聳えていました。

ゲットーの中に限ってユダヤ人は自治権を持ち、ラビを指導者とするユダヤ教の信仰を許されていました。ユダヤ教徒のあいだに伝わる伝承「ゴーレム」は、いろいろなヴァリエーションがありますが、ラビが土偶ゴーレムを作り、護符を嵌《は》めこむ。ゴーレムは主人の命令に忠実に動くが、使い方を間違えると凶暴になる。護符を抜き取ると土塊《つちくれ》に戻る、というのが基本形のようです。

土でできた巨大な人形に、小さい女の子が手をさしのべる。パウル・ヴェゲナー監督の無声映画「巨人ゴーレム」(一九二〇年)の有名な一シーンです。中世のプラハで、キリスト教徒の迫害からユダヤ人を守るため、ラビが土で巨人ゴーレムを作り、額に護符を嵌めこんで魂を入れる。十四世紀半ば、ヨーロッパに黒死病《ペスト》が蔓延《まんえん》したとき、原因はユダヤ人だ、ユダヤ人が恐ろしい病気を流行《はや》らせたのだと流言飛語がひろまり、キリスト教徒はユダヤ人地区に殺到し、虐殺の限りを尽くしました。そのときの恐怖はユダヤ人のあいだに長く尾を引いていました。ゴーレムの活躍で暴徒を追い払ったものの、その後、私欲に駆られたものが悪用したため、ゴーレムは人の制御を離れ暴れ回るようになる。皆が恐れて逃げ出した後、無邪気な女の子が一人、林檎(花だったかしら)を差し出す。抱き上げられた女の子は、それと知らず、護符を抜き取る。ゴーレムは元の土塊に戻る。うろ覚えなので、多少間違っているかも知れません。フランケンシュタインのモンスターは、ゴーレムに想を得たとも言われています。ヴィクトル・エリセ監督の映画「ミツバチのささやき」の、森の中でアナ（可愛かったな）がモンスターと出会うシーンも連想されます。

プラハ城は、ボヘミヤ王にして神聖ローマ帝国皇帝であったハプスブルクのルドルフ二世の居城でした。政治的には無力だが、芸術、文化のよき庇護者《ひごしゃ》であり、錬金術や占星術、ヘルメス学、カバラなどのオカルティズムに没入した皇帝については、『魔術の帝国　ルドルフ二世とその世界』（R・J・W・エヴァンズ）に詳述されています。

国立西洋美術館で美術展が催されていたアルチンボルドも、天文学者のティコ・ブラーエやヨハネス・ケプラーなどとともに、ルドルフ二世の庇護を受けた一人でした。

カフカが生まれ育ち、グスタフ・マイリンクの『ゴーレム』やレオ・ペルッツの『夜毎に石の橋の下で』、無声怪奇映画「プラーグの大学生」（プラーグはプラハの英語名です）などの舞台になった、ルドルフ二世の影がのびるプラハは、綺想幻想の物語が生まれるのにふさわしい都市です。マイリンクやペルッツについて、もっと書こうと思ったら、紙数が足りなくなった。よけいな寄り道をするからです。

訳者阿部賢一《あべけんいち》氏のあとがきの的確な言葉を引いて、締めくくります。

〈本書は「異界」や「並行世界」を題材にしている。だが、巷によく見られる同種のファンタジー小説とは一線を画している。シュルレアリスム的なイメージの連鎖、推理小説のような目まぐるしい展開、そして思弁的な想像力をうまく組み合わせた本書は、私たちのありとあらゆる感覚に揺さぶりをかける書物となっているからだ。〉

そして、私は付け加えます。ファンタスティックなこの物語を浅薄にしないのは、奔《ほん》放《ぽう》な想像を表現する言葉の精妙さと、常識の範囲内で話を意味づけようとしない、フィクションの力への作者の信頼なのだ、と。

031 『約束』とイジー・クラトフヴィル

〈恋人たちを乗せた車を追跡するためにタクシーに乗ることは、義母を絞殺したいので動物園でインドニシキヘビを貸してくれと頼むのと同じくらいありえないことだった。〉

探偵ダニエル・コチーの本業は、〈摘出され、切り分けられた内臓、生々しく裏返しにされた動物の体〉がフックで吊された肉屋の売り子です。

彼の探偵としての得意分野は、不倫の現場を突き止めることでした。

ダン・コチーが住むのは、チェコスロヴァキア共和国の、首都プラハに次ぐ第二の都市ブルノ。チェコは、一九三九年、ヒトラーによってナチス・ドイツ保護領とされ（このとき、ヒトラーは、チェコの工業力を我が物にできると喜んだそうです）、第二次大戦がドイツの敗北によって終わると、ソ連の衛星国にされます。

イジー・クラトフヴィルはチェコの現代作家ですから、私立探偵が登場するからといって、ありきたりの犯罪捜査、解決、とはなりません。

一九五〇年代初頭。共産主義体制が〈銀行、炭鉱、工場ばかりか〉〈あらゆる民間事業をあっというまに国有化してしまった〉ため、ダン・コチーの私立探偵業も、表向きは廃業、それでも闇で依頼してくる客はあり、彼は恵まれた才能を発揮できます。仕事を離れると、否定された才能は内臓に激痛を与えることで復讐《ふくしゅう》し、事件に携われれば痛みは一旦消え、〈身体世界と精神世界の調和が内臓のなかで保たれるのだった。〉

独特の探偵法を、彼は用います。現場に近い適当な場所にハンカチを敷き、〈膝をつき、肘で正三角形をつくり、その頂点に頭を乗せる。〉〈頭を地面にはめられたねじのように固定〉し、〈ゆっくり足を伸ばすと、胴体と一直線になり、地面から垂直になる。〉

インド人から教わったこのヨガに似たポーズをとると、〈現在手がけている事件〉すなわち不埒《ふらち》なことをしている現場を透視できることにダンは気づき、実行しています。

探偵氏のことから先に書きましたが、本作の最初に登場する建築家カミル・モドラーチェク氏が、たぶん、主人公です……が。

複数の視点、複数の語り手によって、『約束』は重層的に構成されます。どの章が主であり、どれが従という書き方ではなく、一つ一つが独立したリズムと旋律を持ち、対等な位置にあります。

それゆえ、モドラーチェクを、いわゆる「主人公」と断定するのは、ちょっと保留しなくてはなりません。

ナチス・ドイツの保護領であった時代に、モドラーチェクは、ナチ親衛隊の中将ヴァッゲンハイムの邸宅を設計しています。俯瞰《ふかん》すると、この建物が鉤十字を形づくっていることがわかります。SS中将は、反ヒトラーの陰謀に関わったとされ、処刑。邸宅はその後ゲシュタポの施設に用いられ、今——一九五〇年代初頭——は共産党の高官の住まいになっています。

鉤十字形の館に共産党高官が住むのは何も問題になっていない。にもかかわらず、それを設計したカミル・モドラーチェクは、警部補ラースカから、嫌み混じりの執拗《しつよう》な訊問を受け続けています。

カミルの妹で、画家であるエリシュカが、反体制運動をしている。警部補ラースカはそう告げます。彼女の描く抽象絵画は、ブルノの武器工場、産業施設、軍事施設の偵察用の地図をカムフラージュしたものだ、と警部補は責め、カミルは妹のために弁護しますが黙殺されます。エリシュカは、その件の取り調べのために、刑務所の独房に監禁されている。妹を助けたいなら、我々に協力せよ、と警部補ラースカは申し入れます。カミル・モドラーチェクの向かいの家、クラトフヴィル家の主は、他国に亡命した。クラトフヴィル家、およびその周辺のあらゆる動向を追跡調査せよ。〈我々も手配しているが、長年の隣人であるあなたであれば、我々に想像できないようなことに接するかもしれない〉と、ラースカ警部補は強調します。

妹を助けたい一心で、カミル・モドラーチェクは契約書に署名します。彼を連れ出す当直の警官に、カミルは、妹をすぐにも解放するべく説得しようとしたのですが、〈言葉が一言も出ず、どうにか出たのは鼻風船のみだった。しかもとても大きい虹色の風船となり、パンと激しく割れてしまい、当直は身をかわすこともできなかった。〉

当主が亡命し、家族が監視の対象になった〈クラトフヴィル〉。

それは、本書の作者の姓ではありませんか。

訳者阿部賢一《あべけんいち》氏のあとがきによれば、作者イジー・クラトフヴィルは、一九四〇年にブルノで生まれ、ナチス・ドイツから共産主義へと体制が激変するのを体験しています。しかも、父親はアメリカ合衆国（後に西ドイツ）に亡命、残った家族は家宅捜査や取り調べを受け、秘密警察の監視下に置かれ、その恐怖の体験はイジー少年のトラウマになりました。一九五〇年代は、全体主義体制下、当局の締め付けがとりわけ厳しい時代でした。フィクションのなかに、作者はリアルな事実をそっと忍び込ませています。

このように記すと、何か重々しい話みたいですが、本作は、皮肉と諧謔《かいぎゃく》のセンス、奇想と新鮮な構成によって、たいそう楽しいのです。

カミル・モドラーチェクが警察で取り調べを受ける章には、全体主義体制とヒトラーのナチス体制の酷似がそれとなく差し挟まれています。

警官がラースカ警部補にモドラーチェクを引き渡す場面。

〈警官とラースカは「労働万歳」と挨拶をする〉

ラースカとふたりの取調官がすれちがう場面。

〈ラースカはふたりの取調官に声を出して「労働万歳！　同志」と挨拶し、ふたりは

「万歳、同志」と答えた。〉
踵《かかと》をカチッとあわせ「ハイル　ヒットラー」と叫ぶ姿と重なります。
本書を読みながら連想したのは、ポーランドの作家スワヴォーミル・ムロージェックです。私が所持しているのは、短篇・掌篇集『象』だけですが。かつては大国であったポーランドは、十八世紀、ロシア帝国、プロイセン王国、オーストリア帝国に分割され、消失します。第一次大戦の後、統合独立を果たしたけれど、第二次大戦では独ソ両国に蹂躪《じゅうりん》されます。戦後はソ連の衛星国にされ、国民は悲惨で不条理な中で生きねばならなかった。資本主義国家は、貧富の懸隔《けんかく》が歴然とします。資本主義を指弾し口当たりのよい理想を掲げる共産主義国家の実態がどのようであるか、今では周知のことです。ムロージェックは漫画家でもあり、『象』には漫画が数点載っています。太い描線で、単純化した絵です。
ピアノ演奏会の舞台では、司会者が〈皆様、「万人に平等のチャンスを」運動の一環といたしまして……〉と演奏者を紹介し、グランドピアノの前の椅子には猿が腰掛けています。

「私的生活」と記した看板の後ろから、人物の頭と足がのぞいています。その背面図。人物は素っ裸であり、〈公の側から見た図〉のキャプションがついています（マイナンバー……私の小さい呟《つぶや》き）。

バレエの舞台では、ダンサーたちの手足、胴体がばらばらに千切《ちぎ》れ散乱し、司会者は驚いたふうもなく〈観客の皆様にバレエの技術的欠陥をおわびいたします。しかし、思想的価値は力説したく存じます。〉と告げています。

脱線修復。

本作は、読者が混乱せず楽に読み流すための配慮や、決まり事めいた起承転結の流れなどは、無視されていますから、未知の森に分け入る楽しさを読む者は味わいます。

イジー・クラトフヴィルは、その奇抜な語りによって、「ポストモダン作家」と形容されることがあった、と、訳者は記しておられます。

〈家族と団欒するラースカ警部補〉という章では、タイトルどおり、職務では冷酷な警部補が、知的障害のある幼い娘アニチカをいじらしいほど可愛がっています。住まいの前の持ち主が残していった小型の〈むしろピアニーノと言ったほうがふさわしい〉ピアノの鍵盤を、アニチカは叩き、独特の演奏をします。〈それは、理解できない音にまぎれた理解できる言葉という彼女の言葉にも通じるものだった。〉
前の持ち主である音楽家は、国策に沿わないとして作曲家連盟から弾劾《だんがい》され、亡命を試み、国境は越えたものの、〈大農場の底の深い肥溜めに落っこちてしまい（略）あの強烈な生物ガスで窒息死していた。〉だれもが「サウンド・オブ・ミュージック」みたいに成功できるわけじゃないのですね。
〈この小さなアニチカのことは憶えておいてほしい。物語のだいぶ先で欠かせない存在となるので〉と、作者がわざわざ注記しているにもかかわらず、肥溜めで窒息死した音楽家の魂がピアニーノの上にたえず舞っている、その情景に気をとられたり、また、特別サディスティックな性癖を持たない者でも、権威からの指示があるときは、平然と残酷な行動をとれる、というスタンレー・ミルグラムの「権威への服従」の実験を思い重ねたりしていて、読み過ごしてしまいました。次々に、話は意外な展開をするし。ラスト近くなって登場したアニチカに、私はこの章を読み返したのでした。
建築家モドラーチェクは、内務省の分署に呼ばれ、留置されていた妹エリシュカが独

72

房で縊死《いし》したことを簡単に告げられます。

妹が住んでいた邸宅に、警部補ラースカが家族――妻と幼い娘――とむつまじく暮らしている様子を、モドラーチェクは望見します。

前記〈家族と団欒するラースカ警部補〉の章には、ラースカ一家が住んでいる家の中庭の状態が記されています。〈ごみ箱、くさったマットレス、さびて穴だらけのカップがころがっていて、ドブネズミも駆けずり回り、夜にはバルコニーから小便をする酔っぱらいもいる。〉

国家に接収された妹の住まいが警部補ラースカとその家族に下げ渡されたことを、モドラーチェクは知ります。最愛の娘のためにラースカはもっとよい環境を望んでいたのでした。

本作を映画化するとして、その予告篇を作るのであったら、私は、自宅の地下倉庫で、怒り猛ったモドラーチェクがつるはしを振るうシーンを入れるでしょう。壁にはポスターが貼ってあります。共産党の警官が明るい色で描かれ、その下の〈警察は人民と共にある！〉と記された文字。赤い筆でさらに〈警察は人民と共にあらず！〉と書き添えられている。その警官の顔、喉を、モドラーチェクのつるはしは、削り、叩き、突き刺します。

〈壁がどっと動き出し、壁のほとんどが、向こう側の闇のほうへばたんと倒れたのだ。〉巨大な黒い海みたいな空間は、かつて教会であった建物の納骨堂か地下聖堂らしい。

次に入れる場面。骨董品店《こっとうひんてん》で、熊でも飼えそうな檻《おり》をモドラーチェクは手に入れ、小型乗用車の屋根に固定し、〈亀の上に象が乗っているような〉格好になった車を走らせる。

二十世紀の重要な作家ウラジーミル・ナボコフは、自伝的作品『記憶よ、語れ』に架空の人物まで登場させていますが、クラトフヴィルの『約束』にあっては、フィクションのなかに、実在のナボコフが、登場します。

多様な色彩をもつ数多い蔓草が互いに絡み合って伸び上がり一つの樹木をなすような本作は、「拷問によって妹を自殺にまで追い込んだ警部補に、兄が復讐する」という物語に収斂《しゅうれん》するかのようですが……、さらに、ひろがります。

74

『約束』は、緻密《ちみつ》な読書を要求する作です。あらすじだけ追ったのでは、十分な楽しみを味わい損ねます。

訳者は、クラトフヴィルがミラン・クンデラを師として仰いでいることを記し、〈両者の小説で共鳴しているのは、小説は現実を単に描写するものではないという考え方であろう〉と述べておられます。現実を単に描写するのではない、重層的で多元的な作を、私も試みたく思うのですが……日暮れて道遠し、は声に出すべきではない吐息でした。

032 「マテオ・ファルコーネ」とプロスペル・メリメ『ファービアン』とエーリヒ・ケストナー

さほど広くない洋間でした。記憶する限りでは和室でいえば八畳間ほど。壁の全面を占めた書棚に、書物はぎっしり詰まってはおらず、斜めに立てかけられた本もあり、椅子も机もなくて、数人の子供が床に腰を下ろして本をひろげていた……ような気がします。

小学校二年のときでした。——八十年も昔になる。なんだか、昔話をしているおばあちゃんみたいだ……。みたい、じゃなく、そのまんまです。私を可愛がってくれていた叔母が、何かの用事で上野《うえの》に行くとき、私を伴いました。用がすむまでここで待っていて、と私を置いていった場所が、児童図書館でした。大人用の大きい図書館に付属した小さい建物か、あるいは別室だったのかもしれません。初めて図書館というものに入りました。

そのとき読んで衝撃を受けたのが、「マテオ・ファルコーネ」と「盲目のジェロニモとその兄」の二短篇です。前者の作者の名前は、短かったからでしょう、メリメ、とすぐ憶えました。後者は、この稿を書くために調べて知りました。「輪舞」や「緑の鸚《おう》鵡《む》」などの戯曲で馴《な》染《じ》んだシュニッツラーでした。二短篇は一冊の本に収録されていたと思うのですが、あまり確かな記憶ではありません。そのとき、他の本も読んだはずですが、二篇の強烈さに、消されてしまいました。

「盲目のジェロニモとその兄」は、その後再読していないので、うろおぼえのままに書きます。さすらいの兄弟。盲目の弟は声がよいので人の集まる場所で歌い、弟の世話をする兄が客から金をもらう。歌を聴いた男が、弟にささやきます。いま兄さんに金貨を渡してやった。男は去り、弟は兄に、金貨に触らせてと言う。もらってないよ。弟は信じない。二人の仲のよさは、あっさり壊れてしまった。金貨に触らせて弟の信頼を取り戻そうと、兄は客から金を盗み逮捕される。

私はこの兄弟を、兄は十四、五。弟は十ぐらいの少年だと思い込んでいました。児童図書館においてあったからでしょうか。入手が間に合わないのでネットであらすじを見たら、二人とも一人前の男でした。弟が盲目なのは、兄に原因があった、というのは憶えていなかった。ほかにも記憶違いや忘れている箇所が沢山ありました。細かい部分の差違がどうであれ、初めて読んだときのショックはやわらぎません。

「マテオ・ファルコーネ」は後に岩波文庫で再読しました。『エトルリヤの壺　他五編』（杉捷夫《すぎとしお》訳）に収録されています。新潮文庫は堀口大學《ほりぐちだいがく》訳の短編集『カルメン』に収録。ファルコーネと憶えていたのですが、どちらもファルコネでした。児童図書館で読んだのがどちらの訳によるものか、あるいは別の訳であったのか、不明ですが、子供向けに口当たりよくやわらげたりはせず、内容はそのまま記されていたのでした。マキという言葉を、このときに憶えました。以下は、岩波文庫の改版を参照して書きます。

コルシカ島の町を出はずれ、曲がりくねった小径《こみち》を三時間も歩くと、「雑木林《マキ》」のふちに出ます。

樹木や灌木《かんぼく》が密生したマキは、官憲に追われる者にとって、この上ない隠れ場所です。マキから半里ほどのところに住むマテオ・ファルコネは、五十前後、射撃の名人。

家族は妻と十歳の息子。数多い家畜を持ち、その放牧は牧人にまかせ、みずからあくせく働かなくても楽に暮らせる裕福な、〈いわゆる「名声のある人物」〉で、周囲から一目《いちもく》おかれています。

〈山に住んでいるコルシカ人で、記憶のすみずみまで探って見て、何か多少犯罪のようなものを犯していない人間は少ない。〉

山のコルシカ人のあいだには、黙契《もつけい》があります。官憲に追われてマキに逃げ込んだ者を決して密告はしない。逃亡者が食糧を求めたら、渡してやる。

マテオが妻を伴って放牧してある家畜を見回りに遠出し、十歳の息子フォルチュナトが一人でいるとき、銃声がひびき、負傷した逃亡者が助けを求めて逃げ込んできます。火薬を買いにマキを出たところを官憲の伏兵に見つけられ、追われているのでした。マテオ・ファルコネの息子だなと確かめてから、かくまってくれと男は頼みます。〈お前をかくしたら何をくれる?〉男から五フラン銀貨を受け取り、フォルチュナトは男を枯れ草の山の中に潜ませます。追跡の兵たちがあらわれる。どこにかくした、と迫る曹長を、フォルチュナトは〈おらのおとっさんはマテオ・ファルコネだよ!〉とかわしますが、銀時計を餌にぶら下げられ、〈子供の右手は少しずつ時計の方へせり上がって行った。〉フォルチュナトはついに枯れ草の山を指で示し、鎖のついた時計は彼の手に残ります。

逃亡者が縛り上げられ、兵たちに連れて行かれようとするところに、マテオと妻が帰ってくる。フォルチュナトのおかげで逮捕することができた、と曹長は告げ、逃亡者は、〈裏切り者の家!〉と敷居に唾を吐きかける。十歳の子供は、ようやく、自分がしたことの重大さに気づきます。

銃を担《かつ》いだマテオは息子を窪地に連れて行き、ひざまずいて祈れ、と命じます。

〈おとっさん! 後生だよう! かんべんしておくれよう! もうしないよう!〉

〈マテオは引き金を引いた。〉

メリメの文章は感傷を排し、鋭い鑿《のみ》で一気に削ります。

それからしばらくして、「少年倶樂部」に掲載された「武士の子」という短篇を読みました。いま調べたところでは、昭和十四年一月に発売された二月号なので、一年余り後のことになります。

戦国時代。少年新介《しんすけ》の父親は名のある武士だったが、主家がほろびたため、新介は父と二人で人里離れた山中の小屋で過ごしていました。父は死に、山小屋でひとりで暮らす新介のもとに、落ち武者があらわれ、織田信長《おだのぶなが》の手勢に追われていることを告げ、助けを求めます。逃げ道を新介は教える。その直後、織田勢があらわれ、落ち武者の詮議《せんぎ》にかかります。

「マテオ・ファルコーネ」の翻案と、即座にわかります。

外国の小説を日本の話にする翻案は、黒岩涙香《くろいわるいこう》のころから、戦前においては珍しいことではありませんでした。大佛次郎《おさらぎじろう》の『花丸小鳥丸』はマーク・トウェインの『王子と乞食』を基とし、「武士の子」の作者赤川武助《あかがわぶすけ》は『母をたずねて三千里』の翻案を『源《げん》吾《ご》旅日記』の題名で著しています。『花丸……』も『源吾……』も、「少年倶樂部」に連載されました。

だが、この「武士の子」は、「マテオ・ファルコーネ」を、あろうことか正反対に改変していました。掲載された昭和十四年といえば、その二年前に日支事変《にっし》(今は日中戦争というのですね)が始まり、日本は軍国主義のまっただ中でした。新介の父親は、生前、武士道五訓を息子にたたき込み、墓前で新介はそれを暗誦《あんしょう》する。〈一つ。武士《もののふ》は、忠義第一と心がけよ。〉第四項は〈四つ。武士は、人との約束は命にかけて守るべし。〉
父の遺訓を守り、新介は、織田信長に斬るぞと脅されても、落人《おちうど》の逃れた方向について口を割らない。で、最後は、天晴《あっぱれ》な小童《こわっぱ》と感心して信長の一行は去る。仕官する気があれば推挙すると、木下藤吉郎《きのしたとうきちろう》が言い残す。
「マテオ・ファルコーネ」のラストを記憶に刻んでいた私は、腹さえ立ったのでした。当時の小学生として、「忠君愛国」を校則を守るのと同じ程度の意識で受け入れていましたが、「我が臣民　よく忠に　よく孝に」と学校で式のたびに校長先生が恭《うやうや》しく巻物を開いて読み上げ、「チンオモフニワガコーソコーソー」とさんざん暗誦させられていることを、物語の中でまで説教されたくなかった。大人の翻訳小説もずいぶん盗み読みしていたので、子供向けの話の教訓臭はよけい鼻につきました。大人だって達成困難なことを子供に押しつけるな。
そのころ、子供の本はなかなかととのえてくれない親が、珍しくケストナーの本を買い与えてくれました。良書とみなしたらしい。文部省の推薦文でもついていたのでしょうか。『点子ちゃんとアントン』『エミールと少年探偵団』（今は、『エミールと探偵たち』のタイトルですね）『飛ぶ教室』の三冊です。『ふたりのロッテ』もこのとき読んだように思っていましたが、ケストナーが著したのが戦後ですから、完全に私の記憶違いです。まったく、記憶はあてにならない。で、面白かったかと言えば……面白くはあったのですが、『飛ぶ教室』以外の二篇は、違和感が残りました。子供が、できすぎ、の感が強かったのです。『飛ぶ教室』は登場するのが典型的ないい子ちゃんではないので楽しかったけれど、正義先生と禁煙先生の再会の場面で、ちょっと引きました。もっと小さいとき『秘密の花園』を、わくわくしながら読んでいたのに、陽光の下の明るいラストにいささか落胆したのでした。根っから「健康的なお話」が嫌いだったらしい。子供の酷薄《こくはく》さ、それを見て見ぬ振りをする大人の狡《ずる》さを、幼稚園児の時から体感しています。児童教育者として高名な夫妻が運営する幼稚園だったけれど。「みんないい子」のそらぞらしさ。

戦後、一九七三年になってからですが、ケストナーの子供向けではない長篇『ファービアン』を読みました。そのときの東邦出版社版はなくしてしまい、今手元にあるのは一九九〇年刊のちくま文庫版です。明るく健康的で、人生教訓さえ含む児童書とは、まったく趣《おもむき》を異にしていました。第一次世界大戦によりドイツ帝国が瓦解《がかい》した後に築かれたワイマール共和国の末期。ウォール街の株価大暴落、続く世界大恐慌、失業者が溢れ、巷《ちまた》では共産党員とナチ党員が乱闘を繰り返し、市民は一時の快楽に身を委《ゆだ》ね、憂《う》さを忘れる。そういう世相を、ケストナーは『ファービアン』において、皮肉と諧謔《かいぎゃく》と、絶望的な虚無感をもって描出しています。ベルリンで会社勤めをしていたファービアンは、突然、解雇を告げられる。その数日後、急進的な思想を持った親友が、くだらない嘘のために自殺する。恋人はスターになりたくて映画監督に身を任せる。彼の目に映るベルリンは、悖徳《はいとく》と退廃のみ。何をする気にもなれず、母が待っている故郷に戻ります。そこでも、彼の失意は満たされない。河のほとりで、橋の欄干《らんかん》の上を少年が綱渡りみたいに歩いているのを見ます。バランスを失って、少年は河に落ちた。ファービアンはとっさに上着を脱ぎ、河に飛び込みます。

〈少年は泣きわめきながら岸に泳ぎ着いた。

ファービアンは溺れて死んだ。あいにく彼は泳ぎを知らなかった。〉

84

一九三一年にケストナーが著した本書は、ヒトラーが政権を掌握してから、焚書《ふんしょ》の対象となります。

楽しい『点子ちゃんとアントン』は、『ファービアン』と同じ年に書かれています。退廃した世相は、周りの大人たちのありようによって幾らか示されますが、点子ちゃんとアントンの大活躍で、すべてはうまくおさまる。

子供に与えられる本と大人が読む本の、同じ作者なのにこの違い。

大人の小説を書くようになる前、私は少年を主人公にした物語を書いていました。絵を描くにはデッサンの勉強が必要であり、バレエなら基礎レッスンが欠かせない。そのように、小説も学ばねばならない基礎があるのだろうと、児童文学教室という講座に出席しました。七〇年代初め、大学紛争の凄絶《そうぜつ》な擾乱《じょうらん》がおさまってきたころでした。主催するのは、「戦後民主主義を子供たちに教える」という使命感を持った方々で、日常生活を社会主義リアリズムで書き、子供たちが連帯して状況を改革するような話を称揚しておられました。指導的な立場の方々の思想を反映してか、当時の日本の創作児童文学は教条的でまったく面白くなかった。講師のお一人は「話を面白くしてはいけない」

と断言なさいました（四十数年前の話です。今はそんな風潮はないと思います）。小川《おがわ》未明《みめい》（私の偏愛する）の「赤い蠟燭《ろうそく》と人魚」は、先生の一人が社会主義の立場から否定しておられた。プライヴェイトな場で、別の先生に訊ねました。「児童文学は、明るく希望に満ちていなくてはいけないということですが、子供はやがて、児童文学が説くことと現実の乖離《かいり》を知ります」すでに知った子供もいる。「二つの間の深淵《しんえん》は何によって埋められるのでしょうか」返事は得られませんでした。

愛と友情と勇気と希望に満ちた児童文学は、大人が子供に与えるにふさわしいのだろうし、子供も楽しんで読むのでしょう。でも、幼時、身の回りにあるのがそういうお話ばかりであったら、私はこうまで本好きにはならなかった。「マテオ・ファルコーネ」は、残酷ではあるけれど、残忍ではない。卑劣とは何かを、峻烈《しゅんれつ》にあらわしています。

033 『安徳天皇漂海記』と宇月原晴明

ドイツ語圏の綺想幻想小説を数多く邦訳され、楽しませてくださったドイツ文学者前《まえ》川道介《かわみちすけ》先生は、レオ・ペルッツ『第三の魔弾』の訳者解説において、〈史実と不即不離の関係を保ちながら、作者の主観と空想が展開する物語を専門の歴史家にも興味深く読ませるのが歴史小説のすぐれたもの〉であると記され、〈作者の空想がヴィジョンと呼びたいほど強烈〉であるがゆえに、ペルッツの作を〈幻想的歴史小説〉と名付けておられます。〈幻想歴史小説の本質とその興味は、学問的に承認され秩序づけられている史実に作者が独自の強烈なヴィジョンによって亀裂を入れ、読者に思わず快哉を叫ばせる離れ業《サルト・モルターレ》であるといっていいでしょう。〉

この史実、正史とされる歴史が、どこまで信頼をおけるものなのか。歴史なるものが、勝者によって定められたものであると、今では多くの人が認識しています。同じ行為が、勝者であれば英雄と称賛され、敗者には、残忍とか、卑劣とかの烙印《らくいん》が押される。一次資料として珍重《ちんちょう》される、その時代を生きた者の日記や手記にしても、主観に傾いたり、自己弁護のためにことさら書き落としたことがあったり、と、絶対的な信頼をおきかねる場合もあります。今現在、目の前で進行している歴史的な事件でさえ、何が真実なのかわからない。

三島由紀夫《みしまゆきお》は〈歴史の欠点は、起ったことはかいてあるが、起らなかったことはかいてないことである。そこにもろもろの小説家、劇作家、詩人など、インチキな手合のつけ込むスキがある〉と記しています。皮肉屋の花田清輝《はなだきよてる》は、この三島の言を引き、〈「歴史」の欠点は、起らなかったことだけがかいてあって、おこったことは、なに一つ、かいてないことである〉と言っていますが。

三島由紀夫の言う〈つけ込むスキ〉は、「強烈なヴィジョンによる亀裂」と同義だと思います。

宇月原晴明《うつきばらはるあき》さんの『安徳《あんとく》天皇漂海記』は、まさに〈読者に思わず快哉を叫ばせる離れ業《サルト・モルターレ》〉を演じる〈幻想的歴史小説〉です。

古事記《こじき》、吾妻鏡《あづまかがみ》、平家物語《へいけものがたり》、古今著聞集《ここんちょもんじゅう》、金槐和歌集《きんかいわかしゅう》、さらに、マルコ・ポーロの東方見聞録《とうほうけんぶんろく》から宋史《そうし》、元史《げんし》、ここにはあげきれない幾多《いくた》の文献を読み込んだ上で、とほうもなく壮大で綺想溢れる〈幻想的歴史小説〉を、作者は構築しておられます。

第一部は、博多《はかた》に隠棲《いんせい》する老いた隠者が異国からの客人に語る追憶譚《ついおくたん》です。

隠者は若い頃、鎌倉《かまくら》幕府三代将軍である源実朝《みなもとのさねとも》に、近習《きんじゅ》として仕えていました。将軍といっても、名ばかり。政治の実権は執権北条《ほうじょう》氏に握られ、ひたすら歌の道にいそしみ、『金槐和歌集』を世に出し、大海のむこうなる大国、宋に渡らんと巨船を建造したものの、あまりにも巨大に過ぎて船は海に乗りだすことが叶わず、浜に座したまま朽ち果てる。彼を父の仇《あだ》と狙う公暁《くぎょう》によって、暗殺される。享年《きょうねん》二十八。

というのが『吾妻鏡』などによって知られる源実朝の短い生涯です。

作者は〈何よりもまず、小林秀雄《こばやしひでお》『実朝』、太宰治《だざいおさむ》『右大臣実朝』、澁澤龍彥《しぶさわたつひこ》『高丘《たかおか》親王航海記』、花田清輝『小説平家』、この四作品がなければ、本作は生まれえませんでした〉と謝意を表しておられます。

『高丘親王航海記』は、真珠を呑《の》んで声を失い、あまりにも早く白玉楼《はくぎょくろう》に移られた呑《どん》珠庵《じゅあん》澁澤龍彥の、白鳥の歌です。本作のタイトルからも、澁澤作への傾倒はうかがえます。

幼にして帝位を継ぐ者とさだめられ、翌年、自らには関わりのない事件──薬子《くすこ》の変──によって廃され、後に、優れた師を求めて入唐《にっとう》、さらに天竺《てんじく》に渡らんとして航海中消息を絶った高丘親王の史実と、澁澤龍彥の手になる夢幻の航海記は、本作を推進する重要な動力となっています。

他のお三方は、小林の大臣《おとど》、太宰の僧正、陰陽《おんみょう》博士の花田さま、と作中に時折名が挙がり、作者のトリッキーな敬意の表し方に、読む方は嬉しくなります。

源実朝とは、如何《いか》なる人物であったのか。

〈小林さまは、無垢《むく》なお方だとそうおっしゃっておられます。太宰さまは、懐かしいお方だと……なるほど、さもありましょう。

私にとって将軍家はただ、どこまでもお優しいお方でございました。〉

その限りなく優しい将軍実朝の前で、鴨長明入道《かものちようめいにゆうどう》（かの『方丈記《ほうじようき》』の作者）が琵《び》琶《わ》をかまえ、平曲を弾き語りするというあり得たかもしれない場面から歴史に亀裂が入り、強烈なヴィジョンがほとばしり始めます。

祇園精舎《ぎおんしょうじゃ》の鐘の声、諸行無常《しょぎょうむじょう》の響あり
沙羅双樹《しゃらそうじゅ》の花の色、盛者必衰《じょうしゃひっすい》の理《ことわり》をあらはす

おごれる平家の滅亡を哀切にうたいあげた『平家物語』の作者はだれであったのか、如何にしてだれによって節付けされたのか、おおよその推測はなされていますが、決定的な説はないようです。

ともあれ、この鎌倉時代初期において都で語られ始めた平曲を、鴨長明は若き将軍の前で弾き語ります。同席したのは二人の公家と十代半ばであった近習〈私〉のみ。

低く高く響く琵琶の音と共に、弾き語りは壇《だん》ノ浦《うら》の合戦に及びます。

源氏の軍勢に追い詰められた船上。平清盛《たいらのきよもり》の正妻であった二位の尼は、〈神璽《しんし》をわきにはさみ、宝剣を腰にさし〉外孫にあたる幼い主上、齢《よわい》わずかに八歳の安徳帝を抱き、

〈浪《なみ》のしたにも都のさぶらふぞ〉となだめ、〈千尋《ちいろ》の底へぞ入《いり》給ふ。〉

幼帝入水《じゅすい》は、実朝生誕に先んずること七年。酷《むご》い最期にまで追い詰めたのは、彼の父源頼朝と叔父義経《よしつね》。実朝自身には、何ら負うべき責めはないものの、〈実朝さまのお顔は、白さをとおりこして蒼《あお》くすら見えました。（略）お目は閉じられ、長い睫《まつ》毛《げ》には涙の影こそございませんでしたが、かつて見たこともないほど厳しく引きしめられたお口元だけでも、私には将軍家のお心は痛いほどわかりました。〉

翌日、〈私〉と二人だけの場に将軍はふたたび鴨長明を招き、平曲の続きを所望します。

これぞ大秘事と物々しく前置きし、長明入道が語ったのは、「剣《つるぎ》の巻」でありました。「剣の巻」は、本来の『平家物語』にはないけれど流布本に付されて広まったものです。

三種の神器——八咫《やた》の鏡《かがみ》、八尺瓊《やさかに》の勾玉《まがたま》、草薙《くさなぎ》の剣《つるぎ》——は、皇統の正統なる証《あかし》として、即位されるすめろぎは、必ず奉戴《ほうたい》せねばならない。幼帝共々、神器は海底に没し、後継の帝は神器なきまま即位された。後に、鏡と勾玉は取り戻せたけれど、剣はついに失《う》せたまま、という史実と、素戔嗚《すさのお》の尊《みこと》が八岐《やまた》の大蛇《おろち》を退治して霊剣を手にする神話に、本書の作者は、さらに奇怪な説——霊剣と大蛇、海底に投じられた幼帝の関わり——を長明入道に語らせます。

作者の幻視の力は『古今著聞集』や藤原定家《ふじわらのていか》の『明月記《めいげつき》』から天竺の冠者《かじゃ》なる幻術師を物語の中に召喚し、トリックスターとして活躍させます。

生誕より七年前に入水した幼帝と、実朝は如何にして対面したのか。

作者は記紀《きき》により事実として伝えられてきた神話を、巧みに用います。

天孫降臨に際し、天照大神《あまてらすおおみかみ》は、孫神である瓊瓊杵尊《ににぎのみこと》に三種の神器を与えると共に、真床追衾《まとこおうふすま》でくるんだ。

〈幼帝入水は、もう一つの天孫降臨ではありますまいか。〉

代々、帝即位に際して必ず用いられるという真床追衾が如何なるものであるか、即位される新帝のほかに、だれ一人知るものはないのですが、離れ業師は、幼帝をくるみ護るそれを、琥珀《こはく》としました。

江《え》ノ島《しま》の迷路めいた洞窟の奥深くに湧く小さな泉。水中に光を放って浮く、琥珀。その中に封じられた、幼帝。

四つ目の神器ともいうべき真床追衾――琥珀の玉――の中で、幼帝は胸に剣を抱き、両拳は、これも神器と呼ばれてしかるべきものをそれぞれ握りしめているのでした。

平安朝のころより、人々は夢告《むこく》を重視していました。まして、実朝と近習の〈私〉、二人が同じ夢をみたとなれば、疑いようもない。

〈「剣をとりゃ」

かわいらしいお声が、精一杯といった感じの威厳を籠めて発せられました。

「わが兵《つわもの》となれ」〉

実朝と近習の〈私〉は、双夢《ふたつゆめ》をみたのでした。

〈「安徳さまは兵《つわもの》を募っておられる」

ややあって、実朝さまは沈鬱なお顔でつぶやかれたのでございます。

「崇徳院《すとくいん》さまよりなお、荒《あら》ぶりたる御心よ」〉

『金槐和歌集』にまとめられた実朝の和歌を、作者ならではの解を付して交《まじ》えつつ物語は進みます。

失敗に終わり世に愚行と嗤《わら》われる実朝の巨船建造に、作者は深いあたたかい意味を与えました。なぜ、船は海に進み入ることができなかったのか。

降りしきる雪が二尺も積もった建保《けんぽう》七年正月二十七日、右大臣拝賀のために鶴岡八幡宮《つるがおかはちまんぐう》に詣《もう》でた鎌倉三代将軍源実朝が、公暁によって暗殺された。断ち落とした首級を抱いて走った公暁は、北条勢に討ち取られ、己が首を断たれた。実朝の首級は、どうなったのかわからない、というのが、『吾妻鏡』などの伝える史実です。

この船出の失敗と実朝の首が行方不明という二つの史実の〈つけ込むスキ〉に、作者は「強烈なヴィジョンによる亀裂」を走らせ、幻史を創作しました。

時は過ぎ、若かりし近習〈私〉も七十を越えた文永《ぶんえい》十一年、蒙古《もうこ》の大船団が来襲する。後に元寇《げんこう》と呼ばれる、その第一次です。

来襲した蒙古軍が、なぜ、撤退したか。戦前から戦中にかけて、「神風」説が教科書にも載り、日本が特別な神国であることが強調されました。

宇月原晴明の幻史にあっては、実朝と安徳帝、そうして近習の関わりによる、或ること、或るものが、さらに言うなら実朝の心優しさと凛《りん》たる勁《つよ》さが、国難を救ったのでした。古代の神話が、この幻譚にみごとに活かされています。

第二部。

ヴェネツィアの商人の家に生まれたマルコ・ポーロが中央アジアから中国まで旅し、その見聞きしたところを著した『東方見聞録』の内容は、〈亀裂〉を入れる隙間が多々あります。

クビライ・カーンに重用され、見聞したところをすべてクビライに伝える巡遣使に任じられたマルコは、海を隔《へだ》てたジパングの博多に隠棲する老人から、鄭文海《ていぶんかい》なる商人が聞き書きした話を、クビライに伝えます。自身の命と引き替えに、蒙古の大軍船団を壊滅させたジパングの若き王。琥珀の中に眠る幼い帝。

ジパングの若き王が聴いて心打たれた悲劇の叙事詩を彼の地で聴き覚えたという老いた華南人《マンジじん》を、鄭はクビライの前に伴っています。琵琶を弾じながら、ジパングの言葉で語る。それを、鄭はモンゴルの言葉に訳していきます。

〈サヘートの庭に響く鐘の音は

あらゆるものがうつろいゆくことを教えてくれる
サーラ樹の花の色は
栄華を誇る者も必ず滅びさるという道理を示している〉

物語のその先に言及するのは、読者の楽しみを奪うことになるので、控えます。亡国南宋《なんそう》の少年帝と琥珀の玉をうつろ舟としたジパングの幼帝が、海辺の砂地に漢字を記して歓を交わす場面のいじらしさ。歴史の隙間につけ入った〈亀裂〉は、蜜《みつ》の都市を顕現《けんげん》させ、すべてを蜜の瀧《たき》と化す壮麗な幻を描き広げるとのみ、記しましょう。最後に、規模を大にした二度目の元寇、四百余州をこぞる十万余騎の敵の来襲の成り行きを簡潔に述べて、華麗な物語は〈亀裂〉を閉じます。

山本周《やまもとしゅう》五郎《ごろう》賞を受賞した本作が、入手困難であることは、幻想文学界の損失です。愛好者の目にとまる機会のありますことを。

034 『傭兵隊長』『美術愛好家の陳列室』とジョルジュ・ペレック

中世から十七世紀の三十年戦争にいたるまで、ヨーロッパの王や諸侯は自前の軍隊をろくに持たず、戦闘はほとんど傭兵《ようへい》任せでした。この傭兵が、たちが悪い。彼らの目的は、敵に勝つことではない。金を得ることです。雇い主である王や諸侯の支払いが悪ければ、さっさと金払いのいいほうに鞍替《くらが》えする。敵対する都市を落としたら、掠奪《りゃくだつ》と強姦《ごうかん》は当然の権利。戦場に向かう途中の村々も掠奪放火の対象になる。掠奪されるのが嫌なら金を払え。女は犯す。子供は殺す。グリンメルスハウゼンの『阿呆物語』によれば——小説なので虚実はさだかではないけれど——老人を竈《かまど》で串焼きにした。そういう連中を率いる傭兵隊長は生中《なまなか》なことではつとまらない。

『傭兵隊長』というタイトルの本を書店で見かけました。カバーは、ふてぶてしく、強《した》かな面構えの男の肖像画です。上唇に小さい傷痕がある。肚《はら》の据わった顔つきです。必要とあれば残忍なこともやってのける。胡桃《くるみ》の殻《から》みたいに頑丈《がんじょう》だ。いや、強い相手の弱点にがしっと噛みついて割り砕《くだ》く胡桃割りだ。どこか愛嬌《あいきょう》もあるので、相手は気を許す。と、見るや牙《きば》を剝《む》く。容赦なく相手の喉頸《のどくび》を掻《か》っ裂《さ》く。金銭の問題には抜け目がない。

バックと服の色、帽子の色がほぼ同じなので、少し赤みを帯びた黒の中から、この顔と鋼鉄の筒みたいな太い頸だけが浮かび上がっている。

目を離せなくなる吸引力のある絵でした。

三十年戦争か農民戦争あたりの傭兵の話かと、帯の文章をろくに読まず、買い求めました。

〈マデラは重かった。私は彼の脇を抱え、後ずさりして工房に通じる階段を降りた。〉

これが冒頭です。〈段差ごとに両脚が跳ね、そのぎくしゃくと弾む音が降りてゆく私に不規則に付き従い、窮屈な丸天井の下で素っ気なく響く。私たちの影が壁に踊っていた。〉

書斎で殺した相手の躰《からだ》を隠そうと、引きずりながら階段を下りる。屍骸《しがい》を地下のアトリエの扉のすぐ近くに横たえ、血痕を拭きとるため階段を上ったら、外出先から戻ってきたマデラの下男と鉢合わせしてしまった。急いで階段を駆け下り、アトリエに飛び込み、扉に南京錠《なんきんじょう》をかけ、戸棚でふさぎ、閉じこもる。

サスペンス小説などにありがちなシテュエイションです。月並みな文章、月並みな構成で書かれていたら、読むのをやめたでしょう。

「意識の流れ」を援用した本作は、読む者を引きずり回し、引き込む力がありました。「私」であるべき人称が、突如「お前」になり、あるいは「彼」に変わる。人称の変化は、自分自身に語りかけたり、突き放して第三者のように自分を視たりする、「私」の心の状態をあらわしているようにも感じられます。

〈マデラは死んだ。だからどうした。（略）換気窓から射しこんでいるのはいつもの日の光だ。〈傭兵隊長〉は画架に磔にされている……〉

絵画の贋作《がんさく》制作が、〈私〉〈お前〉〈彼〉ガスパール・ヴィンクレールの仕事です。

〈彼は周囲をぐるっと見まわしたのだった。いつもと同じ書斎だ――（略）簡素な様式がもつ端正な秩序、色彩同士の冷ややかな調和——じゅうたんの暗緑色、肘掛椅子の鹿毛色、（略）だが突然、マデラの締まりのない身体によってグロテスクな印象が生まれた。〉

十五世紀の著名な画家アントネッロ・ダ・メッシーナによる《傭兵隊長》（現在ルーヴル美術館蔵）の贋作制作に出資したマデラを、なぜ、ガスパール・ヴィンクレールは殺害したのか。

書斎に入ってきた相手にいきなり剃刀《かみそり》で頸を掻っ裂かれたマデラとしては、不条理きわまりない人生の終焉《しゅうえん》でした。

〈お前は人を殺したのだ。（略）お前はどうしてマデラを殺したのか。動機なし。奴は太って溌剌としていた。ぜいぜいと息をして、醜く鈍重だった。〉

マデラが颯爽《さつそう》とした美男子であったら、ヴィンクレールは殺さなかったか。やはり殺したでしょう。

殺人を犯した。だが、生き延びたい。その願望に駆られ、ヴィンクレールは脱出すべく地下アトリエの壁をぶちこわしにかかります。

普通のサスペンス小説であれば、ヴィンクレールが無事に脱出できるか、マデラの下男がすでに警察に通報し追っ手がかかるのではないか、などと読者をはらはらさせるのですが、ジョルジュ・ペレックですから、そうはならない。いったい、この脱出だの、その後の成り行きだのが、実際に行われたのかどうかも模糊《もこ》としています。

ペレックの代表作と言われる『人生 使用法』を読んでいないので、おこがましいことは言えませんが、既読の『煙滅』『美術愛好家の陳列室』『眠る男』などだけでも、実験的な意図を持った書き手であることがわかります。

『煙滅』は、フランス語に欠かせない「E」を用いないで小説を書きあげるという実験を試みています。原書を読まなくては、その巧技はわからないはずなのですが、訳者塩《しお》塚《つか》秀一郎《しゅういちろう》氏は、なんと、五十音の「い」の段「い、き、し、ち、に、ひ、み、り、ゐ」を抜いて、不自然ではない日本語の文章にするという、とほうもない難業をやりとげておられます。この実験作から連想するのは当然、筒井《つつい》康隆《やすたか》氏の『残像に口紅を』ですが、よく知られた話題作ですから言及は避けます。

アラン・ロブ=グリエやミシェル・ビュトール、レーモン・クノーなどのヌーヴォーロマンと呼ばれる作品が数多く邦訳され、日本の作家にも影響を及ぼした時期がありました。登場人物への感情移入とか、共感とか、感動とか、起承転結に従った物語の牽引《けんいん》力《りょく》などに頼らなくても興深く読むことができるという、新鮮な読書体験でした。

またも寄り道します。拙作《せっさく》『少年十字軍』の冒頭は、「くそったれ」という罵声《ばせい》で始まりますが、これは、開幕するや「くそったれ！」と客席に向かって登場人物が怒鳴《どな》り、観客を騒然とさせたというアルフレッド・ジャリの不条理演劇『ユビュ王』を読んだ記憶の産物です。拙作はごく常識的な物語ですが。

針路訂正。ペレックは、実験的な創作を試みる文学集団「ウリポ」に属し、前記の諸作をはじめ、数々の作品を発表しています。

『美術愛好家の陳列室』の面白さを、文章で延々と説明するのは、野暮《やぼ》ったく思えます。向かい合った壁の両側が鏡になった床屋。客の正面向きとその背面が、映りあって果てしなく奥に続く。その中に、一つだけ、違う顔がある。そういう一コマの恐怖漫画、なかったでしょうか。コンデンスミルクの缶には、コンデンスミルクの缶を持った女の子の絵が描かれている。その絵の女の子が持ったコンデンスミルクの缶の絵にも、コンデンスミルクを持った女の子……と、延々と続くのは、故澁澤龍彦《しぶさわたつひこ》氏が、エッセイに取り上げておられました。そんなくさぐさを連想させるのが、ペレックの『美術愛好家の陳列室』です。

一九一三年、ペンシルヴァニア州ピッツバーグで、ドイツ系住人による盛大な文化祭典——ヴィルヘルム二世在位二十五年を祝賀する——が行われた際、その一環として、バヴァリア・ホテルの大広間では絵画展が催されました。中でも話題を集めたのが、ハインリッヒ・キュルツの作《美術愛好家の陳列室》でした。醸造業《じょうぞうぎょう》で富を築いたリューベック出身のヘルマン・ラフケ氏は美術の愛好家で、おびただしい名画を蒐集《しゅうしゅう》し、自邸の一室に陳列しています。陳列室の百を超えるコレクションの前に腰掛けたラフケ氏。キュルツのギャラリー絵《美術愛好家の陳列室》は、この情景をそっくり描いています。キュルツは、ラフケの肖像を描くとともに、高名な、あるいはあまり世には知られていない、さまざまな画家の、肖像画、静物画、風景画、海洋画、宗教画から風俗画まで、実物と見まがうほど精密に模写しています。いわばすぐれた技術を持つ贋作画家です。それらの絵の中に、陳列室とラフケ氏を描いたこの絵自体もあり、その絵の中には縮小されたラフケ氏と縮小された陳列室の絵があり、その中にさらに小さくなったラフケ氏と精密に縮小された陳列室の絵が……と、続きます。

〈第一次の「画中画」は一メートル×七十センチもあるが（略）第五次は切手ほどの大きさもなく、第六次は五ミリ×三ミリに過ぎない。〉それでも、画中画はなおはっきり見分けがつくが、その一段階下の画中画は半ミリほどの筆あとになってしまう。

評判になり見物人が押しかけたので、展示にさらに工夫が凝らされ、陳列室の奥正面の壁を問題の絵が占め、他の壁にはその絵に取り上げられた絵画の実物が、コレクションの中から選ばれて飾られ、ますます好奇心をそそります。

ラフケの死後、彼が蒐集した絵画は競売にかけられ、高い値がついて売りさばかれます。

本作のほとんどは、それらの画家と作品についての詳細な叙述です。クラナハ、フェルメールのような広く知られた画家から、知名度のごく低い画家、専門家でも知らない画家の作品まで、さまざまです。

実は、これらの画家の名は虚実入り混じっており、読者は翻弄《ほんろう》されます。実在しない画家の作ももっともらしいエピソードとともに紹介されており、美術の専門家でさえ惑わされる。まるで無名だから架空だろうと思うと、実在であったりする。絵画に関する記述も、事実と捏造が搔き混ぜられています。

そうして、最後に、楽しい仕掛けがあるのですが、ばらすわけにはいきませんね。

本書の楽しさの一つは、奇数ページの左隅に、実在の絵画のフラグメントが意味ありげに載せられていることです。

とまれ、ペレックは、贋作およびその画家という素材に関心があった。

一九六五年、『物の時代』でデビューするや、文学賞の一つを受賞したジョルジュ・ペレックの、習作時代の最後の作が『傭兵隊長』です。試行錯誤を重ねて完成し、自信を持って提出した小説『傭兵隊長』は、編集者にまったく認められず突っ返され、古いトランクの中におさめられたままになりました。その写しが発見され出版されたのは、ペレックの没後三十年を経てからです。

ウリポに加わって以後の諸作に比して、実験度はそこまで高くはないのですが、穴を掘るヴィンクレールは、脱出の行動についてではなく、異様な迫力を持った《傭兵隊長》に圧倒された自分を語ります。〈画板の中央には冒瀆的な自惚れが露わになっていた。いまや誰もいない工房に残されていたのは完全なる失敗であった。〉

その後、突然、ストレーテンという友人——らしき男——との対話とヴィンクレールの独白が交互に記されます。ヴィンクレールは脱出に成功し、友人を頼った、らしい。

普通の小説なら細々と叙するであろう脱出の困難や友人を頼るに至る経緯などは、会話の中であっさりと処理されています。

なぜ、マデラを殺したのか。友人との対話は、ヴィンクレールが、彼自身の内面の声と語り合い、贋作者であることのアイデンティティを問い詰めようとしている、というふうにも読めます。そして、混乱しつつもなんとか自分の行為に意義を持たせようと舌を縺《もつ》れさせる独白。

贋作画家に技術を仕込まれた四年間。名画の贋作をつくり続けた十二年間。

〈心ならずも僕の人生そのものになってしまっていた。生きる意味に。屋号のようなものに。贋作者ガスパール・ヴィンクレール。〉

〈《傭兵隊長》は永久に変わらない。泰然自若として、あからさまな完璧さで平伏させつつ、この男は裁き手の冷徹な目で世界を睥睨している。お前はこのまなざしに魅了されてしまったが、本来はこれを手なずけ、説明し、乗り越え、画板にピン留めしなければならなかったのだ。〉
〈「(略)……とうとう勇気を示したのだ、そうとも、勇気を示して決着をつけたのだ。悔やむことなど何もない！」〉
〈おそらく。おそらく違うおそらくは。おそらく間違いない。間違いなく間違いない。世界の中心へと飛び込む。(略)飛び込む。間違いなく。飛び込む。あの生まれくる光に向けて。〉

035
「故障」と フリードリヒ・デュレンマット

遠い日に読んだ小説にせよ、物語にせよ、詩にせよ、細部は忘れはてても、読んだとき強い印象を受けた作品は、そのときの感情がいつまでも残っています。

フリードリヒ・デュレンマットの短編「故障」を最初に読んだのは……と確認したら、わっ、四十八年前。一九七〇年刊行の『現代ドイツ幻想小説』(種村季弘《たねむらすえひろ》編・白水社)に収録されていたのでした。せいぜい十数年前のような気がするのに。それほど驚きが強かったのでしょう。この短編集は、傑作が揃っています。棚の奥にあったのを引っ張り出しましたが、マイリンクの「チンデレッラ博士の植物」やクーゼンベルクの「休まない弾丸」などを再読していると締め切りに間に合わなくなるので、後回しにします。あ、シェーアバルトは垂野創一郎《たるのそういちろう》氏訳の『セルバンテス』で初めて名を知ったと思っていたら、この短編集にも「億万長者ラコックス」というのが載っていました。「故障」は、光文社の古典新訳文庫『失脚／巫女の死　デュレンマット傑作選』に、増本《ますもと》浩子《ひろこ》氏による新訳が収録されています。余談ながら、二〇一二年に刊行されたこの文庫は、「このミス」海外編で第五位にあげられているそうです。いわゆるミステリではないものの、意表をつく展開、ラストは、ミステリ愛好者の注目をひいたことでしょう。

訳者の行き届いた解説によりますと、デュレンマットはスイスのベルン州にある小さい町に生まれ、十四歳の時、首都ベルンに移住しました。スイスは、アメリカ合衆国やカナダ、ベルギーのように連邦制で、国語は憲法によりドイツ語、フランス語、イタリア語、レトロマン語の四つに定められています。ドイツ語と言っても、標準ドイツ語とはかなり異なる、いわば方言だそうです。後にデュレンマットは標準ドイツ語で作品を著すようになったので、ドイツ語圏作家とされています。

「故障」は、一九五五年に著された作ですが、第一部において、作者は記します。増本浩子氏の新訳から引用します。〈われわれを脅かしているのはもはや神でも正義でもなく、交響曲第五番のような運命でもなくて、交通事故や設計ミスによるダムの決壊、注意散漫な実験助手が引き起こした原爆工場の爆発、調整を誤った人工孵化器《ふか》なのだ。〉二十一世紀の現在にも違和感なく当てはまります。〈戦争でさえ、コンピュータがあらかじめ儲かるという数字をはじき出してくれるかどうかにかかっている。〉これは、まさに今の状況ではないでしょうか。〈もし決して儲からないということになれば、コンピュータがちゃんと機能している限り、数学的には敗北だけが想定可能であるということになる。〉もしハッカーによってデータが改竄《かいざん》され、「儲かる」となったら……。

またも脇道に逸《そ》れますが、戦争体験を語り継ぐ、ということがよく言われます。しかし、このような悲惨な体験をした、だから戦争はよくない、というだけでは、悲惨なのは敗者であったからだ、勝てばいいじゃないか、という論に逆転し得る危険を孕《はら》むと思えるのです。語り継ぐこと自体を否定しているのではありません。一九七〇年に発表されたフォークソング「戦争を知らない子供たち」を愛唱した世代も、はや初老です。情緒だけでは戦争を避けることはできない。したたかで老獪《ろうかい》な政治手腕が必要なのでしょうが、戦争の初めから終わりまでの中で歳月を経、そして焼け野原となった東京、敗戦後の食糧難やハイパーインフレの恐怖までも体験していながら、具体的にどうすれば戦争を回避できるのかまるでわからない私には何も言うことはできず、本筋に戻ります。

これも訳者の解説によりますと、劇作家でもあるデュレンマットは、『演劇の諸問題』で、〈アウシュヴィッツとヒロシマの悲劇を経験した後の世界にはもはや、正義は必ず勝つといった勧善懲悪の図式は成り立たず、世界を因果関係で説明することもできないということを明らかにし、このような世界においては、昔ながらの価値体系の上に成立する文学形式はもはや受け入れられないと主張している。〉

「故障」の第一部においては、こういう現代において、なお語ることが可能な物語はあるか、という問題が提起されます。

それに応えるように、第二部が展開します。

〈深刻なものではないけれども、事故というか、故障がここでも起きた。〉という一文で始まります。

繊維業界の営業マンである四十五歳のアルフレード・トラープスは、スチュードベイカーを運転して出先から帰宅の途についています。アメリカ製の高級車を持っているのですから、仕事は順調、羽振りのよさがうかがえます。

夏至《げし》に近い暑い季節。あと一時間もすれば我が家、というところで、車がエンストを起こしてしまった。レッカー車で車を運んだ修理工場の主は、簡単にはなおらない、明日の朝までかかる、と言います。〈それが本当のことなのかどうかは確かめようもなかったし、確かめてみないほうがよかった。自動車修理工場主の手に落ちるということは、ひと昔前なら盗賊騎士の手に落ちるようなものだったし、それよりももっと前の時代なら、その土地に根づいた神々や悪霊の手に落ちるようなものだからだ。〉

時刻は夕方六時。一泊しなくてはならない。あいにく、旅館は満室だった。こういうとき人を泊めてくれる屋敷があると旅館で教えられ、未知の家をトラープスは訪れます。

〈かなり大きな庭に囲まれた二階建ての家があった。壁はまぶしいほどに真っ白で、屋根は平たく、緑色のブラインドがついていた。（略）道路側には花が植えてあった。いちばんたくさんあったのはバラの花で、そこに革製の前掛けをつけた老齢の小柄な男がいた。〉

屋敷の主である老人は、家政婦が世話をするだけの一人暮らしなので泊まり客があるのは嬉しいと、快くトラープスを迎え入れます。主はさらに、誘います。近くに住む友人たちがくるので、一緒に夕食をとり、夜会に参加しませんか。

とまどいながら、トラープスは承諾します。

トラープスに提供された部屋は、広いベッドや座り心地のよい安楽椅子が備えられ、壁にホドラーの絵がかかり、書架には古めかしい革装の書物が並んでいる。法律関係の本ばかりです。

ホドラーはデュレンマットと同じベルン州の出身で、没したのはデュレンマット生誕の三年前。世紀末美術の大家で、この部屋に飾られることに何の不自然もないのですが、ホドラーの代表作「夜」は、なんとも薄気味悪い絵です。数人の男女が、互いに平行に横たわっている。中央に位置する男(ホドラーの自画像と言われています)の上に黒い人影のような塊《かたまり》がのしかかり、男は驚き脅《おび》えた目を見開いている。昔、私も画集か何かで見て、印象が刻されています。その記憶から、かすかな怪しさをこの部屋のたたずまいに私は感じたのでした。

やがて、三人の友人が来訪します。〈彼らも奇妙さにおいては家の主にひけをとらなかった。（略）みんな恐ろしく高齢で、着ているフロックコートは最高級のものだとトラープスはすぐ気づいたが、薄汚れていてだらしなかった。〉

四人の老人は、ゲームに参加しませんかと、営業マンに誘いをかけます。現役だった頃、屋敷の主は裁判官であり、ツォルン氏は検事、クンマー氏は弁護士だったのでした。もうひとりのピレ氏。彼が如何《いか》なる職業についていたかは、後にわかってきます。

彼らはかつての職業のままの役割でゲームを行い、〈普段は有名な歴史的裁判をやり直しています、と主人は穏やかな声で言った。ソクラテスの裁判とかイエスの裁判、ジャンヌ・ダルクの裁判、ドレフュスの裁判、最近やったのは帝国議会放火事件の裁判ですが、フリードリヒ大王に対して責任能力がないという判決を下したこともありますよ。〉

〈私は何の役を演じるんでしょう？〉と、面白がってトラープスは訊《たず》ねます。空いている役は、もちろん、「被告人」しかない。

本作をこれからお読みになる方は、この先の文章は目を通さないでください。想像なさると、警告するまでもなく、先行きは、だいたい、察しがつくと思います。その面白さとおりです。しかし、そこに行き着くまでの経過とラストが実に興味深い。その面白さは、要約では伝わりません。

裁判ごっこが、いつの間にか被告人役にとって本物の裁判に変わってゆくという話は、アラバールの戯曲「建築家とアッシリアの皇帝」（前作『辺境図書館』で取り上げています）にもありますが、「建築家……」がのっけから架空の話――童話の雰囲気さえ持った――であることを示しているのに対し、「故障」はきわめてリアルです。全く予備知識を持たずに読み始めた私は、唖然として振り回されたのでした。

〈外では太陽がようやく沈み、鳥のやかましい鳴き声も止んでいたが、まだ昼間の明るさのままの風景だった。（略）平和そのものの雰囲気、田舎の静けさ、幸福で神に祝福されていて壮大な宇宙の調和がそこにある、そういう厳かな感じがあった。〉

十九世紀風の献立による料理やワインを楽しみながら、問われるままにトラープスは貧しかった子供時代の暮らしぶりから特別仕立ての赤いスチュードベイカーを乗り回すほどに出世してきた経歴を、自慢も含めて語ります。

その合間合間に、弁護人は〈「気をつけなさいよ」〉などと注意します。

雑談はいつの間にか裁判ごっこになっているのでした。

ゲームに参加するのをトラープスが嬉々として承知したとき、弁護人は、「自分が無罪だと思っているのですか」と訊ねています。身に何ら疚《やま》しいところのないトラープスが「ええ、完全に」と応じると、弁護人は言ったのでした。〈「(略)無罪かどうかは、戦術次第なんですよ！　われわれの裁判にかけられても無罪でいたいと思うなんて、ごく控えめに表現しても、命知らずというものです。(略)有罪から無罪にするのは困難なことではありますが、不可能ではない。それに対して、無罪を守り抜くのはもう絶望的に難しくて、結果は惨憺《さんたん》たるものなんですよ。あなたは勝つことができる事件で負けてしまう。それに、もうあなたが自分でどの罪にするか選ぶことができなくなって、周りから罪を押しつけられてしまうことになるのですよ」〉

トラープスの自伝的な語りの中から、老人たちは彼の上司が心筋梗塞で死んだという事実を重大視し、取り上げます。

トラープスは自ら手を下してはいない。しかし、これは心理的手段を用いた殺人である、と、検事は被告の巧妙な殺人方法を解明し、裁判長に死刑を求刑します。〈死刑は、称賛と驚愕《きようがく》と尊敬に値する犯罪、今世紀に起きたもっとも非凡な事件のひとつと言っても過言ではない犯罪をやり遂げたことに対するご褒美なのです。〉

トラープスは、この上なく倖せな気分になります。〈自分は殺人を犯したのだという考えはますます確信あるものとなっていき、彼を感動させ、彼の人生を変えて、より困難で、より英雄的で、より価値のあるものにした。〉

弁護人が彼を救おうと、彼は凡庸《ぼんよう》な人間だから、〈偉大で純粋で誇り高い罪、決然とした行為、紛れもない犯罪を行う能力はないのです〉と言うや、トラープスは名誉毀損《きそん》だ！　と叫ぶ始末です。

本来なら悲劇的といえる結末を迎えるのですが、トラープスには『罪と罰』のような深刻な悔いも痛哭《つうこく》もなく、ブラックな喜劇となって終わります。

訳者増本浩子氏の痛切な指摘を、ここに引きます。

〈『故障』の第一部で、デュレンマットは現代の世界を「故障の世界」と呼んだ。それ

が確かに「故障の世界」であることを誰よりも痛感しているのは、東日本大震災以後を生きる私たち日本人ではないだろうか。〉

036 『柾它希家《まさたけ》の人々』と 根本茂男

一九七五年刊行の本書は、奇妙な印象を与える書物です。内容に比して造本があまりに仰々《ぎょうぎょう》しい。菊判。ボール紙の外函《そとばこ》（本体の傷みを防ぐための函で、本来は買ったら捨てるものらしい）と黒い布貼りの頑丈な函。二重函です。題名と作者名は金の箔押し。本体の表紙は暗い緑色の革の背にこれも緑色系のマーブル紙で、天地と小口の三方は墨色です。なんとなく禍々《まがまが》しい。黒と一口に言っても、実に多様です。一九七九年、東京創元社から刊行された齋藤磯雄《さいとういそお》訳『ボオドレエル全詩集　惡の華　巴里の憂鬱』の本表紙も黒ですが、こちらは気品のある布でした。『柾它希家《まさたけ》の人々』の函の黒は、気のせいか安手に見える。要は作品の内容で、造本の良し悪しは二の次なのですが。一方が高雅な衣裳をまとった貴婦人なら、もう一方はそれをまねた安っぽい布地の舞台衣《い》裳《しょう》を着た、その他大勢の役者、とも見えます。

内容は、一口で言えば、『ジェイン・エア』的に始まり『嵐が丘』的になり、作者はドストエフスキーたらんとして無残に失敗し、物語は『嵐が丘』になり損ねて終わる」です。もちろん内容をそっくりなぞっているわけではありませんが、それらの影響があまりにも露骨に透けて見え——これは作者である根本茂男《ねもとしげお》が承知の上で仕掛けたのだと思います。先行作を自作に取り入れるのは創作法のひとつとしてあり得ます——、しかもラストは作者の明確な意図があったというより、収拾がつかなくなって放り出した、というふうにも感じられます。では、つまらないのか。面白いのです。見上げるほど高いバーを、棒高跳びで超えようと跳躍し、華麗な技を見せながらバーもろとも墜落《ついらく》した。そんなふうです。常識の範囲内で行儀良くまとまった作品より、破綻《はたん》しても、飛躍のあるほうが面白い。読む側も、現代小説を読むときの常識や規格を無視したほうが、楽しめます。文章がまた、むやみに怪奇性を強調する。江戸川乱歩《えどがわらんぽ》だってこうまでしつっこくはない。いま読み返して、いささかげんなりしています。それなら取り上げなければよいのに。私もそう思うのですが、初読のときから、粘りついて離れない。このしつっこさが本書の面白さであるのかもしれません。かつて、この本を友人に貸したら、それきりになってしまった。十年あまり経ってから古本屋で見かけ、内容は知っているのにまた買ってしまいました。竹本健治《たけもとけんじ》さんが本書を呪物《じゆぶつ》と仰《おつしや》ったと伝え聞いています。この欄《らん》に書けば憑《つ》き物《もの》が落ちて離れると思います。

ラストに近いあたりの、痘痕面《あばたづら》の乳母のモノローグを一例に引きます。〈「誰が再び相まみえると思えるだろう、一滴の血の温みもなく、触ればぞッと身の毛もよだつ、氷のような冷たさに変り果て、かッと見開いた両眼も、誰を見るのでもない、ただ呪わしい（略）」〉

キリスト、アンチクリストへの強い関心もうかがえます。現代の、道徳の規範となるキリスト教ではなく、キリスト伝説などです。作中、重要な役をなすエヘエジュルス——キリストを侮辱したために永遠の罰を受け、死ぬことを許されずさまよい続けている男——の譚《はなし》が最後まで尾を引きます。観念小説、あるいは形而上的な何かを目指したと推《すい》されます。

一九七〇年代は中間小説誌の絶頂期で、発売されると各誌平台に山積みになっていました。そのころ読者の絶大な人気を二分していたのが、五木寛之《いつきひろゆき》氏と野坂昭如《のさかあきゆき》氏でした。デパートの一角だったかと思うのですが、五木寛之氏の書斎を再現した展示が行われたことがあります。数冊さりげなく置かれた書物の中に、本作があったのを憶えています。

外函に、あとがきをそっくり記した紙が貼ってあり、それによると、本作は一九五五年、「近代文学」に連載されたが、半ばで中絶、十二年後「南北」に再度掲載され完結したとあります。

「近代文学」は、敗戦直後の一九四六年、荒正人《あらまさひと》、埴谷雄高《はにやゆたか》など、戦後の文学界に大きい影響を与えた方々によって創始された同人誌です。後に花田清輝《はなだきよてる》、野間宏《のまひろし》、福永武《ふくながたけ》彦《ひこ》、中村真一郎《なかむらしんいちろう》などが参加しています。一九六四年に終刊しました。連載の中断が終刊によるものか、他に何か事情があったのか、私には不明です。吉岡実《よしおかみのる》氏らのご尽力によって出版の運びになったとあるので、私は購入せずにはいられなかったのでした。吉岡実氏は我が敬愛措《お》く能《あた》わざる詩人です。「僧侶」は拙作短編集『絵小説』に収録した「塔」の発想の元になっています。

『柾它希家の人々』は、一九五五年、真冬、と冒頭に記されていますが、その時代の日本の影は一筋もさしていません。

家庭教師として雇用してもらうべく訪れた〈わたし〉の目に映る柾它希家の建物は、崩壊寸前のアッシャー家を思わせます。

二度、三度と声をかけたけれど、家の中は静まりかえり、人の気配も感じられない。ようやく姿を見せたのは、五つぐらいの幼い子供でした。

〈着せられているものはシャツばかりだが、それも一枚として満足なものはないぼろぼろが何十枚となく盛りあげられて、甲羅のようにころころしていた。しかも、垢がこのシャツの原料になって皮（原文ママ）のように黒光りしているが、これはきっと何処でもかまわず寝そべるのだろう、甲羅はすっかり磨かれて真物以上の艶が出ていた。そこから見るも窮屈そうに手足が出ているのだが、気味悪いほど忙しくちょこちょこ動くと、わたしの方へやって来るのだ。〉

この一節のインパクトは強烈でした。他の部分は忘れても、亀シャツの中に頭を縮めた子供のイメージは消えることはないでしょう。楳図《うめず》かずおさんのマンガにでも登場しそうだ。

大正時代から昭和初期の大衆小説にありがちだったあくどいグロテスクな描写が、昭和五十年に書かれた本作に用いられていました。「アッシャー家の崩壊」や『ジェイン・エア』のような暗いけれど詩的な美しさは、ないのでした。何だかざらついている。しかし昔の大衆小説とは、歴然と一線を画している。

登場人物がみな、物々しく奇《き》矯《きよう》です。

〈わたし〉にしてからが、背丈一米《メートル》五十三糎《センチメートル》、よく肥って、お人好しのように見えるけれど、その眼は〈常に人に嫌われそうな事ばかり考えている意地悪さに光っていた。〉ジェイン・エアは美貌《びぼう》ではないけれど性格は歪《ゆが》んでおらず、薄幸のヒロインにふさわしい。本作の〈わたし〉は、物語の主人公の定型から逸脱しています。そこが楽しいのですけれど。

亀の甲羅をつけたみたいな子供に、〈「坊や、お父さまは？」〉と訊《き》いたとたん、子供は急に脅えた眼になる。抱き上げたら、子供は指に嚙みついた。下におろすと、素早く逃げ去った。

ようやくこの家の主人が姿を見せます。これも変な男で、二人の間に普通の挨拶も会話もない。男は突然表情を変え、〈いきなり吐き出すような調子で呻き声をあげた。「畜生、またあいつが来やがら」〉

〈「あいつがこっちへ向かうと、何処から来ようと俺にはよく分かるんだ。ほら来た……ほら扉の傍だぞ（略）」〉

誰のことかと訊ねる〈わたし〉に、〈「家の二番目の坊ちゃんだよ」〉男は言います。

〈子供は、わずかな微笑を浮かべて入って来た。（略）真直ぐに見ている眼は非常にも の静かで、恐ろしいほど偽りのない光りに澄んでいた。

「坊ちゃん、ご用は……？」

主人は何故だかたどたどしく訊いた。

「いいえ、お父さん、別になんでもありません」

この子供は明るくこたえた。〉

子供の答えに、男は怒りを爆発させます。

〈「ええ坊ちゃん！　お前が一番俺のところへちょくちょく来るけど、いつだって用が

あることはないじゃないか」〉

〈「お父さん、本当に僕はなにも分からないんです。僕は白痴なんです」〉

十二、三の子供に、僕は白痴なんです、と語らせる。ドストエフスキーを作者は耽読《たんどく》したのではないかと思われます。

子供が去った後、錯乱したふうの男に「出ていけ」と怒鳴りつけられ、庭に出た〈わたし〉が見たのは、犬をいじめている二人の少年でした。男の長男と三男です。

子供の一人が男に言います。〈「（略）犬が犬らしく死ぬということは、僕達の心に、犬としての終りを遺すもの、現世の姿から少しも脱けられないということになるじゃないですか」〉

その夜、男は〈わたし〉の部屋に入り込んできます。無礼な振る舞いを〈わたし〉が咎めると、仲直りしにきたのだと男は言います。「お断りしますよ」と〈わたし〉は突っぱねます。すると男は〈「女という奴は、どいつもこいつもみんな同じことをいいやがる。あいつもそうだ。妾《わたし》の運命が、いくらあなたのお気に召すように滅んだって、妾は必ずあなたを呪い続けてやる。きっと呪い殺してやる、なんてほざきやがった

（略）」〉

〈わたし〉に与えられた部屋は、女性が使っていたらしい。そうして、空室になってから数年経つらしい。『レベッカ』を連想させもします。

男はさらに不穏な言葉を吐きます。

〈「子供達は何年か先あいつの意志をついで、俺の首を絞めあげると思っていやがるんだ。糞！　俺があの坊ちゃん達に敗北するとでも思っていやがるのか」〉

男は唐突に、昔のことを〈わたし〉に語り始めます。

奇矯な男の口から出る言葉はやはり奇矯で、大袈裟《おおげさ》な語り口なのですが普通の言葉で意味だけを辿れば、次のようになります。

七、八歳の女の子――杞紗子と、彼女と双子みたいに顔立ちの似通った同じ年頃の従兄が愛らしく戯れている光景から、始まります。杞紗子の両親は他界しており、杞紗子の乳母が家事を取り仕切っている。大切なお嬢様をひたすらお守りしてきたこの家の大黒柱です。

その乳母が描写するところでは〈『見たところは立派な人間の子供をしているが、必ず災をまく悪魔の申し子』〉が、この家を訪れ、そのまま居着いてしまいます。親類の屋敷だから、行けと言われた、の一点張り。ヒースクリフにあたる存在ですが、ヒースクリフにはまだ、家の主が連れてきたという事情がある。この子供の成長した姿が、〈わたし〉にこの話をしている主人なのですが、屋敷を訪れ居着いた事情は、彼の名前とともに最後まで告げられない。下男のような待遇を受けた子供は成長し、読む者は唐突に、この男が杞紗子の夫として華燭《かしょく》の典をあげたことを知ります。柾它希家では、ヒースクリフがキャサリンと結婚してしまうわけです。幼いころから杞紗子との仲を自他共に認められていた従兄——曽根正示——は海外に出奔します。この曽根正示という名前のみが、突出して明瞭に提示されます。

やがて、柾它希家で宴が催されているさなか、容姿のすぐれた青年となった曽根正示が現れます。彼が帰ってきたのは、杞紗子が妊娠したことを主人がエヘエジュルスの説話に託して——ずいぶんねじ曲げた譚になっているようです——曽根に告げたためと知った杞紗子は激昂し、主人の前に斧を投げ出し、主人に復讐せよと曽根に迫ります。ドストエフスキーの『白痴』で、ナスターシャ・フィリポヴナが十万ルーブルが入った包みを暖炉の火に放りこみ、素手でつかみ出したら、全額をあんたにやる、とガーニャに迫る場面を思い出しました。

杞紗子は自室に閉じこもり、その後、身ごもったまま曽根と駆け落ちする。生まれた子供を白衣の看護婦がこの屋敷に届けてくる。子供が三つになった年、杞紗子が突然帰宅する。曽根の子を身ごもっている。曽根が訪れてきて、かつて宴の行われた部屋で自死する。そのとき、二階では杞紗子が曽根との子を産み落とす。爾後《じご》、主人は杞紗子と夫婦として当然のことをしますが、主人は言います。〈杞紗子の奴は（略）毎夜俺の生命を搾り取りながら、その実、曽根正示の亡霊と誨淫をしているのさ。〉

大正、昭和初期のメロドラマに怪奇の味を足したみたいな筋書きですが、人々の振舞いや言葉は熱にうかされているように奇妙で大袈裟で、会話のやりとりはエリザベス朝演劇の科白《せりふ》を思わせます――だから面白いのですけれど――。善と悪、神についての論争はカラマーゾフ的小説を目指したようです。

三番目の坊っちゃんが生まれ――やたら子を産むヒロインです――ほどなく杞紗子は姿を消し、つづいて数年後に乳母も消えます。

さらに数年後、二、三歳の子供が屋敷に迷い込んできます。亀の子坊っちゃんです。乳母が連れてきて放《はな》ったらしい。

主人の話が終わった後、子供たちが芝居をしているのを、〈わたし〉と主人は目撃します。神、神父、罪人、傍聴人あるいは空気。四人の子供による仮面劇は、子供の生の声も交え、不在の杞紗子が子供達の中に戻ったことを暗示し、そこで、断ち切られたように物語は終わります。

『黒死館殺人事件』『ドグラ・マグラ』『虚無への供物』は三大奇書と言われますが、『柾它希家の人々』も奇書の一つに加えられてしかるべきかと思います。

037 『詞華美術館』と塚本邦雄

〈『惡の華』の壓巻「旅への誘ひ」を長歌に見立て、これに反歌として『新古今和歌集』春歌掉尾、後京極良經作「志賀の花園」を配して、その至妙のアンサンブルにひとり酩酊してゐたのはもう一昔以上前、一九六七年春のことだつた。爾來私は折に觸れては、古今東西の、詩歌を中心とした、名作の一篇もしくは部分を、一つの主題の下に選んで拾ひ、趣向を凝らして配合し、その人工的な邂逅によつて釀し出される不思議な味はひを樂しんで來た。〉

あとがきに相当する《跋》玲瓏麗句館由來〉に、塚本邦雄《つかもとくにお》氏が記されたこの文のほかに、本書『詞華美術館』について述べる言葉がありません。文字、言葉、文章の美を、私は氏の数々の御作により知りました。

以下、敬称略で記します。ほぼ同時代を生きた——私は十年遅れて生まれました——作家を呼び捨てにするのは躊躇《ためら》いがあるのですが、三島由紀夫《みしまゆきお》を三島さん、三島氏とは呼べないように、塚本邦雄に敬称をつけるのは、かえって非礼かとも思います。純然たる作家論、評論などであれば敬称をつけないのは当然ですが、拙文はエッセイとも感想文ともつかぬ雑文なので、迷ってしまいます。

物としての書籍を、七〇年代のころ、私はあまりにないがしろにしていました。読みたい本が次々に刊行され店頭でたやすく入手できた、私にとってはたいそう贅沢《ぜいたく》な時代であったからでしょう。いまや、澁澤龍彦《しぶさわたつひこ》、中井英夫《なかいひでお》、そうして塚本邦雄も、新作は望めない。書物自体を大切に保存しておくべきだったと痛感しています。

愛惜措《あいせきお》く能《あた》わざる一書、塚本邦雄の『詞華美術館』は、あまりに読み返したため、淡紅色の表紙は色褪《いろあ》せ、手擦れし、著者に申し訳ない状態です。二冊求め、その一冊は手をつけずに愛蔵しておくべきでした（当時の私の嚢中《のうちゅう》は乏《とぼ》しすぎて、無理でしたけれど）。

今、新たに、『文庫版　塚本邦雄全歌集』全八巻が刊行され始め、歌集は入手しやすくなったようです。塚本邦雄について、また、その短歌の業績について、特徴について、短歌に疎《うと》い私が言及するのは僭越《せんえつ》です。

　塚本邦雄は、文字の美、文章の美、そうして様式の美にこだわったと思います。一々「思います」とつけるのも、読まれる方には煩瑣《はんさ》かもしれませんが、塚本邦雄はどうこうと、独断で語る蛮勇を持ち合わせません。

『詞華美術館』は、まず、目次からして様式美へのこだわりが顕著《けんちょ》です。目次の文字の配列に凝るのは、私も試みたことがありますが、塚本邦雄のまねびです。

　三つの部屋にわかれ、そのタイトルは〈落涙獻呈〉〈天網靉靆《てんまうあいたい》〉〈虹彩煉獄〉と、すべて漢字四文字です。それぞれの中の章タイトルは三文字、四文字、五文字が三回繰り返されます。文字で見る形式の美しさとともに、リズミカルな音楽を視覚で感じます。

〈天網靉靆〉の部屋の陳列を例に挙げます。

　流扇興
　風信子祭

134

いかなる空
海の匂
瑠璃甲冑
木蔭の馭者
五月蠅《さばへ》
天網靉靆
薑を撤てず

〈流扇興〉は投扇興より生じた言葉でありましょう。投扇興を、私は王朝から伝わると思い込んでいましたが、確認したら安永《あんえい》のころ京都で始まったとのことで、思いのほか新しい遊びでした。投壺《とうこ》と混同していました。矢を壺に投げ入れる投壺は、赤江瀑《あかえばく》さんが短篇の素材にしておられたのを思い出します。

塚本邦雄に戻りますと、〈流扇興〉は扇、〈風信子祭〉はヒヤシンス、と、章ごとに異なる主題のもとに、古今和洋の詩、句、短歌、あるいは散文の数行や数フレーズが蒐《あつ》められ、塚本邦雄自身の文章が最後におかれて、すべてを包み込みます。

　字面《じづら》からして絢爛《けんらん》の気配をただよわせる〈瑠璃甲冑〉は、乙州《おとくに》の〈夏ごろも夜の綺羅こそ男なれ〉を冒頭におき、塚本邦雄自身の短歌七首——歌集『感幻樂《かんげんがく》』よりとられています。ちなみに、拙作「水葬楽《すいそうがく》」というタイトルは、この言葉遊びに倣ったものです——を並べ、ジャン・ジュネ『泥棒日記』より〈破れた網布《チユール》のシャツを纏ひ、粗末な水色の麻のズボンで跣《はだし》で歩いてゐても（略）猛猛しく、優雅であり、完全に美し〉い無頼スティリターノが〈ひさしの折れたねずみ色の古ぼけた鳥打帽《ハンチング》〉をかぶるとき、〈その折れ曲つたひさしは、世界一の金髪の房を見せるために、誇らかに身を反らしてゐた。〉の一節を引き、『平家物語』の〈木曾左馬頭《きそさまのかみ》其日の装束には、赤地の錦の直垂《ひたたれ》に唐《から》綾縅《あやをどし》の鎧著て、鍬形打つたる甲《かぶと》の緒締め、嚴物作《いかものづくり》の大太刀佩《は》き〉——書きうつしていて陶然とするなあ——の美文を、さらにフランソワ・ラブレー『ガルガンチュワ物語』から股嚢《ブラゲット》の華美な装飾を、〈突出程度は一杖《カンヌ》もあり（略）これにつけられた金銀の縒《より》紐《ひも》刺繍や、貴重な金剛石・珍らかな紅石・尊いトルコ玉・みごとな碧玉・ペルシア眞珠の類を添へた金銀細工の美しい飾り紐〉と、とんでもなく大袈裟《おおげさ》に詳細に記した一節を引き、男の装いの美を主題とします。

〈男がみづから美しく装ふことを禁忌としたのは、この日本ではいつ頃からのことだらう。（略）男が濡鼠、雑巾調の制服に身を窶すやうになつたのは明治大正以後のことかも知れない。〉と著者は記します。

十七世紀の初め頃、京の都では、傾《かぶ》いた若殿原《わかとのばら》が黄金の張鞘の大太刀をはね差しに、切支丹《キリシタン》でもないのにロザリオだのクルスだのを首にかけ、その華やいだ装いを、漂泊の芸人出雲《いずも》の阿国《おくに》がまねて京の河原で歌い踊り、それが歌舞伎《かぶき》の濫觴《らんしょう》となったことはよく知られています。濡鼠、雑巾とまではいかなくても、江戸時代も元禄《げんろく》を過ぎてからは男の衣裳の華やぎは消えました。

時代が下るにつれて男性の装いが地味になるのは欧羅巴《ヨーロッパ》も同様で、それを如実に感じたのが、「ブレードランナー」や「グラディエーター」で知られるリドリー・スコット監督のデビュー作「デュエリスト　決闘者」を観たときでした。

イギリス映画ですが、舞台はフランスです。一八〇〇年、ナポレオンの時代。第七騎兵隊のフェロー中尉は、むやみに決闘ばかりしている男で、ついに懲罰《ちようばつ》を受けることになります。その命令を伝達したデュベール中尉を逆恨みしたフェローは、決闘を申し込む。引き分けに終わった後、フェローは執拗に、ことあるごとにデュベールに決闘を申し込みます。そのたびに打ち負かされるのですが、フェローは執念深くつけまわす。決して暗殺はしないのです。名誉をかけた決闘でデュベールに勝利しなくてはおさまらない。剣の闘いに始まった決闘は、拳銃の撃ち合いに終わります。その間、十五年。デュベールは着実に出世し、それに反比例してフェローは落ちぶれていく。十五年の間に、ナポレオンの盛衰という背景があります。ストーリーも面白かったけれど、映像がまことに緻密《ちみつ》で美しかった。ロシア遠征の悲惨な雪中敗退のシーンは、何十年も昔に新宿歌舞伎町の映画館で一度観ただけなのに、記憶に残っています。

そして、最初はきらびやかだった服装が、時代の移行とともに地味になっていく。その変遷《へんせん》にも、強い印象を受けました。「デュエリスト」の最初のほうでは、長い髪の一部を両サイドで細い三つ編みにしていた。後ろで一まとめにしてリボンでくくるのが当時の貴族の髪型だと思っていたので、新鮮でした。最後のほうでは髪は短く、首筋の辺りまでになっています。

地味な背広が一般的になった欧米の男子の服装に、維新後の日本は倣ったのですから、塚本邦雄に濡鼠だの雑巾だのと嗤《わら》われてもいたしかたない。その塚本自身も、背広を着用していた。昭和の日本できらびやかな服装が許されるのは宝塚《たからづか》や松竹《しょうちく》歌劇団の舞台ぐらいなものでした。

『泥棒日記』にせよ、『ガルガンチュワ物語』、『平家物語』にせよ、それぞれ一つの完結した作品です。その中の一部を切り取り、他の作の一部と並べ、間に詩や短歌、俳句を大胆に配置する文章のコラージュは、それぞれの作が与える興趣とはまた別の魅力を持つ作品になります。岡上淑子《おかのうえとしこ》さんのコラージュ写真のように。複数の譚《はなし》の流れを幾つかのパーツに切りわけ、取り混ぜて並べるという手法は、西崎憲《にしざきけん》氏が『世界の果ての庭』で用いておられます。ある断片の残影が次の断片に映って、不思議な効果を上げる作品でした。

『詞華美術館』は本邦の古典、『古今和歌集』や『梁塵秘抄《りょうじんひしょう》』、現代詩、短歌、俳句、漢詩、希臘《ギリシャ》悲劇、欧羅巴の詩や小説と広く深く逍遥《しょうよう》した碩学《せきがく》の人から、その果実をそっと味わわせていただくようでした。

初めて知る詩歌も多々ありました。

小高根《おだかね》二郎《じろう》という詩人を知ったのも、本書によります。

〈虹彩煉獄〉の部屋の〈寝臺《しんだい》の蜉蝣《かげろふ》〉の章に引かれた「はぐれたる春の日の歌」という詩は次の如くです。美しい雅びな手紙文のなかに、ちりけもとがぞくっとするような感覚がしのんでいて、たいそう好きなのです。少し長いのですが、全文を引きます。

〈ご無音にのみうち過ぎそろ
消光　つつがなく　わたらせ候や
游絲《かげろふ》
おもひに得堪へず　さすらひそろ
契《か》ねし池の畔《は》
たがはずて　花咲きそろ　花藉《し》きそろ
はぐれて恥多《お》ほ　ながらへ申しそろ
ち！　ち！　との丶しり給ふは

どなたに候や
揚雲雀
面影にのみ鳴きそうろ
よもぎ　蓮華そ　つくづくし
乳児《ちご》抱くさまに　み籠《こ》もつひと
さし伏す面輪《おもわ》に　足とめそろ
きぞの日さながら　花びらを
白き藥と　みまがひそろ〉

〈飛ぶ鳥《とり》の〉の章は、冒頭に「物云舞《ものいうまい》」の一節がおかれ、続くのは、レミ・ド・グールモンの「雪」です。

グールモンの詩は以前から好きでしたが、「物云舞」は初めて読みました。

そして、二つの詩を一行ずつ交互におくと、きれいにつながることを発見し、『変相能楽集』という短篇集におさめた「冬の宴」という短篇の中に引き入れてみました。

年の内に咲く梅紅匂の薄雪
日陰の絲に結ぼほれ小忌《をみ》の袖におく霜
（「物云舞」）

雪を溶かすには、火の接吻《くちづけ》
おまえの心を解くには、別れの接吻
（「雪」）

年の内に咲く梅紅匂の薄雪
雪を溶かすには、火の接吻《くちづけ》
日陰の絲に結ぼほれ小忌《をみ》の袖におく霜
おまえの心を解くには、別れの接吻

私自身の言葉だけではあまりに貧しく、万葉集の一首や泉鏡花《いずみきょうか》の文章、ランボオやボンヌフォア、木水彌三郎《きみずやさぶろう》らの詩、旧約聖書、その他から幾多《いくた》の詞を引いて構成し、「お七」という掌編を書いたことがあります。引用だけで全文を構成するのは無理で、七割ぐらいにとどまりましたが。これも『詞華美術館』なくしては思いつかなかったことでありましょう。

038 『テルリア』と ウラジーミル・ソローキン

くそ面白い本に遭遇してしまった。かつて『青い脂』でのけぞったウラジーミル・ソローキンの作でした。『テルリア』。

発行日を見たら、二〇一七年九月三十日。発売当時話題になったのかもしれませんが、私が見逃していたのは、やむを得ないことでした（と、ヤン・ジェロムスキのような強弁）。本書が書店に並ぶ数日前に右の大腿骨《だいたいこつ》をぶっ壊し、激痛を与えるだけで役立たずとなった骨を切り取り——あの骨はどうなったのだろう、病院では大量に廃棄されるだろうから、業者がまとめて粉砕《ふんさい》し、何かに用いるのだろうか。その製品を、私は使用するのだろうか——、代わりに金属棒を接《つ》ぎ木——接ぎ骨？——し、リハビリ専門病院に転院、十一月末に退院したものの、いまだに歩行は難儀です。ようやく近くの書店を徘徊《はいかい》できるようになり、一冊だけ棚差しになっているのを発見しました。YA向けのファンタジーのところに差してあったのも、直《ただ》ちには気づかなかった一因です。もう、ソロちゃんったら、と言いたくなるような脱規格を、またもやっています。ソローキンを手にする高校生に幸《さち》あれ。

『青い脂』（二〇一二年）に引き続いて、翌二〇一三年、『親衛隊士の日』という長編が邦訳刊行されています。この帯の、柳下毅一郎《やなしたきいちろう》氏の惹句《じゃっく》は、書店の平台で燦然《さんぜん》と光り輝いていました。私が二十に満たぬ昭和二十四年、尾崎士郎《おざきしろう》の「ホーデン侍従」という小説が大評判になりました。書店の軒先《のきさき》に吊り下げられた広告に、作中に書かれた都々《どど》逸《いつ》調のバレ唄が堂々と印刷され、未成年の目にもつくのでした。〈ペニス笠持ち　ホーデンつれて　入《い》るぞヴァギナの　ふるさとへ〉——入《はい》れるのはペニス太公だけで、侍従は入れないのだけれどな——。中身はきちんと読んでなくて、どんな話なのか知らないのです。挿絵《さしえ》は飄々《ひょうひょう》とした清水崑《しみずこん》だったと思うのですが、記憶は確かではありません。ついでに筆を滑らせますと、某博士が酒席にあり酔いにまかせてつくったもので同席していた北原白秋《きたはらはくしゅう》が嬉しがり、即興で次韻《じいん》をしたためたそうです。〈来たかヴァギナ

の　このふるさとへ　ペニス笠とれ　夜《よ》は長い〉。いくら歓待されても、笠を取るのはなぁ。『親衛隊士の日』の惹句は、太公と侍従のそれを超えて、力強く光を放っていました。

のっけから脱線しましたが、なにしろ、『テルリア』が、のっけから法螺《ほら》を吹きまくっているので、やむを得ないことでした（ジェロムスキに憑依《ひょうい》されたか？　私）。

〈「クレムリンの壁を揺さぶる時が来た！」〉

〈「揺さぶるんじゃない、壊すんだ」〉

冒頭から、ただならぬ陰謀が進んでいる気配。小人のゾランとゴランの前で、二人の巨人が、坩堝《るつぼ》の中の溶けた鉛を鋳型《いがた》に流し込んでいます。小人から報酬《ほうしゅう》を受け取った巨人は、もっと寄こせというふうに手のひらを突き出す。〈巨人の手のひらはゾランに、そう遠くない昔にはまだスモレンスクからウラル山脈まで広がっていたロシアを想起させた。モスコヴィア人のゾランは、この国を映像でしか見たことがなかった。〉

二人の小人は鋳型をハンマーでぶち壊す。できたてほやほやの鋳物は、四十個のナックルダスターです。

〈「素晴ら、しい！」ゾランは目を細めた。「民衆の武器！　こうで、なく、ては！」〉

ナックルダスターは普通の人間のサイズです。

〈ゴランのポケットで電脳がピーッと鳴った。〉

電脳って、何？

スマホのような通信機器らしいのですが、その形態が変てこ。ゴランは電脳を〈目の前にアコーディオンのように広げた。半透明の電脳に中世の勇士の顔が現れた。〉

ずっと後のほうでは、電脳を帽子みたいに頭にかぶったという記述もあります。碁盤模様のチェス盤にもなる。持ち主が形を自由に変えることができるらしい。

地下の小人が鍛冶《かじ》の技術に長《た》けているという伝承は、ヨーロッパの各地にありますね。ゾランとゴランは、堂々と地上で暮らし、しかも人間の民衆による叛乱《はんらん》を企んでいるようです。

〈二十三分後、鞄とリュックサックを持ったプロレタリア風の五人の人間が、扉からノックもせずに入ってきた。〉

ここで1は終わります。何が起きるんだろうとページをめくると、2は、モスコヴィアの首都モスクワに潜入したラディカルなヨーロッパ人――イギリス人らしいです――の〈俺〉が、見聞したことを「My sweet, most venerable boy」に書き綴《つづ》る内容になります。

ここで、読者は初めて〈テルル〉という奇妙な言葉に出遭います。〈俺〉は〈テルルで力を増強していた。〉強精剤か？　そんな単純な物ではないことが、読み進むにつれて、明らかになります。

〈モスクワではガソリンや電気で走っているのは為政者と金持ちだけだ。〉平民と公共交通機関は、ジャガイモをバイオ燃料としています。

かつてロマノフ王朝のツァーリの専制下にあったロシア大帝国は、第一次世界大戦の末期、革命が起こり、ソヴィエト社会主義共和国連邦となりますが、その実態は〈中央集権的統治と厳格なイデオロギーの専制国家〉でした。冷戦後崩壊してロシア共和国からロシア連邦になり、プーチン大統領が独裁的な皇帝化しつつあると言われているのが、二〇一八年現在のロシアの状況ですが、『テルリア』は、さらにその先の近未来を描いています。

広大なロシアは、崩壊し、十五の新国家が出現、モスクワを中心とした一帯はモスコヴィアという国になっています。かつて、モスクワ大公国がこの名で呼ばれていました。名称が復活したようです。〈現国家体制を定義するなら、啓蒙的神政共産封建制、とでも名づけるところだ。〉疑問符を三つ四つ並べたい国家体制です。専制君主国家ではあるけれど、ロシア正教と共産主義が共存し、「正教共産主義者」の肩書きを持つ人々が幅を利かせている。体制もイデオロギーもばらばらです。旧ロシアの広大な領土には、〈古きよきロシア文化を保存するリャザン帝国から、共産主義の勝利のためにパルチザンが「占領白衛軍」と戦いを続けるウラル共和国、民主主義のベロモリエに極東共和国、さらには新たなSSSR（スターリン・ソヴィエト社会主義共和国）まで〉（訳者あとがきより）多種多様な国家が犇《ひし》めいています。民主主義国家ではあるが、議会でリベラルと共産党が勢力を争うバイカル共和国もあります。

ヨーロッパも〈タリバン〉との戦いで疲弊し、イスラム化したり、分裂したり、むちゃくちゃな状態です。

「テルリア」という共和国もあります。本作のキーとなる〈テルル〉の原料であるレアメタル「テルル」を産出し、〈テルル〉の使用を唯一合法化している国です。
訳者松下《まつした》隆志《たかし》氏があとがきに記しておられますし、帯にも書いてあるので、記しますと、〈テルル〉は、レアメタル「テルル」を用いた「釘」です。これを脳にぶち込むと、異常な潜在能力が引き出される。ただし、施術には専門の大工の特殊技術が必要で、素人がやったら、ほぼ死亡する。このレアメタル「テルル」は実在する元素で、ウィキペディアに詳細に記されています。ウィキはしばしばあてになりません（私の項でも間違ったことが記されている。訂正の仕方がわからないので、そのままにしてあります）が、原子番号52の元素テルルに関する記事は、たぶん正確なのでしょう。

読み進むにつれて、本作の構造が飲み込めてきます。その過程が面白いので、ここにあまり書きたくないのですが……本書に興味を持たれた方は、この先をお読みにならないで、実物に目をお通しください。

本作は、五十のフラグメントから成り立っています。長いのも短いのもある。一人称の文章、三人称の文章、詩だの童話だの日記だの手紙だの、公文書に檄文、と、スタイルはさまざまです。それらの間に、ほとんど関連性がない。いや、細い繋《つな》がりが見え隠れしてもいます。ゾランとゴランの製作するナックルダスターを必要とするのは誰か。後のほうで解明されます。

3は要約不能で、4は、中年の男性がカワイコちゃんをくどいて振られる場面です。それだけの話ですが、ここにも〈テルル〉が登場します。

5は、ライン＝ヴェストファーレン共和国の首都ケルンで、カーニバルが行われ、その実況をテレビのアナウンサーが報道しています。三年前、空から降下した〈タリバン〉の空挺師団により、占領され、悲惨な目に遭っていたことが、アナウンサーの言葉から読者に伝わります。レジスタンスが蜂起し、〈野蛮《やばん》なタリバン体制〉を憎悪するイスラム教徒と協力、団結し、〈タリバン〉を倒し、解放を勝ち取った。その勝利がもたらしたカーニバルなのでした。このアナウンサー氏は試用期間にあって、まだプロとして採用されたのではないらしい。アナウンス中、しょっちゅう、肩にとりつけた電脳プラスチックのチップを通じて、試験官らしい女性の声が指図します。もっと手短に、とか、その話はもういいの、とか。

性に合わない愛国的アナウンスをさせられた彼は、不愉快な気分で帰宅します。キッチンとトイレと居間兼食堂があるだけ。部屋の食卓の上には、ガラスの小さい家がおいてあり、その家には、〈小さくて、魅力的で、スタイルのいいブロンドが住んでいる。〉彼は小さい女に釘をくれ、と必死に頼みます。

五十のフラグメントは、書き込めばそれぞれ一大長篇になるであろうことの、一場面のみを切り取っています。

政府転覆《てんぷく》の計画やら、それに関わる者の摘発やら粛清《しゅくせい》やらが盛んに行われている。その一方で、盗聴を楽しむホテルの女性従業員の――昭和の日本でも通じるような――、綿々たる独白の章があったりします。

ヨーロッパでは、〈タリバン〉に焼き払われることのなかったラ・クヴェルトワラードで、新テンプル騎士団が、サラフィー主義者殲滅《せんめつ》を目指し出撃の準備を整えています。

リアル現代のフランスで一番美しい村のひとつと言われるラ・クヴェルトワラードは、十二世紀以来テンプル騎士団の領有地で、十四世紀に騎士団が解体させられた後、要塞化されたそうです。騎士団が建てた城がリアル現代にも保存されています。私は訪れたことはないのですが、訪問された方々の写真をネットで見ると、中世の佇《たたず》まいがそのまま残った、小さい静かな村です。訪れたいけれど行けない場所がまた増えてしまった。

『テルリア』で描かれるラ・クヴェルトワラードは、近未来でありながら中世さながらの様相で、修道士が旅人の足を洗う様も伝統を守っています。旅人——大工マグヌス——は、騎士団総長に招かれ、〈飛脚ブーツ〉の力によってスイスから跳躍してきたのでした（飛蝗《ばった》か？）。

教会堂でミサを受けた総勢三百十二名の騎士が六人の大工によって〈テルル〉を打ち込まれます。大工マグヌスの使命は、総長ジョフロワ・ド・パイヤン——初代総長と同姓だ——の気高く偉大な頭に〈テルル〉を打ち込むことでした。すっかりテルルテルル状態になった騎士たちは、身長三メートルのロボットに乗り込み、ロボットはカタパルトに横たえられ、発射！

このような緊迫した情勢とは関わりなく、大ソロウーフ村では村の踊り手たちによるコンテストが行われています。小ソロウーフ村の連中は、真っ正直に踊るのが厭《いや》になって、奇妙奇天烈《きてれつ》なインチキ手段をとり、ばれてまた妙ちきりんな騒ぎが起こります。

訳者あとがきによれば、作者はインタビューで、〈世界がバラバラに砕けはじめた以上、それを単一の言語と線的な展開で描くことは不可能です。世界が破片でできているのなら、それは破片の言語で描かれねばなりません〉と語っているそうです。

関連して思い出す遠い記憶があります。春には小学校に上がるという年の二月、大雪が積もり、父が開業している医院は「本日休診」。縁側で、珍しく暇な時間をもてた父が、私に雪釣りを教えてくれました。長い紐《ひも》の先に炭の欠片《かけら》を括《くく》りつけ、吊り下ろすと、炭のまわりに雪がつきます。何度も下ろすと、雪に雪がくっついて、次第に大きい玉になります。八十何年も昔なのに、その情景だけは記憶に鮮明です。後に、休診は雪のせいではなく、東京に戒厳令《かいげんれい》が発せられたためと知りました。二・二六事件の翌日だったのでした。今のようにテレビやネットですぐに情報が伝わる時代ではありません。情報源は新聞とラジオです。大人はニュースで知ったでしょうが、子供は何もわからず、父が遊んでくれるのを嬉しがっていました。一つの大事件が発生しているその同じ時に、のどかな暮らしも並立する。

五十のフラグメントを並べた『テルリア』は、太いのや細いのや、長短もさまざま、色とりどりの丸太を一括《ひとくく》りにして、真横にばっさり切り、その断面を見るようでした。

訳者があとがきで記されたように、〈どの章も高い独立性を有し〉〈飛び飛びに読んだり、順番を入れ替えたり〉して読んでもいっこう差し支えはないのですが、まず最初の数章を順番通りに読み、その後、アトランダムにページを繰り、十分に脳が引っかき回されてテルル状態になってから、最後に49と50で締めくくると、しっくりとテルリア世界が構築されるように感じました。ジャガイモの行く末もわかるし。

039 「足摺岬」と田宮虎彦

鍾愛《しょうあい》する絵の一つに、ジョージ・フレデリック・ワッツの「希望」があります。よく知られた絵ですので、ご存じの方も多いと思います。青ざめた色調です。地球をあらわす球体の上に、不自然なほど歪《ゆが》んだ姿勢で腰を落とし、左手に抱えた粗末な竪琴《たてごと》の音《ね》に身をひたして聴き入る若い女。目は布で覆《おお》われ、纏《まと》った羅《うすぎぬ》の無数の繊細な皺《しわ》は肌の傷痕のようです。竪琴の弦《つる》は、髪の毛のように細いただ一すじを残して、失《う》せています。「絶望」というタイトルのほうがふさわしいと、発表当時から言われたそうです。

私も長い間、絶望的な状況の中で、ただ一すじの弦の音にすがりつく娘、というふうに思っていました。つい昨日、ネットで知ったのですが、ワッツ自身の言葉に、「希望と期待は違う」というのがあるそうです。いま再検したところ、見当たらない。どこで私はそれを知ったのだろう。この言葉を目にしたとき、俗な言い回しですがそれこそ「目から鱗《うろこ》が落ちる」という感覚をおぼえました。私はずっと、希望と期待を混同していました。近作『クロコダイル路地』でも、〈「希望は常に失望を伴う」〉とエルヴェに言わせ、ピエールには〈上っ面だけの希望では、絶望を踏み敷くことはできない。絶望に両足を踏み据えてこそ、希望をも失望をも超えることができる〉という感慨をおぼえさせています。〈上っ面だけの希望〉は、「根拠もない期待」と言うべきでした。

絶望的としか言いようのない状態にある娘は、わずかに残る一すじの弦の音色に耳をすましています。が、弦は、ひとりでに音を発しはしない。そう、ワッツの言葉によって私は気づいたのでした。儚《はかな》い弦を奏《かな》でるのは、彼女自身です。音色は天上から与えられるのではない。彼女が創り出している。期待は、他から与えられるのを待つ姿勢。希望は、そうじゃない。絶望の中にあって、自ら創り出す。か細い弦も、いつか、切れる。でも彼女は絶望はしないのではないか。無からさえ、音を奏でるのではないか。そうして、肉体が生を終えるとき、彼女自身は無音の音に静かに溶けいっているのではないか。小さい印刷物ではわからないのですが、拡大されると、彼女の表情は、悲愴《ひそう》でも悲惨でもない。活気に溢れてもいない。静謐《せいひつ》です。……と、思いながら、まだ一つ、私にはわからない謎が、この絵にはあります。弦を奏でる彼女の右手の指です。二本の指しか描かれていない。蟹《かに》の鋏《はさみ》みたいです。手の甲が他の指を折りたたんだふうではなく二本指の幅しかない。弦はその二本指の間にある。奏でる右手を、なぜ、こんなふうにデフォルメしたのだろう。奇妙な形であるがゆえにインパクトが強いのは、図形のような姿態と同様に効果的ではありますが……。何か象徴的な意味があるのでしょうか。専門の方の教えを請《こ》いたいと願っています。

今日（二〇一八年四月二十八日）、書店で『自叙の迷宮　近代ロシア文化における自伝的言説』という書物が目につき、タイトルに惹《ひ》かれ西山孝司《にしやまたかし》氏の装幀にも誘い込まれて、入手しました。タイトルを『自殺の迷宮』と読み間違え、しかも、サブタイトルの「近代ロシア文化」を「近代ロシア文学」と早呑み込みしたのですが、私の早とちりとは関係なく、魅力のある内容でした。サブタイトルのテーマのもとに著された研究論文を編纂《へんさん》した一書です。

中村唯史《なかむらただし》氏の「自叙は過去を回復するか――オリガ・ベルゴーリツ『昼の星』考」と

いう章に、まず、目を通し、強く惹かれました。

オリガ・ベルゴーリッツは、今次大戦でレニングラードがドイツ軍に包囲されたとき、自作の抵抗詩をラジオで放送し続け、市民を鼓舞《こぶ》したことで有名な詩人だそうです。その詩は文学的価値は高くはなく、ただ歴史的事象として尊重されていると記された後に、著者は、オリガ・ベルゴーリッツの自伝的長編『昼の星』について論考しておられます。

少女であったころ、オリガは、村の教師から聞いた話に深い感銘を受けます。

〈(昼の星は)夜の星よりも明るく、美しくさえあるのだが、陽の光に覆われているために、けっして空に見えることはない。昼の星はとても深い、静かな井戸の中でだけ見ることができる。〉

少女はその話のイメージを自らの想像力で広げます。深い井戸の水面にだけ、昼の星が反射している。先生の言葉をそう理解したオリガと、ヴィクトル・エリセ監督の映画「ミツバチのささやき」の、アナと深い井戸の印象的な一場面が重なります。大人になってから、詩人はふと気づきます。先生が言ったのは、太陽光線の届かない深い井戸の底に立って空を見上げれば、昼の星が見えるという意味だった、と。それでも詩人は、事実がどうであれ、深い井戸の水面には不可視の星が映ると信じ続けることを選びます。私には、どちらのイメージも美しく思えるのですが、深い井戸の底に立って不可視の昼の星を仰ぎ見つめる存在に、細々と残る一すじの弦を奏で聴き入る「希望」の娘と同じものを感じます。

田宮虎彦《たみやとらひこ》の短篇「足摺岬《あしずりみさき》」について書こうと思い、昨日知ったワッツの言葉を冒頭にして書き出したのですが、たまたま今日読んだ昼の星のイメージが「希望」とあまりにぴったりと重なるので、寄り道しました。

田宮虎彦の作品は、どれも暗い。暗く哀しい。明治の末に生まれ、大正、昭和の、暗《あん》鬱《うつ》な部分を体に染みこませていたように感じます。幼時、小児結核に罹患《りかん》し、第三高等学校（現京大）に合格したが、肺尖カタルで一時休学、卒業後、東京帝国大学を経て、『人民文庫』の創刊とともに、執筆グループに参加する。グループのメンバーが催した「秋声《しゅうせい》（筆者註・徳田《とくだ》）研究会」に出席中、警察に検挙され、就職先である新聞社を退社せざるを得なくなる、という年譜を追っただけでも、辛酸のほどが偲ばれます。今は、ブルジョア、プロレタリア、といった言葉はあまり聞かれなくなりましたが、軍国主義の翳《かげ》濃い一九三〇年代、当局は、社会主義者の排除、弾圧に力を入れていました――その反動もあってか、敗戦後の一時期、資本家攻撃の風潮が凄《すさ》まじかった――。『人民文庫』はタイトルからもプロレタリア文学系であることがわかります。

田宮虎彦の短篇集を読んだのは、一九五四年、映画「足摺岬」を観たのがきっかけでした。映画は、田宮虎彦の短篇「足摺岬」を土台に、これも短編の「菊坂」「絵本」を加え、新藤兼人《しんどうかねと》がシナリオを担当。監督は吉村公三郎《よしむらこうざぶろう》です。

今、この稿を書くために「足摺岬」を数十年ぶりに読み返して、愕然《がくぜん》としました。田宮虎彦の作品は暗鬱だけれど、「足摺岬」だけはラストに仄《ほの》かな明るみがある、としてワッツの「希望」と結びつけ、でも「足摺岬」はいささか甘い、と綴《つづ》るつもりだったのです。ところが、再読したら、原作は最後の最後まで暗かった。ラストが仄明るいのは、映画のほうでした。記憶はあてにならない。映画の前半は、「菊坂」「絵本」をもとにしています。映画のこの前半が好きなのですが、これも、脚色によるところが大であったようです。原作の数行を印象に残るシーンにしてある。貧窮のどん底にある苦学生に映画は浅井政夫《あさいまさお》という名を与えていますが、原作は〈私〉とのみ書かれています。〈麻布霞町《あざぶかすみちょう》の崖下《がけした》にあった私の下宿には、三聯隊《れんたい》の起床ラッパが遠くかすかにきこえて来た。〉(「絵本」)起床ラッパのメロディに兵隊たちがつけた歌詞は、私たち戦前の子供も耳に馴染《なじ》んでいました。「起きろよ、起きろ、みな起きろ、起きないと隊長さんに叱られる」そして、就寝ラッパは「初年兵は可哀想だな。また寝て泣くのかな」でした。物悲しいメロディです。軍隊内務班の陰険な新兵いじめは、野間宏《のまひろし》『真空地帯』で暴かれています。

〈父親に逆らって家を出、上京して大学に入ったものの、学資がない。母親が父の目を盗んで送ってくれる五円紙幣。下宿代は十三円です。四畳半一間。一部を板で仕切ってあるので、奇妙に細長い。板壁の向こうの隙間は、中学生(旧制ですから、今の高校生ぐらい)が借りています。中学生は、田舎の母からわずかな仕送りをしてもらいながら、朝夕新聞配達をして下宿代や生活費を辛うじて賄っている。彼の兄は、廟行鎮《びょうこうちん》の戦いで捕虜《ほりょ》になり銃殺されています。〈私〉は毎夜ガリ版の原紙切りをして少しの銭を稼ぐけれど、とうてい足りはしない。下宿の主一家だって、ぎりぎりの暮らしをしています。大家族な上に、子供の一人は脊椎《せきつい》カリエスで寝ついている。この男の子が、小説でも映画でも、痛ましいまでに清らかな存在として描かれています。貧しい不幸せな者の吹きだまりのような場所ですが、映画では、下宿のおかみさんの描き方などで、ぎすぎすした感じを和《やわ》らげています。〈私〉は肋膜を患い、映画の主人公は結核に冒されており喀血《かっけつ》さえするが、医者にかかる金はない。どうにも暮らしが立たず、裕福な友人に金を貸してくれと頼みに行く。鼻で嗤《わら》う友人は、口先だけは進歩的なことをいう奴です。書架にはマルクス・エンゲルス全集や社会思想全集が並んでいる。映画では、友人は「起《た》て、餓《う》えたる者よ」と革命歌を口ずさみながら、貧しい主人公を傲慢《ごうまん》に追い払うという場面にしています。犯罪理論を構築し友人を殺害するならラスコーリニコフですが、〈私〉は、これだけの本があったら売り払って大学を出ることができるだろうと思い、そんな自分がさもしくて、悲しい卑屈な笑いをうかべるのみです。

中学生は、身に覚えのない追剝《おいはぎ》の嫌疑でしょっぴかれ、取り調べの警官に「兄貴が捕虜なら、貴様は赤だろう」と頰に痣《あざ》ができ唇が柘榴《ざくろ》のように割れるほど竹刀《しない》で折檻《せっかん》され、冤罪《えんざい》とわかったものの、青山墓地の槐《えんじゅ》の木で縊死《いし》します。

「菊坂」には、皇太子殿下誕生（令和の上皇陛下です）を祝う提灯《ちょうちん》行列が賑《にぎ》やかな夜、下宿に帰った〈私〉が、〈ハハシスカエルニオヨバヌ〉の電報を受け取ったことと、同じ下宿の住人である経済学士が特高警察に目をつけられ、ついに検挙されたことが記されています。浅い皿形の笠のわびしい電灯の下で、電報を手に立ち尽くす、映画の場面が記憶に刻まれています。ある事情から下宿を出ることになった〈私〉は、なけなしの金でアンデルセンの絵本を買い、病床の子供に贈ります。「絵本」のラストです。

短篇「足摺岬」では、〈私は自殺しようとしていた。何故《なぜ》自殺しようと思いつめていたのであろうか。死のうとしていたその時でも、理由ははっきりとは言えはしなかっただろう。〉と記されています。死に場所を求めて足摺岬に行く。激しい横殴りの雨を避けて、目についた小さい宿屋に入り、そこの娘八重《やえ》と知り合うのですが、映画では、八重は前述の中学生の姉で、弟と一緒に上京し、近くの大衆食堂で働き、〈私〉――映画では浅井――と親しくなっていた。弟が自殺した後、八重は故郷の足摺岬で小さい宿屋を営んでいる伯母のもとに身を寄せる、死を決した浅井は、そこを訪ねる、という設定になっています。雨の中、足摺岬の断崖に行ったものの、死ねずに宿に戻り、高熱が出て寝ついてしまった浅井は、温かい看病を受けます。ここも貧しい者が身を寄せる場所です。逗留《とうりゅう》している老いた遍路と薬の行商人が、浅井をなにくれとなく力づける。気力を取り戻した浅井は、すでに嫁ぎ先の決まっている八重と、椿《つばき》の咲き盛《さか》る道を歩き、足摺岬に立つ。そこは死を誘《さそ》う場所ではなくなっていた。明るい表情の浅井を映して映画は終わります。

が、小説は、どこまでも暗いのです。足摺岬の突端で、死と生のあわいで逡巡したのち宿に戻る〈私〉に八重は駆け寄り、〈私〉は抱き留める。いったん東京に戻った〈私〉は、どうにか生計を立てる目途《めど》がついて、八重を妻に迎え入れます。しかし、八重は〈私〉の病気に感染したらしく、激化する戦争のさなか、ろくな栄養もとれず死にます。敗戦の翌年、〈私〉は八重とその母親、幼い弟をうつしたセピア色の写真を見出し、足摺岬の義母を訪れます（映画にはこの弟は登場しません）。幼かった弟は、二十を過ぎた青年になっている。特攻帰りの弟は、荒れすさんでいた。明日は死ぬ、皇国のために、と覚悟を決めたのに、突然、足もとが崩れた。敗戦。

特攻帰り、予科練くずれと呼ばれる若い人たちがいました、敗戦後の一時期。「海軍飛行予科練習生」通称「予科練」は十代半ばから二十代前半。特攻隊員に選ばれもします。敗戦後ほどなく縁故疎開先から帰京し、以前通っていた小学校に戻った――五年生だったか六年生だったか――私の次弟は、生還した地元の元予科練生たちが、教室の後ろに屯《たむろ》して花札をしたり、釘を線路におき列車に轢《ひ》き潰させ平らにしたのを拳の五指の間にはさみ喧嘩の武器にすることを、子供たちに教えてくれたと言っていました。彼らは子供にはやさしかったようです。「生命《いのち》惜しまぬ予科練の　意気の翼は勝利の翼」（悲しいことに西條八十《さいじようやそ》の作詞です）と讃《たた》えられていたのに、突如、無用の存在とされ、厄介者扱いされるようになった彼らが、どうしたら即座に気持ちを切り替え、「戦後民主主義」に身を沿わせられるでしょう。一億総懺悔《そうざんげ》して明るく復興しようという世間の顰蹙《ひんしゆく》を彼らは買ったのでした。すべての生還者が荒れすさんだのではない。ごく一部でしょう。しかし彼らを責める資格はだれにもない。

〈「誰のために俺は死にそこなったんだ、負けたもくそもあるか、俺はまだ負けておらんぞ、俺に死ねといった奴は誰だ、俺は殺してやる、俺に死ね死ねといった奴は、一人のこらずぶったぎってやる」〉泥酔して喚《わめ》きながら、雨の中を足摺岬のほうに突っ走っ

166

てゆく八重の弟の声を〈私〉は聞きます。小説はそこで終わる。細い一すじの弦もない。仄かな明るみによって観客を安堵させる映画より、絶望しかない小説のラストに真実を感じます。

田宮虎彦は晩年、脳梗塞により身体の不自由をおぼえ、投身自殺します。絶望の極みの中で一すじの弦を奏でるのがどれほど困難か、あるいは不可能であるか、考えもせず、希望を持てと無責任に強《し》いる世間のほうが、私には怖い。

039

040 『The ARRIVAL』とショーン・タン 『2084世界の終わり』とブアレム・サンサル

義理にからめた恤兵《じゅっぺい》真綿《まわた》
そろりそろりと頸《くび》締めかかる

日清《にっしん》戦争に軍楽隊次長として従軍した永井建子《ながいけんし》が作詞作曲した「雪の進軍」の歌詞四番の一部です。この後に、本来の歌詞は「どうせ生かして還さぬ積り」と続きます。命を賭して吶喊《とっかん》し、名誉の戦死を遂《と》げず無事に生還すると、さらに危険な戦線に行かされる。生かして還さないのは、軍の上層部です。軍歌に分類されていますが、濃厚な厭戦《えんせん》歌《か》です。後《のち》に「どうせ生きては還らぬ積り」と兵が覚悟したように改変され、さらに歌唱禁止になります。禁じられたはずの歌を子供のころから知っていたのは、叔父などが教えてくれたのでしょう。

「恤兵」は、物品を送って兵を慰問《いもん》する意で、不吉な言葉ではないのですが、旁《つくり》が「血」なので、なんだか、いやだ。そして、「真綿で首を絞める」という慣用句にかけてあるのが、怖い。慰問で送られた暖かい綿入れが、実は「死んで帰れ」という激励《げきれい》として、じんわりと兵の頸を締めつける。今次大戦中、大流行した「露営の歌」の歌詞に「夢に出て来た　父上に／死んで還れと　励まされ／さめて睨《にら》むは　敵の空」というのがありました。恤兵真綿の日清戦争と変わらない。歌詞の一番には「手柄たてずに　死なりょうか」とあります。大戦終盤、学徒出陣に際して学徒代表が述べた答辞は、「生等（我々の意です）もとより生還を期せず」でした。どれほど生きていたかろうと、その言葉以外を口にすることはできなかった。

「雪の進軍　氷を踏んで／どれが河やら　道さえ知れず／馬は斃《たお》れる　捨ててもおけず／ここは何処《いずく》ぞ　皆敵の国」が、「雪の進軍」の一番です。

岡本喜八《おかもときはち》監督の傑作映画「独立愚連隊西へ」（一九六〇年公開）を、続いて思い出してしまった。戦争の不条理、軍上層部の非情を、思いっきり笑いのめした、めちゃ楽しい映画です。今次大戦の北支戦線——今は中国北部戦線というのですね——。「西も東

も南も北も　どこを向いても敵だらけ」という主題歌「独立愚連隊マーチ」が、日清戦争の「雪の進軍」と重なります。

名誉の戦死を遂げたと戦死公報に名前が載った後で生還した左文字《さもんじ》小隊は、軍部にとって迷惑きわまりない存在です。生きていてよかった、とはならない。公報に誤謬《ごびゅう》があってはならない。危険な任務に就かされる。それでも生還すると、いっそう苛酷な任務を与えられる。「どうせ生かして還さぬ積り」の昭和版です。戦死者は「護国の鬼」と讃《たた》えられるが、手柄をたてずに生き延びた者は、生き恥さらしたと蔑視《べっし》される。それが戦時の日本の風潮でした。

「ヤボな曹長が帳簿をめくる／『貴様ら、とっくに死んでいる』／『はいィ、曹長殿《そーちょ》、残念でした／靖国神社が満員で　はい』」

「イキな大尉が刀を抜いた／『貴様ら、どっかへ行っちまえ』／『はいィ、大尉殿、どこどこまでも／長い草鞋《わらじ》を履きましょう　はい』」

もう一つの主題歌「イキな大尉」の一番と四番です。

で、幽霊小隊は、行方《ゆくえ》不明の軍旗探索に追い遣られます。当時、軍旗は、兵の命よりはるかに重かった。敵に奪われてはならない。持ち帰らないと軍の威信にかかわる。ぼろぼろの布一枚のために何人戦死しようとかまわない。岡本監督はその馬鹿馬鹿しさを、深刻に告発するのではなく、歌交じりの痛快な娯楽映画に仕立てあげています。

小説について書く場なのに、歌と映画の話になってしまった。

報道される表面のことだけでも膨大であり、さらに公にされない裏の様相ときたら途方もない量であろう世界の情勢の推移を、耳かき一杯ほどの知識もない私があれこれ言うことはできないのですが、昨今、「雪の進軍」の歌詞がしきりに思い出されます。

というのを前振りに、ブアレム・サンサルの『２０８４　世界の終わり』のことを書くつもりだったのです。ところが、たまたまショーン・タンの『The ARRIVAL』という本を読んでしまった。数年前、刊行されるやベストセラーになりテレビでも紹介されるなど、世評が高かったようで、今ごろ読んだのかと言われそうです——もっとも、日頃、ベストセラーともてはやされる本にはあまり手を出さないのですが——。文芸書の棚においてなかったので、見過ごしてしまいました。昨日、世界の旅の洋書絵本というくくりで書店で新たに平積みにしてあるのを娘が目に留めて買い、「これ、いいよ」とまわしてくれたのです。こんなに心にしみとおる本は『黄色い雨』以来で、書かずにはいられなくなりました。今さら私が記すまでもなく、読者の方々のほうがとっくにご存じの本だろうと思うのですが、胸迫るあまり、差し挟むことにします。

褪《あ》せたセピア色。手擦れのした古い本のような造りです。文章、科白《せりふ》はひとつもない。絵がこれほど雄弁な力を持つのか。貧しい国に妻と幼い娘を残し、生活の基盤を築くべく一人先に異国――異世界？――に移民した男。言葉のまったく通じない、食習慣もことなる異国で、表情と身振り手振りで生きる、その表情、仕草。Ⅰの最初に描かれた九齣《こま》の絵と、Ⅵの最初に描かれた九齣の絵。その間を繋《つな》ぐ歳月。彼に懐《なつ》く見慣れない生き物。愛らしいその生き物が男の中折れ帽を口にくわえて渡す小さい齣に、瞼《まぶた》が濡れました。ＳＦのような環境設定ときわめてリアルな移民・難民の姿が、溶けあっています。戦禍にあった難民がどのような思いで、どのようにしてこの国に逃れてきたか。ドイツ表現主義の無声映画の手法も援用されています。文章もどんな言葉も邪魔になるだけと感じます。内容や絵について、これ以上語るのは控えます。たやすく入手できる本ですし、予備知識を持たず、絵の一齣一齣を見ていくほうが楽しいですから。これまで、この本を面白く読みましたと紹介するだけで、好みは人それぞれですから――そして私の好みは偏《かたよ》っていますから――勧めるということはしませんでした。また私の感想・解釈を読者に押しつけることのないよう、なるべく作品の文章を引く方法をとってきました。でも、これは、積極的にお勧めします――遅まきながら――。私が手にしたのは小型のアメリカ版ですが、河出書房新社から刊行された訳書『アライバル』はオーストラリアの原書に倣《なら》った大判だそうです。絵とその構成は、これほど雄弁な力を持つのか、ともう一度繰り返して、当初の予定どおり、ブアレム・サンサルの『2084世界の終わり』に移ります。

〈タイトルから予想されるとおり、本作はジョージ・オーウェルの『1984』に着想を得たディストピア小説です。〉（訳者あとがき）

〈作者のサンサルはアルジェリア在住のアルジェリア人です。〉（訳者あとがき）

アフリカ大陸北部、地中海に面したアルジェリアは、かつてはオスマン帝国の属領であり、後にフランスの支配下におかれ、第二次大戦後、七年四ヵ月に及ぶ苛烈な戦闘を経て独立を果たしますが、政権党に対し急進的イスラム系の政党やベルベル（もともと北アフリカ一帯に住んでいた民族）系の政党などが反発し、軍のクーデターもあり、内戦状態が続きます。

〈政府が反体制派への弾圧を強める中、イスラーム過激派による無差別テロが頻発するようになり、若い娘が誘拐され、妊婦が生きたまま腹を割かれ、子供が殺されてばらばらにされるといったことが日常になります。市民の活動は猛スピードで萎縮していきました。〉（訳者あとがき）

これも訳者あとがきによりますと、ブアレム・サンサルは人権活動グループに所属していましたが、このグループも過激派の攻撃の対象となり、多数が殺戮《さつりく》されます。やがて内戦は終息しますが、全体主義国家の言論統制は厳しく、体制批判は一切許されない状態になる。サンサルは大統領の政策を批判し、当局の監視下におかれます。そういう状況の中で書き上げられた本書は、二〇一五年、フランスで出版されます。この年、パリではシャルリー・エブド襲撃事件があり、そして劇場や飲食店で立て続けにテロが起きています。ミシェル・ウエルベックが、近未来のフランスでムスリム政権が誕生するという『服従』を出版した年でもありました。以前書いたソローキンの『テルリア』における近未来でも、ヨーロッパは〈タリバン〉との戦いで疲弊《ひへい》し、イスラム化したり分裂したりという状態になっています。キリスト教（カトリック、プロテスタント、正教、と幾つにもわかれ、それぞれがまた、派にわかれている）とイスラム教（スンニ派とシーア派が相容れない）の複雑な敵対関係は、遠い東の果てに住む私には理解しがたいのですが、空路による交通手段が発達した現代では地続きならぬ空続きといえる地で、現実に悲惨な殺戮が繰り返されている。

〈２０８４〉という数字は、〈アビ〉が生まれた年とも、あるいは五十歳になろうとしていたアビが〈ヨラー〉の天啓を受けた年とも〈アビスタン〉国では言われています。〈ヨラーは偉大で正しい。御心《みこころ》次第で与えもするし、奪いもする。〉〈ヨラーは偉大である。アビはその忠実な代理人である。〉ヨラーからアラーを連想するのは容易です。

凄惨な大聖戦――核爆弾さえばらまかれた――が長く続いた後、〈完璧で、決定的で、翻らない〉勝利を得た（と自称する）この国は、「アビスタン」と名乗るようになります。

ヨラーは信心深い人民に当初からの約束どおり世界の覇権を与えたと、断言しています。〈正義の同胞団〉という組織が絶対的な権力を持ち、人民は従順にその定めに従う。言語もアビ語に統一され、大聖戦以前のことは一切消し去られます。人民は、境界の外に他の国があるなど、考えもしない。

〈「服従とは信仰であり、信仰とは真実だ」

（略）

「我々はヨラーに仕え、アビに服従する」

などなど。

こうしたキーセンテンスを九十九、我々は物心ついた途端に憶え、死ぬまで唱え続けるのである。〉

四十数年昔になりますが、尾崎秀樹《おざきほつき》先生のお誘いを受け、先生が率いる中国ツアーに参加したことがあります。今からは想像もつかないほど、中国が貧しかった時代です。ホテルのトイレに紙もなかった。天安門《てんあんもん》前の途方もなく広い道路は、前方を睨《にら》み、同じ速度で整然と、ひたすら自転車を走らせる男性の群れで埋められていました。ツアーは許可されたルートしか訪れることができず、貧しい人々に国が貸与した住まいに案内されました。一家族に一間《ひとま》だけの住まいが続く長屋のような造りですが、大変な恩恵とされていました。現地ガイドさんを通じてのこちらの質問に、痩せたおじいさんは目を床の一点に据えて、「毛沢東様のおかげです」の一言を無表情に繰り返すだけでした。それ以外の言葉は何一つ発しなかった。そこでは、彼以外の人に会うこともなかったのでした。

アビスタンのアティは、サナトリウムで一年療養し、退所の許可が出ます。療養中、彼は考えます。ヨラーとその代理人アビによって、世界は完璧であるのに、なぜ、悪徳が蔓延《はびこ》るのか。聖書あるいはコーランに相当する聖典にはこう記されています。〈「なにが悪か、なにが善かなどは、人の知るべきことではない。人が知るべきは、ヨラーとアビが人の幸せのために尽力しているということだ」〉

ヒトラーが、自分がいかにドイツを愛しドイツ国民のために骨身を削っているかを宣伝させたことを思い重ねます。

疑うことを知らなければ、規定された枠の中で、型にはまった生を生きられる。〈単一思想が支配する世界においては、不信は想像すら不可能だ。〉

戦前の一時期、日本において、子供だった私たちの世代はこれに似た世界に生きていました。自由を知らず、それどころか、自由主義、個人主義は悪だと教えられた。「不敬罪」が存在しました。今も苛酷な懲罰《ちょうばつ》を伴う厳しい思想統制があったら、次のような感慨は口に出すこともできないでしょう。「臣民に思想の自由がなかったように、主《しゅ》上《じょう》にも、思想の自由はなかった」

聖典はさらに記します。〈傲慢な者はわたしの憤怒の雷を受けるだろう。取り除かれ、手足をもがれ、焼かれるだろう。（略）死んでも、なお、わたしの制裁からは逃げられない〉

〈なにかは分からないが、なにかがアティの頭の中で壊れた。〉退院証明書に「要観察」と記載されたアティの、監視の目をくぐっての自由を模索する行動がはじまります。

〈民衆が自分たちの宗教を信じ、死に物狂いですがりつくためには、戦争が必要だ。（略）どこにも姿は見えないのに、そこらじゅうで目撃される敵が必要なのだ。〉

本篇の冒頭に、怖い〈警告〉があります。この物語は実話ではないのだから安心せよ、と繰り返しているのですが、最後のフレーズに、どきりとさせられます。

041 『十四番線上のハレルヤ』と大濱普美子

刈萱《かるかや》の穂そよぐ野にひとり佇《た》つと夕靄《ゆうもや》のむこうに影めいたものが形をとり、そのなかに誘い込まれてゆけばそこは強靭《きようじん》に構築されたトポスで、幻影と実像、夢と現実は、わかちがたく融合しどちらかの側に身をおくことはできない。

まず、装画になんとも吸引力があって、ページを繰らずにはいられなくなります。

〈アカイミ　スンダリコ
コトリト　ナンダルサ
サカサメ　エンコラシ
シニンベ　ドンツラサ

遠くから子供の声が流れてきた。
（略）わけの分からないことばの尻取りが、単調な節回しに乗って踏み車のように回っていく。（略）
吹き寄せられた歌声は今度は吹き戻され、やがて吹き散らされてちりぢりに。なぜかア行の語尾だけが、風の谷間をくぐり抜けてきて韻を踏む。しばらく宙に揺れていたかと思うと、凪《なぎ》を迎えて突然途絶えた。〉

大濱普美子《おおはまふみこ》さんの短篇集『十四番線上のハレルヤ』の最初に載せられた「ラヅカリカヅラの夢」の冒頭です。

〈とりとめもない水の広がりを前にして〉〈埠頭の突端に立ち、遥か沖合いに夕陽が沈んでいくのを〉見ている米子《よねこ》は、この奇妙な町に住み着いて五年ほどになります。

どのように奇妙なのか。本書の帯に東雅夫《ひがしまさお》さんが、萩原朔太郎《はぎわらさくたろう》「猫町」や佐藤春夫《さとうはるお》「美しい町」を引き、〈市井の人々と人ならざるモノが物憂げに共棲する尽《すが》れた幻想市街図〉と表現しておられます。異界越境譚としては、日影丈吉《ひかげじょうきち》「猫の泉」、アルジャノン・ブラックウッド「いにしえの魔術」なども想起されます。泉鏡花の戯曲「天守物語」も異界と此岸が接触しています。日影丈吉氏の諸作は、朔太郎や鏡花の水脈に連なる現代の古典となっていると思います。鏡花はとりわけ異境譚が多いですね。「高野聖」は言わずもがな、「眉かくしの霊」では、ラスト、「似合いますか」の一言で、此の世の宿の〈座敷は一面の水に見えて、雪の気はいが、白い桔梗の汀《みぎわ》に咲いたように畳に乱れ敷いた〉異界に変貌《へんぼう》します。

最近刊行されたものでは、チェコの作家ミハル・アイヴァスの『もうひとつの街』が連想されます。

それらの作は、普通の場所にいる普通の人間が、異界に踏み入ったり、異界に越境されたりする構造になっています。

「ラヅカリカヅラの夢」の特徴は、異界と此岸が画然とわかたれてはおらず、一つに溶けあっていることだと思います。

読者である私は此岸にいるので冒頭に記したような感慨を持ちましたが、米子は、「異界に紛れ込んだ此岸の人間」ではない。五年前に移り住んだのですから「余所者《よそもの》」ではあるのですが、疎外感は持っていない。

この町で起きることがらは、実際に起きたのか幻なのか、曖昧です。
米子が入居したアパートの外階段は、入居した当時すでに痘痕面《あばたづら》だったが、五年後の〈今では天然痘の末期症状を呈し、内側から錆を吹いて崩れそうな勢い。〉
大正か昭和の初めごろみたいな佇《たたず》まいの町です。それなのに、廃物に新たな生命を吹き込む〈屑屋の源さん〉を、町の人々は〈魔術師だの錬金術師だのと〉呼ぶ。この舶来《はくらい》めいた呼称が、海辺の昔懐かしいような町の人の言葉として違和感なく用いられています。
露天の岩風呂みたいに、〈黒く濡れた岩がごつごつと水上に突き出した〉浜に、〈奇態な魚が打ち上げられた〉ことがあります。〈見事な流線型をした身体《からだ》が、どちらが尾なのか頭なのかをつまびらかにせず横たわっていた。体表から緑の微光を放ち、スパンコールの小山のようだった。〉
〈夜、その腹を破りヘルメット形をした巨大な蟹が二十四あまりまろび出て〉海に帰っていったのを見た者がいる、というのは噂であって、米子が実際に目撃したわけではありません。

朝、死体は消えていた。このできごともやがて、ジャズ喫茶『青帳面』（英語にすれば、マンハッタンのジャズクラブと同名ですね）のカウンターでハクジイが語る奇譚のように、真偽さだかならぬまま語り継がれていくのかもしれません。ハクジイは、このちょっと奇妙な町の、ちょっとずれた住人のひとりです。博学、博士、の博爺《はくじい》さんですが、ホラジイとも呼ばれる。

満月の晩に一遍だけホウと鳴いて枯れるアホウ草の話。河童《かっぱ》の親戚であるザッパの話。ザッパは死ぬと身体が縮んで溶け、頭の皿だけが〈波間にホカホカと漂うのだそうだ。〉その皿の使い道ときたら。

『青帳面』を経営するテッちゃんは、かつてはよその町に行き、オカマの芸能人として名を上げ（ただし、地方限定）、突然この町に帰ってきて店を開いた。ハクジイとテッちゃんの交わす話に、ラヅカリカヅラという奇妙な名詞がでてきます。よそからきた米子に、ハクジイはそれが何であるか教えます。

喋りながら、ハクジイはテッちゃんに茹《ゆ》で卵を所望。〈卵の頭をカウンターに打ちつけた。（略）枯れて皺の寄った指先が、薄片を一枚はぎ取って器用に殻をむき始め、ひ

とかけごとにつるつると、白く艶やかな身が露わになっていく。〉

茹で卵の殻を剝くというだけの場面が、鈴《すず》木《き》清順《せいじゅん》監督「ツィゴイネルワイゼン」や「陽炎座」の映像美を思わせる鮮やかさです。クローズアップされた皺だらけの指先とつるつるした白い剝き身の対比。「ツィゴイネルワイゼン」で、大谷直子《おおたになおこ》が延々と蒟蒻《こんにゃく》を千《ち》切《ぎ》る場面を思い重ねました。鍋にはすでに千切り蒟蒻が山盛りなのに、無表情になおも千切り続ける。そして、「陽炎座」の、水を張った桶の中に入った大楠道代《おおくすみちよ》と酸漿《ほおずき》の場面。ふっと尖らせたくちびるから赤い酸漿が一粒、ぽつんと水面に浮かび上がる。それがきっかけになったようにおびただしい酸漿が湧き上がって水の面をびっしりと埋め尽くす。一瞬、酸漿の群れの中心がすっと開《ひら》けて、水中の女の顔が見える。

茹で卵の上にとぐろを巻くマヨネーズ。あんぐりと口を開けてかぶりつき、二口で食べてしまうハクジイ。映像なら、黄ばんだ歯や歯茎《はぐき》が見えそうです。木訥《ぼくとつ》な笠智衆《りゅうちしゅう》（小津安二郎《おづやすじろう》監督の映画の常連俳優でした）が淡々とこのホラジイを演じたら、いい味を出すだろうな――と、勝手に楽しんでいます。作者の方、ごめんなさい。不愉快に思わないでいただけたら嬉しいです――。

041

〈ラヅカリカヅラは、葉陰に隠れていつも見つかるのを待っている。〉その後の数フレーズが怖い。

ほかにも、オコモリさんだのシラオクサンだの、何人かの住人の幾つかのエピソードがつらなって、このトポスを構築しています。

それらの住人たちの言動は、どことなく可笑《おか》しみがあって、その底に孤独感がそっと棲《す》みついている。そんな印象を受けました。

事々しい派手な怪異は起こらない、住人も妖怪変化ではない。それなのに異様な気配が漂うのは、文章で表現する力が並ならぬゆえと思います。

レトリックの一つ一つが、新鮮で巧緻《こうち》な効果をあげている。

四十数年前、私が小説誌に危なっかしく書き始めたころ、著名な流行作家が「レトリックはありきたりなものでかまわない」という意味のことを何かに書かれたのを目にして、吃驚《びっくり》したことがあります。担当編集者にも、「黒豹、あやうし！　みたいなのがいいんですよ」と言われたりしました。今でも、レトリックに凝《こ》るよりストーリーをぐいぐい進めよ、という説もあります。

たしかに、ひたすらスピードを上げることを要求されるタイプの物語もあります。

余分な飾りを削《そ》ぎ落とした鋭い文体がこよない魅力となる作もあります。上田秋成《うえだあきなり》の『雨月物語』は後者ですね。

レトリックは、過剰に用いれば煩《わずら》わしく、あざとい美文紛《まが》いは鼻につきます。邪魔にしかならないレトリックは、取っ払うにかぎります——こう記しながら、我が筆を省《かえり》みて、ブーメランにならないかと肌寒くもあるのですが——。

しかし、的確に用いられたレトリックは、魅力があります。

先に引用した冒頭の部分でも、〈わけの分からないことばの尻取りが、単調な節回しに乗って踏み車のように回っていく〉この〈踏み車のように〉は効果のある形容だと思います。またザッパの頭の皿が〈ホカホカと漂う〉のホカホカは、ありきたりのユラユラやフワフワなどとは異なる、これこそと言える副詞、と感じ入りました。

装画の枯葉を思わせる色合い、図柄が、この《尽れた幻想市街図》(Ⓒ東雅夫氏)をそのまま表していています。

本書収録のもう一つの短篇、表題作である「十四番線上のハレルヤ」に話を飛ばします。

この短篇は、月並みな表現力、想像力しか持たないものが書いたら、「ちょっといい（だけの）話」になりかねないことを要《かなめ》にしています。短めの作ですが、深い印象を残すのは、やはり、作者の抜きん出た想像力とそれを表現する文章の力、そうして構成力によります。最初のパラグラフに、両親が霊能者であったこと、それを生業《なりわい》としていたこと、それがいかがわしいものであったらしいことをにおわせ、その娘である〈私〉には、透視だの予知だのの能力はまったく備わっていないことが強調されます。次いで、〈私〉の唯一の特殊能力は、『人』に対する抜群の記憶力であることが語られます。〈「人」はただ一方的にやって来て、勝手にその肖像だけを残して去って行く。〉〈それら膨大な数の肖像画に思いを巡らすたび、浮かんでくるのは、なぜか地下室の光景だった。窓はなく、従って陽の光は入らず、天井に蛍光灯の細長い管が何本も平行に並んだ、ひんやりと奥深い地下室である。（略――この部分の文章の一語一句も略したくはないのですが――）誰も足を踏み入れることのない場所で、高価な詰めの蒸留酒のように、密かに息づいてひたすら眠り続けている。〉

後に異国で暮らすようになった〈私〉の記憶の保管室には、難民だのホームレスだの大道芸人だのの肖像画も増えます。

着古した上着にぼさぼさの髪の、妙に人懐っこい表情のホームレス。立派なオーラを放つアコーデオン弾き。巨大な猫を膝に乗せた、これもオーラを放つ盲人。

流しの演奏家たちは〈その数が増えるに従い、彼らは多様化しばらばらになり、その存在も短期化した。(略)そのオーラも、かげろうのごとく弱々しく短命になった。それでもまれにどこか別の場所で、姿を見かけることもある。〉そんなとき〈私〉はその顔を〈保管されてきた肖像と照合〉し、同一人物と分かるたびに、ああ、生きていたのだな、と安堵します。

異国での、路面電車内でのある体験が、この短篇の要となります。人の生きる歳月の中にあって、ありがちな、ごくささやかな出来事です。それが聖画のように崇高な輝きを帯びるのは、ひとえに、作者の表現と構成の力によります。

そこに至るまでの記述のすべてが一つに集まって、朗々たるバリトンの「ハレルヤ」になります。古ぼけた旧式の路面電車の車内も、この一瞬、変貌します。

表題作になるだけあって、この一冊にまとめられた六篇の短篇の中でも、白眉《はくび》と感じました。

付言しますと、二〇一三年、同作者の短篇集『たけこのぞう』が上梓《じょうし》されています。不思議な感触の作品が揃っていました。二〇一八年六月に刊行された『十四番線上のハレルヤ』は、五年の間にいっそう熟成された短篇が収録されています。版元が大手の出版社ではないので、小さい書店にはおいてないかもしれません。見逃されたら惜しい。こういう傾向の作を好む方々の目にとまりますように。

042 『デルフィーヌの友情』とデルフィーヌ・ド・ヴィガン

さりげなく近づいてきた存在によって、本体が次第に乗っ取られていく。他者の力によって浸蝕される〈個〉がおぼえる恐怖。

そういう小説は幾つかあります。

代表的な一つは、江戸川乱歩《えどがわらんぽ》が絶賛したヒュー・ウォルポールの短編「銀の仮面」です。五十になる一人暮らしのミス・ソニヤ・ヘリズは、いささか心臓に欠陥があるものの、体軀はがっしりした、ごく普通の女性です。うわべだけの付き合いをする友達はいるけれど、真に力になってくれる者はだれもいない。あるとき、貧しい若い男を善意から家の中に入れる。次第に増長した男は、家族まで連れてくるようになる。激怒したソニヤが出て行けと命じると、男の妻は倒れてしまう。ソニヤが自責の念にかられるのにつけこみ、男は妻を一室に休ませ、その看病と称して親類まで押しかけ、我が物顔に振る舞うようになり、ついにぶち切れたソニヤは、心臓の異変で意識を失います。気づいたとき、屋根裏の一室に閉じ込められていた。男の乗っ取り方が巧妙で、ソニヤは抵抗できないまま、資産の一切まで奪われていく。平均寿命が延び七十代、八十代で独居する老人、老女が増えた二十一世紀の日本に舞台を移しても、違和感がないような話です。

ソニヤは孤独な暮らしをしているということのほかは、普通な人物ですが、逆に、異常を常態として暮らしているものが、外から侵入した〈普通〉によって、安穏を乱される、という構造の話では、シャーリー・ジャクソンの『ずっとお城で暮らしてる』や、エドワード・ケアリーの『望楼館追想』が想起されます。

前者。

〈お茶でもいかがとコニーのさそい

毒入りなのねとメリキャット〉

私が読み憶えたのは旧訳なので、新訳の訳詞はもしかしたら多少違うかもしれません。

家族が毒で死に、生き残りの姉妹——コニーとメリキャット——と伯父が、どこか歪《ゆが》んで奇妙ではあるけれど、それなりに安定した日々を、閉ざされた館の中で過ごしている。外の人間はこの〈お城〉の住人になぜか激しい悪意を抱いている。十八になるのにあどけない童女のようなメリキャットの視点ですべてが語られるので、何が真実なのか、混沌としてはいるのですが。

ある日、「正常な」外の世界の住人である従兄が訪ねてきたことにより、均衡《きんこう》が破れます。

新訳はすぐに手に入りますので、内容にこれ以上深入りはしません。

後者。

いまにも崩壊しそうな古い集合住宅「望楼館」の一部に、両親と暮らす独身のフランシス・オームは、奇妙な仕事をしています。まず、顔を真白く塗る。白い鬘《かつら》をかぶる。全身を白いリネンでくまなく覆い、白いズボンに白いシャツ、白いベスト、白いネクタイ、そうしていつも嵌《は》めている白い手袋という、石膏《せっこう》像のような姿で、街の中心部に置かれた台座の上に立ちます。右手に石鹸《せっけん》水とストローの入った白いポット。何時間でも、目を閉じたまま不動の姿勢。足もとにはブリキの空き缶。コインが放り込まれる音がすると、目を開き、シャボン玉を吹いてみせる。そして、ふたたび蠟人形か石像かと人が怪しむ不動の存在になります。常識的な〈動く世界〉より、静謐《せいひつ》で異常な不動の世界にいるほうを好むオームは、無意味な細々した物を集め、愛《め》で、それを置いた場所を博物館と呼び、自称学芸員として常に白い手袋を身につけています。九百八十六点に及ぶ蒐集品《しゅうしゅうひん》は、領収書一点、錆《さ》びて曲がった釘《くぎ》一点、折れた金属製のハンガー一点、真鍮のドアの把手《とって》一対などなど。がらくたも、九百八十六点にもなると、リストを見るだけでも壮観です。そしてその一点一点は、オームにとっては只のがらくたではない、大切な意味を持っています。

二十四世帯が暮らせるように設計された望楼館の住人は、出て行ったり亡くなったりで、わずか七人になっています。建物の古さにふさわしく、住人も年のいった者が多く、三十七歳のオームが一番若い。それぞれ変わった過去や変わった性癖を持つ七人の住人は、孤独を信頼できる友人と見なし、他者の侵犯と現状の変容を拒み、変化のない暮らしの中にひっそりとしています。新しい住人が越してくると管理人に伝えられ、住人たちは不安に摑《つか》まれます。どれほど拒もうと、「時」が及ぼす変化は、逃れようがない。老朽化した望楼館は、ついに外の普通な世界からきた業者によって解体されます。オームは新しい住人アンナ・タップと一緒に暮らし、不動のものとなるのではない普通の仕事に就き、不動性を理解せず絶えず動き回っている新しいもの——赤ちゃん——にかまけ、いわば普通の人として普通の暮らしをするようになります。彼の不動、彼の孤独は、失われてしまった。新しい住居の壁を白く塗りながら、オームはときどき、その白いペンキに手を浸してみます。そして、白い手をした自分を鏡の中に眺め、〈とても悲しい気持ちになる〉のでした。

デルフィーヌ・ド・ヴィガンの『デルフィーヌの友情』は、第一章と第三章はスティーヴン・キングの『ミザリー』、第二章は同じくキングの『ダーク・ハーフ』の一節がエピグラフとして記されています。

私はキングはほとんど読んでいないのですが、さすがに『ミザリー』のあらすじは知っていました。

『デルフィーヌの友情』のシテュエイションの一部は、たしかに『ミザリー』を思わせます。創作に行き詰まった作家。その熱烈なファンが、作家の行動の自由を奪い、作品の内容にまで容喙《ようかい》してくる。『ミザリー』の場合は、「普通」が「異常」に侵される構造です。

キングの作品を未読であらすじ程度の知識しかないのに、あれこれ言う資格はないのですが、キング原作の映画「スタンド・バイ・ミー」を観た感想と照らし、キングの主人公は、「普通の日常生活」という頼りになる基盤を持っていると思いました。それを脅かされる、あるいは侵されることが、恐怖となる。どうしたら、その異常から脱出し、正常に戻れるか。「スタンド・バイ・ミー」の少年は、拳銃を手に入れることによって、「悪い大人」を降伏させる。ラストに、成人した主人公が、和《なご》やかで健全な家庭を持っていることがわかるシーンがありました。原作でもそうなのか、知らないのですが。キングにかぎらず、「ジョーズ」や「タワーリング・インフェルノ」のようなパニック映画に私が興味を持てないのは、健全な日常生活とそれを脅かす異常あるいは暴力、という構図に魅力を感じないためだろうと思います。私個人の好き嫌いであって、作品の優劣とはまったく関係ないことです。読み流してください。現実の「日常」は否《いや》応《おう》なしに置かれている場であって、それはあたうかぎり居心地よくあってほしいけれど……。

『デルフィーヌの友情』の、作者と同名の〈私〉は、キャリア十年ほどの小説家です。さして有名ではなかったのに、突如、今の言葉でいえば大ブレイクします。

子供のころも少女時代も、デルフィーヌは極度に内気でした。自分の誕生会さえ辛《つら》い。〈ほんの一瞬でも中心に立つこと、いっぺんに何人もの視線にさらされること、それは理屈抜きに堪え難いことだった。〉私事を挟みますが、この気持ち、実によくわかる。直木賞《なおき》をいただいたとき、知らせを受けてまず思ったのが、記者会見がある、どうしよう……でした。重苦しい気持ちになって会場に向かい、そして案の定、辛い思いをしました。

デルフィーヌは、思春期になってようやく、他人と〈グループではなく個人としてつき合〉う関係は結べるようになります。

主人公のこの性格が、『ミザリー』とは大きく異なる、重要な点だと思います。

なぜ、デルフィーヌの新作がブレイクしたのか。

なぜ、この本が特に人々を惹《ひ》きつけたのか。

母親の精神の変調から自殺に至る経緯を露《あら》わに綴《つづ》った内容であったからでした。作者は真実を書いた。その真実が、読者を感動させた、と人々は言います。

〈私は、母のあのイマージュが何百、何千と複製されることを、想像していなかった。表紙に載って、本の宣伝に大きく貢献した、あの写真。すぐさま彼女から乖離して、それからはもはや私の母ではなく、屈折して曖昧な小説の登場人物になってしまった、あの写真。〉

訳者湯原《ゆはら》かの子《こ》氏の解説によれば、作者デルフィーヌ・ド・ヴィガンは、実際に、母の自殺を小説に書いている。『リュシル：闇のかなたに』のタイトルで邦訳されているのですが私は未読でした。本作の〈私〉の名前もデルフィーヌであることから、本作の虚構性は希薄になります。デルフィーヌ・ド・ヴィガンという作者を、私は翻訳された本書によって初めて知ったのですが、前作の既読者であれば、いっそう虚実の混淆《こんこう》をおぼえることでしょう。

〈本は読者に、ほとんどいつも、読者自身の物語を投げ返しているのだ。本は鏡のようなもので、その裾野の深部と輪郭は、もはや私に属していないのだ。〉

サイン会で厖大《ぼうだい》な読者に相対し、〈私〉＝デルフィーヌは、肉体ではなく自分の内面が壊れそうな疲労に襲われます。〈私はもう自分の名前を書くことができないんです、私の名前なんて欺瞞です、詐欺みたいなものです、（略）この本の上に書かれた私の名前は、本の見返しの上に運悪く落ちてきた鳩の糞ほどの値打ちもないんです。〉

崩壊しかねない自分を恐れる〈私〉は、Lという女性と知り合います。Lの本名は最後まで明らかにされず、ただLとのみ記されます。

〈Lは、まさしく、私が幻惑されるタイプの女性だった。〉

会話の相手としても理想的でした。〈私〉は、悩みを彼女に打ち明けてしまいます。後になって〈私〉は悩みます。〈私にとって、本の成功は一つの事故だった。（略）彼女が、私の言ったことを、まやかしの謙遜だと解釈しなければいいのだが……。〉

数日後、〈私〉は一通の手紙を受け取ります。

〈おまえは自分の母親を売ったのだ、それは甚大な結果をもたらした。おまえは、たん

まり儲けた〉

分け前をよこせと匿名《とくめい》の手紙は脅迫しているのでした。

読み終えて呆然《ぼうぜん》としているところに、Ｌから電話がきます。携帯の電話番号は教えていないのに、と思いはしたけれど、〈私〉は何だかほっとして、誘いに乗り、カフェで会います。

ゆっくりと、しかし着実に、Ｌは踏み込んできます。デルフィーヌ自身は、一行も書けなくなっていました。世間は次作を待ち望んでいる。新たな衝撃作を。親族と称する匿名の人物から、悪罵を連ねた手紙が届いたりもします。デルフィーヌは、次作は私生活とはまったく関わりの無いフィクションを書こうと思います。

事実を書くべきよ、とＬは〈私〉に迫ります。フィクションなど、だれも読みたがらない。読者が知りたいのは、あくまでも、あなたの事実。

創作とは何か。デルフィーヌは自らに問いかけることになります。

虚構《フィクション》か。自伝的小説《オートフィクション》か。自伝《オートビオグラフィー》か。

Ｌは言います。〈どうして、読者や批評家が、文学作品における自伝について問題提起しているると思う？　なぜって、自伝こそが、今日、文学の唯一の存在理由だからなのよ、（略）作家は絶えず、世の中における自分の生き方、自分が受けた教育、自分の価値観を問わねばならない、（略）あなたの本は、あなた自身の思い出、信条、疑念、恐怖、近親者との関係について、問い続けなければならないわ。〉

四十数年前、私が書き始めたころ、やはり、小説は作者が体験した事実に基づけ、という声が強かった。中間小説誌の新人賞を受賞して、書くようになったのですが、そのときの選考委員のお一人が仰《おつしや》いました。「作者は主婦だそうだ。ならば、なぜ、主婦の話を書かないのか」当時、純文学系の作品を書いていた知人（女性）は、「男性の視点で書いてはいけない。女性には男性の気持ちはわからないのだから」と担当の編集者（男性）から言いわたされていました。作品は作者とへその緒で繋《つな》がっているべきだ、と強く主張なさる大作家もおられました。二十年前、『死の泉』というナチの施設を舞台にした長篇を書いたとき、日本人が登場しない外国の話を、日本人が書く必然性があるのか、という評を受けました。

話を『デルフィーヌの友情』に戻します。

〈私〉が幼かったころ聞いた祖母の歌うような声。〈――私のちっちゃな王妃さま、その嘘はほんとうなの？〉

Ｌは実在するのだろうか。読者はそんな疑念も抱くでしょう（その可能性は濃厚です）。デルフィーヌには、不安に陥《おちい》ったデルフィーヌが創り出した虚妄ではないのか。読者はそんな疑念も抱くでしょう

Ｌは実在するのだろうか。不安に陥《おちい》ったデルフィーヌが創り出した虚妄ではないのか。読者はそんな疑念も抱くでしょう（その可能性は濃厚です）。デルフィーヌには、深く付きあっている男性がおり、かつて別の男性との間に生まれた二人の子供もいます。彼らの前には、Ｌは決して姿を現さない。彼女が存在する痕跡はどこにも残っていない。男性もデルフィーヌの精神状態を危ぶみます。

パソコンの画面を前にすると吐き気に襲われ、〈私〉はペンを持つことさえできなくなります。

最後に読者は真相のおぼろな影を知ることになります。その嘘はほんとうなの？　そのほんとうは嘘なの？　惑乱と驚きを得るために、訳者のゆきとどいた解説は、本文読了後に読まれることをお勧めします。訳者湯原かの子氏の解説は、フランスにおける文学観の変遷《へんせん》にもおよび、浅学の私にはたいそう有益であったことも付記します。

043

「真田風雲録」と福田善之
「スターバト・マーテル」と桐山襲

二十一世紀ともなると、立川文庫はもとより、真田《さなだ》十勇士という名称も忘れ去られているかもしれませんが——私自身、十人の名をすらすらとは唱えられない——猿飛佐助《さるとびさすけ》の名は、戦後の漫画にも登場し、まだ消え失せてはいないだろうと思います。

戦前、講談社から「少年少女教育講談全集」というシリーズが刊行されており、同級生の家に揃っていたので、小学校の低学年の頃、私は借りては読んでいました。大きな石を小脇に抱え、ちぎっては投げ、ちぎっては投げ、というような決まり文句が用いられる、荒唐無稽《こうとうむけい》な語り口でしたが、柳生十兵衛《やぎゅうじゅうべえ》だの後藤又兵衛《ごとうまたべえ》だの、木村重成《きむらしげなり》、岩見重太郎《いわみじゅうたろう》、荒木又右衛門《あらきまたえもん》その他数々、伝承の英雄豪傑の名前は馴染《なじ》み深いものになりました。

福田善之《ふくだよしゆき》氏が「真田風雲録」の戯曲を書かれ、千田是也《せんだこれや》の演出で上演された一九六二年当時は、まだ、真田幸村《ゆきむら》と十勇士は演ずる者にも観客にも、親しい人物であったでしょう。

俳優座系の劇団の合同公演で、いわゆる「新劇」です。生真面目《きまじめ》な舞台がほとんどの「新劇」は、文学で言えば純文的な姿勢で、娯楽性は排除してきた。歌が入り、せりふは現代の俗語をふんだんに取り入れた「真田風雲録」は、新劇系の舞台としては画期的な面白さでした。

関《せき》ヶ原《はら》の合戦、大坂《おおさか》冬の陣、夏の陣によって、豊臣《とよとみ》家は滅亡、徳川《とくがわ》が幕藩体制をととのえる。その史実に、六〇年安保闘争を反映させたことも、当時話題になりました。私は舞台は観ておらず、初演の翌年、映画化されたのを観、同じ年に刊行された戯曲集で読んだのでした。

映画は原作である戯曲をかなり忠実に踏襲《とうしゆう》しています。

関ヶ原の戦い。東軍と西軍の武者それぞれ一人が対峙して刃《やいば》を交わすそのまわりに、浮浪児が集まっている。屍骸《しがい》から金目のものを盗み取り、売り払って、わずかな銭を稼ぐ子供たち。

日本の敗戦が一九四五年。十一年後の一九五六年には、「もはや戦後ではない」が流行語になっていたのですが、まだ敗戦の影は濃く、それからさらに六、七年後に発表された「真田風雲録」の舞台や映画の観客の多くは、空襲などで家族を失いひとりで生き延びねばならなかった戦災孤児たちを、思い重ねたことでしょう。銀座の街角で、占領軍将兵の靴を磨《みが》き、その日の糧《かて》を得ていた孤児たち。

東軍の武者に加勢して西軍の武者を討ち果たさせた子供たちは、強《したた》かに、助太刀《すけだち》料を請求します。

戦争で身寄りをなくした、という子供を、武者は「おれの責任かよ」と突っ放す。子供は言い返します。〈だっておじさんおとなだろ。おとなは責任あるよ、みんな。だからおじさんもあるよ。な。〉おとなにも、いろいろあるという弁解も、〈あるよ。知ってるよ。でもおじさん特別な大人にゃ見えねえよ。〉という子供の言葉には立ち向かえない。

四人で徒党を組んだ子供たちは、後の三好清海入道《みよしせいかいにゅうどう》、三好伊三《いさ》入道《にゅうどう》、海野六郎《うんのろくろう》、そして一人まじっている女の子お霧《きり》、後の霧隠才蔵《きりがくれさいぞう》。子供の群れの仲間には入らないが、つかずはなれずにいる、離れ猿、後の猿飛佐助、それに、敗残の武者筧十蔵《かけいじゅうぞう》、木の洞《ほら》の中で泣いていた、甲冑《かっちゅう》だけは立派な子供武者、根津甚八《ねづじんぱち》。南蛮渡来のギターをかかえたこれも落ち武者の望月六郎。

佐助は二つの異能を持っています。一つは立川文庫以来連綿と忍術使いの特技のひとつとして語り継がれてきた隠遁《いんとん》の術。印を結んでドロンドロンパッと姿を消す法ですが、風雲録の佐助は、なにやら怪しげな手つきをすると他人には存在が見えなくなるけれど、職業的な忍術使いとしては描かれていない。同年、村山知義《むらやまともよし》が『忍びの者』で上司に使い捨てられる「忍び」の悲惨を描き、四年前の一九五八年、山田風太郎《やまだふうたろう》が『甲賀忍法帖』で人気を博して以来忍法物が次々に刊行され、同じ頃、白土三平《しらとさんぺい》が『忍者武芸帳』を著しています。

「真田風雲録」の作者福田善之氏は、忍法を駆使《くし》しての活躍より、佐助のもう一つの異能による孤独に目を向けています。佐助は、生まれつき、他人の心が見えてしまう。言葉としてははっきり読めるわけではないけれど、表向きの言動の裏の心の動きが明確にわかる。そのために、他人に完全な信頼をもてないし、相手が彼にその能力があると知っていたら、とても親しくはなれない。お霧に佐助は激しく惹《ひ》かれるけれど、お霧も佐助を恋するけれど、〈でも、おれは愛だの情だので人とつながれる人間じゃねえんだよ、考えてみろ、どういうことになるよ、おれが女房をもったら！　おれは、全部見えちゃうんだぜ、（略）相手は自分の全部がおれに見えるってことを知ってるんだぜ。ひでえことだよ（略）愛も情もおれの能力がぶっこわしちまうんだよ。〉

十四年後、彼らは紀州九度山《きしゅうくどやま》、真田幸村の庵《いおり》に集まり暮らしています。壮年、青年になった八人に加え、幸村の忠実な秘書穴山小助《あなやまこすけ》、傀儡師《くぐつし》のなりをして諸国を巡り情報を集め報告する由利鎌之助《ゆりかまのすけ》。この十人が、〈その名も真田十勇士、音に聞こえた十勇士〉です。

関ヶ原で勝利した徳川は安定政権として、柔軟に、しかし確実に支配を強化している。

曲がりなりにも、十四年間の平和——戦争のない時期——があった。人々の間には、このまま平和が続いてほしいという願望もあります。しかし、関ヶ原の負け戦で浪人となった者や徳川に恨みを持つものは、鬱屈《うっくつ》しています。

大坂城にある秀吉《ひでよし》の遺児秀頼《ひでより》に徳川は難癖をつけ、開戦が近づき、豊臣に味方する者が大坂城に集結。幸村にも勝利すれば五十万石に取り立てると誘いがかかる。ここで十勇士は、どう身を処するか議論する。もと戦争孤児の若者たちは、賭け気分で浮き浮きする。実戦の経験のある筧十蔵は、戦はあそびじゃない、負ければ十人に九人は死ぬと諭《さと》した上で、だが、自分は今、何者でもない、やはり何かでありたい、とアイデンティティの問題を持ち出し、自分ひとりでも大坂方に参加するという。かつての泣き虫小僧武者根津甚八が、これは徳川と豊臣の争いではない、と、雄弁に論じます。徳川、豊臣、両者に支配者としての差はない。おれたちは、武士でも百姓でもない、立ち位置の決まっていない浮浪人だ。浮浪人が天下をとる、と言う意味において参戦すべきだ。六〇年代当時の学生や青年たちの討論を思わせます。侃々諤々《かんかんがくがく》。やがて、それまで黙っていた幸村が、これは多数決で決める問題じゃない、行きたい者は行け、行きたくない者は残れ、わしは行くぞ、行きたいからな、と、特別支度もせず、飄々《ひょうひょう》と出て行く。佐助をのぞく九勇士は、「織田信長の謡いけり／人間わずか五十年／夢まぼろしのごとくなり／かどうだか　知っちゃいないけど／やりてえことを　やりてえな／てンで　カッコよく　死にてえな」と、明るいんだか虚無的なんだかわからない歌を威勢よく歌いながら大坂城へ。佐助も姿を消して同行。ちなみに、いま当たり前に使われている「かっこいい」は、一九五六年にデビューしてたちまち人気スターになった石原《いしはら》裕《ゆう》次郎《じろう》が使って大流行した、彼の仲間内の言葉でした。

大坂城には、秀吉の恩顧を受けた者や一旗揚げたい者などが結集します。

城内は、二つの派に分かれている。積極的に攻撃しようという過激派と、じっくり籠城し、敵が分裂するのを待ち、条件闘争に持ち込もうという穏健派。大坂城の出城真田丸を守る真田隊は、敵の意表をつく夜討ちをかけ敵を攪乱《かくらん》し成果を上げ、引きあげる。しかし、それを真似て斬り込んだ後藤又兵衛の隊が惨敗する。勝手な行動を取ったということで、手柄を立てた真田隊への報償はなし。

その後戦いは膠着《こうちゃく》。第一次世界大戦初期の西部戦線みたいに、戦争中なのに戦闘がほとんどないという状態がつづきます。

人の心を見通せる佐助が、唯一、わからないのが執権職にある大野《おおの》修理《しゅり》の本心です。

大野修理は私利私欲で動いてはいない。徳川は豊臣を徹底的に潰したいが、戦争を始めるには大義名分が必要で、非道な理由で開戦したら諸侯がついてこない。下手をすると豊臣に肩入れする怖れがある。徳川方のそのあたりの逡巡につけこんで、豊臣方に有利な展開はできないか。そう大野修理は画策しているようです。未来の民衆蜂起を期待するような科白《せりふ》もあります。

やがて、佐助の探ってきた情報が真田勢にもたらされます。徳川勢は、明朝、城に総攻撃をかける。城方も派手に応戦するが、それは、両軍が十分に戦ったと天下に示すためのみせかけで、その後は和議に入る。和議のために行われるいわば八百長《やおちよう》合戦です。幸村はこの和議に反対する。和議は朝廷の斡旋《あつせん》によって行われる。〈朝廷の利害は徳川に一致こそすれ、おれたち浮浪人に一致するはずはあり得ないから〉このまま和議がなったら、真っ先に潰されるのは、我々浮浪人だ。

おれたちが蹶起《けつき》すれば、後藤隊も後に続くだろう。激戦が始まってしまったら、否《いや》も応《おう》もない、城方も戦うほかはない。

討論を尽くし、やりたい者はやる、残りたい者は残る、と幸村の方針。早暁《そうぎよう》、敵の油断を突いて出撃しようとした真田隊は、味方の後藤又兵衛や木村重成によって阻《はば》まれます。味方に包囲された。重成らは、我々は団結すべきだ、話し合いによって、より強い団結を、などと諭す。

そのとき、徳川陣から総攻撃開始の法螺貝《ほらがい》の音がひびき、後藤らが一瞬気を取られた隙をついて、真田十勇士は一団となって敵陣に突っ込む。しかし、後続する隊はなかった。

豊臣軍は上からの指令で、弓鉄砲は空にむけてうち、敵と接触するやいなや、戻れ、の命令に従い、引っ返す。真田隊は敵中に孤立し、十勇士のうち三人が死んだ。史実を変えたこの部分に、六〇年安保当時の若い新左翼と共産党・社会党などの既成左翼の関係が投影されています。過激に突っ走る新左翼を、既成左翼は苦々しく思い、助けない。

冬の陣は和議が成り、大坂城は外堀を埋める条件を呑むが、内堀まで埋められ、続く夏の陣ではなすすべなく豊臣は壊滅する。真田幸村も大野修理も戦死。十勇士の残りも生死のほどもわからない。生き残った佐助は、ひとり、荒寥《こうりょう》の地をあてもなく歩く。

史実に寄り添いながら、暴力による革命の成否、一般の民衆を巻き込んで体制打破に向かわせられるか否かを、幸村と大野修理のやりとりを通じて作者は語らせます。

私は世界の情勢にはまるで疎《うと》いのですが、大国と小国の、武力を背景にした政治的なかけひきの縮図のようにも感じられます。

本作は、北村薫《きたむらかおる》さんが編纂された『謎のギャラリー　愛の部屋』にも収録されています。

六〇年安保闘争はいったん終息しますが、六八年、苛烈な学園紛争が起き、手作りの火炎瓶を投げゲバ棒を振るう全共闘や新左翼の学生たちの暴力的なデモと、鎮圧する機動隊との間で、双方に死者も出る。やがて紛争は鎮まったものの、過激な極左・連合赤軍の五人が、浅間山荘《あさまさんそう》に立て籠もり、山荘管理人の妻を人質にし、機動隊と銃撃戦を交わし、連合赤軍の発砲によって機動隊員二名と民間人一人が死亡、他に多くの重軽傷者を出す大事件を起こします。

人質救出と連合赤軍の五人を殺さず逮捕するという目的のため、機動隊の動きは制限され、鉄球で小屋を破壊し、目的を達するまで十日かかりました。

その後の調べで、連合赤軍がすでに内部分裂し、凄惨《せいさん》なリンチで仲間を殺していたことが明らかになります。

出版社の企画した『ノスタルジー1972』という短篇集に寄稿したことがあります(本書巻末に収録)。二〇一六年に刊行されました。寄稿者六人のうち、四人までが六〇年代前半生まれ、お一人が七七年。私だけが一九三〇年生まれで年齢が飛び離れていました。

現在、五十代の方々にとっての一九七二年は、パンダが初めて上野《うえの》動物園にあらわれた年であり、札幌《さつぽろ》オリンピックが開催された年であったようです。

七二年当時、すでに四十を過ぎていた私にとっては、最大の衝撃的なニュースが浅間山荘事件でした。

この事件を発想の基にした桐山襲《きりやまかさね》の中篇「スターバト・マーテル」は、事件の忠実な再現ではなく、ファンタスティックなフィクションです。それでもすんなり受け入れるには抵抗を私がおぼえるのは、現実の酸鼻《さんび》な事件があまりに生々しく心に焼き付いているからでしょう。

枠物語になっています。多摩川《たまがわ》のほとりに宿をとった六人の仲間が、酒宴のさなか、一人ずつ物語を語り継ぐ。〈それは完全なる酩酊の産物、或いは夜のなかのせせらぎの独白、もしくは白いあぢさいの幻想であったのかも知れない。〉

現実の事件と切り離し、独立した一つの作品として読むとき、キリストの磔刑《たつけい》を哀哭《あいこく》するマリアを歌った「聖母哀傷《スターバト・マーテル》」に象徴される哀しい幻想譚《げんそうたん》が顕現《けんげん》します。作者の意図とは異なりますし、聖歌の歌詞から外れてもいるのですが、私は、もっとも罪深き者に、もっとも深い悲しみを知る聖母の愛が注がれ救済の手が延べられる、というふうに読み替えたのでした。

044 「群盲」「モンナ・ヴァンナ」とモーリス・メーテルリンク

作者名のカタカナ表記は、マアテルリンク、メーテルランク、とさまざまなのですが、子供のころから馴染《なじ》んだメーテルリンクに統一して綴《つづ》ります。

童話劇「青い鳥」とその作者メーテルリンクの名を知らない人はまれだろうと思います。

戦前、小学生のとき、劇団東童という児童劇団が「青い鳥」を上演しました。舞台も映画も親はめったに観せてくれなかったのですが、児童劇だし有名な戯曲だし、で、珍しく連れて行ってくれました。戯曲を読んではいたのですが、物語の人物が立体化されて眼前で動いている舞台に、夢中になりました。同じ頃に上映された映画「風の又三郎」も、観ることを許された一つです。この映画にも、劇団東童の子供たちが出演していました。当時の私とほぼ同い年の子供たちです。宮沢賢治《みやざわけんじ》の名作「風の又三郎」は何度も映画化されているようですが、私が観たのは昭和十五年——一九四〇年——、島耕二《しまこうじ》監督によるモノクローム映画です。一度観ただけなのに、主題歌はまだおぼえていま す。昨日の夕食に何を作ったかも忘れているのに。入団したくてたまらなくなりました。舞台に立つとか観客の目にさらされるなどということはまるで考えず、自分ではない他の人格を演じられる、物語の中の人物になれる、物語の中にいられる、ということに強く惹《ひ》かれたのでした。堅物《かたぶつ》の親が許すわけはなく、思いあまって、綴り方（今で言う作文ですね）の時間に、その希望を暗号にして書き、教師に提出しました。あからさまに書くのは気恥ずかしかったのです。ごく簡単な暗号で、教師が読み解いてくれるか、あるいはこれは何？　と訊《き》いてくれたら相談する勇気が出るし、親を説得してくれるかもしれない、などと愚かにも期待したのですが、睨《にら》みつけられ憤然と突っ返されました。一見、わけのわからないカタカナの羅列《られつ》です。教師を馬鹿にしていると思われたらしい。当然の帰結でした。

メーテルリンクに戻ります。小学校五、六年のころ、「世界文学全集」（以下、全集と記す）を耽読《たんどく》していたことは、たびたび言及していますが、メーテルリンクもその中の一冊でした。ハウプトマン、シュニッツレル（今はシュニッツラーと表記されます）と共に収められています。収録作は、「モンナ・ヴァンナ」（ヴァは、ワに濁点の古い表記です）「ペレアスとメリザンド」「闖入者《ちんにゅうしゃ》」。同じ頃惑溺《わくでき》した「世界戯曲全集」の白耳義《ベルギー》・和蘭《オランダ》の巻にもメーテルリンクは「群盲」「タンタジイルの死」「アグラヴエヌとセリセット」「モンナ・ヴァンナ」「青い鳥」の五篇が載っていました。うちにあった全集は、空襲が激しくなって疎開するとき他の蔵書とともにまとめて疎開先に送ろうとしたら、その貨物列車が空爆に遭《あ》ったとかで、全部焼失してしまいました。手元にあるのは、後年古本屋で見つけ入手した一冊です。昭和二年刊。その後、積ん読状態でした。この稿を書くために読んでいたら、カヴァーが破れてしまった。前の所有者がページを補修した跡もありました。どなたかが愛読されたんだなあ。もうご存命ではないだろうな。

メーテルリンクの戯曲で、今入手しやすいのは、国書刊行会からフランス世紀末文学叢書《そうしょ》の一巻として刊行された『室内　世紀末劇集』だろうと思います。アルベール・サマン、シャルル・クロと一緒です。

一九八四年に刊行されたこの国書刊行会版には、「室内」「群盲」「タンタジルの死」「忍び入る者」の四篇が載っています。「忍び入る者」は、全集の「闖入者」と同じ作です。

「群盲」のト書きには、〈星深い空のもと、永遠の相を帯びた北国のはるか古代の森の中〉とあります。〈中央の闇の中に、ゆったりとした黒いマントに身をつつんで、年老いた一人の神父が坐っている。上半身と頭を軽くのけぞらし、死んだように身じろぎもせずに、巨大な樫の空つぼ木の幹に、身をもたせかけている。〉照明は、彼にだけ当てられています。

舞台右手に六人の盲《めし》いた男たちがうずくまっている。左手には、根こぎにされた一本の木と岩にへだてられて、六人の盲目の女たちが坐っている。その中の一人は幼い子供を抱いています。あたりは異様に暗い。

十二人の盲人たちを施療院から連れ出し、引率してきた神父がすぐ傍《そば》にいることに彼らは気づかず、どこかに出かけていったと思い、帰りを待っている。どういう目的でどこへ行くのかすら彼らはわかっておらず、不安に苛《さいな》まれながら、話を交わしています。手探りであたりを調べていた者が、神父の躰《からだ》に触れ、すでに死んでいることを知ります。導き手を失い絶望した彼らに、ゆっくりした足音が近づいてくる。子供が不意に泣き出す。

〈**若いめくらの女**　この子には、何か見えるのですよ。何か見えるのですよ。

（略）

最も年老いためくらの女　足音はもうここまで来てますよ。私たちのまん中まで来てますよ……。

若いめくらの女　あなたはどなたです？

（沈黙）

最も年老いためくらの女　どうぞ私どもをお憐れみ下さい！

（沈黙。――子供がいっそう絶望的に泣き出す）

――幕――〉

国書刊行会版の訳者倉智恒夫《くらちつねお》氏は、訳者後記で次のように記しておられます。〈一八九一年一二月一日、「芸術座」によって初演され、そのときにはあまり成功を収めなかったが、今日ではむしろベケットの『ゴドーを待ちながら』や『おゝ、美わしき日々』の終末的状況を先取りする演劇的試みとして新鮮に読み直すことができる。〉

訳者後記からメーテルランク（ここでは、訳者の表記に従います）自身の言葉を孫引きします。〈「大事件の悲劇よりも、われわれの真の在り方により照応した、より真実で、より深い日常の悲劇というものが存在する。それを感知することはやさしいが、それを表現することはやさしくはない。この本質的な悲劇性は、単に即物的心理的なものばかりではないからだ。そこではもはや人と人との戦いとか、一つの欲望と他の欲望とのせめぎ合いとか、情熱と義務との永遠の葛藤が問題なのではない。むしろ生きているという一つの事実の中にある、驚くべきことがらに注目させることが問題なのだ」〉

ドラマティック、劇的、という言葉があるように、「劇」は概して、激しい葛藤・起伏からなります。その劇的なるものを取り払い、訳者の解説の言葉を引けば〈「孤独と沈黙のうちにひそむ深い感動」を表現する《静劇《テアトル・スタティク》》をこの時期のメーテルランクは理想としていました。

「室内」「闖入者」「タンタジイルの死」など初期の戯曲は、どれも「群盲」と共通したテーマを扱っています。忍び寄る宿命的な「死」に対する不安と恐怖。それをほとんど動きのない静謐《せいひつ》さで描出しています。

メーテルリンクの戯曲の中で、「ペレアスとメリザンド」は、ドビュッシーによってオペラ化されたことと相俟《あいま》って、「青い鳥」に次いで世に知られています。「トリスタンとイゾルデ」の変形ともいえる、禁じられた恋の物語で、いくらかドラマティックな動きがあるものの、登場人物はやはり、宿命と死に逃れがたく摑《つか》まれています。

老い衰えた老王の嫡子《ちゃくし》である中年の王子ゴロオは狩りに出た森で道に迷い、泉の傍で泣いている愛らしい娘に出会い、一目で惹かれ、城に連れ帰ります。ゴロオは先に妻を失っており、小さい男の子が一人いる。城といっても、狂王ルートヴィヒ二世が作らせたデコレーションケーキみたいなお城ではない、映画「冬のライオン」に見られるような、殺風景な石積みの冷え冷えとした建物でしょう。遠いところからきたというほかには何も素性の分からない、哀しみと無垢《むく》、無邪気さ（そして敢えて言えば幼い無知）の具象化のような娘メリザンドをゴロオは妻にするのですが、メリザンドは、ゴロオの弟、若いペレアスと愛しあうようになる。結末は悲劇以外にありません。

この戯曲を初めて読んだとき、何より心に残ったのは、ゴロオと先妻との間に生まれた幼い男の子イニヨルドの孤独でした。お母さまと呼ぶことになったメリザンドが叔父ペレアスと一緒に時を過ごしていることを、子供は知っている。けれど、それが何を意味するのかは理解できない。父ゴロオは、城の前で幼い息子を抱き上げ、ペレアスとメリザンドがいる部屋の窓をのぞかせ、二人の様子を訊ねます。二人は哀しそうに燈火《あかり》をみつめている、と子供は告げます。

この城の中では、だれもが、哀しみに胸塞《ふた》がれ、そして何かに怯《おび》えている。

唐突に挟みこまれた短い場面があります。城の露台で、小さいイニヨルドが、重い石を持ち上げようとしている。何の目的もなく、ただ、ひたすら持ち上げようと試みる。

石は根が生えたように動かない。〈……僕には持ち上げられないや……誰だつて持ち上げられないだらう……これは家《うち》ぢうよりも重たい……〉城の中に充ちた悲哀と憂愁《ゆうしゆう》の重みを象徴するかのような石です。宿命の重さでもありましょう。

これら初期の諸作に比して、中期に書かれた「モンナ・ヴァンナ」は、時代と場所を明記し、登場人物は象徴的な存在ではなく、それぞれ意志を持って行動する生身の人間として描出されています。初読のとき、他の作とあまりに違うので、記憶に強く残ったのでした。

十五世紀末葉、ピーサ（斜塔で有名なピサです）共和国がフィレンツェ共和国に攻撃された史実を土台にしています。

傭兵隊長プリンツィヴァッレが率いるフィレンツェの傭兵軍に包囲され、三ヵ月に及ぶ籠城のあげく、ピサ市は弾薬も尽き市民は飢餓《きが》に苦しんでいます。

プリンツィヴァッレは副官がピサの農民に殺されたことを憤り、それを根拠にフィレンツェ軍はピサの人々を野蛮人《やばんじん》扱いする。ピサ市の守備軍司令官グイド・コロンナは敗北を認め、副官惨殺を阻止できなかったことを釈明するために父親マルコをフィレンツェ軍に送っている。父は、開城の約がなるまでの人質にひとしい。

その父が、解放され、戻ってきた。父はプリンツィヴァッレの人柄を讃《たた》え、その要望を伝えます。プリンツィヴァッレが総攻撃をかければ、ピサはひとたまりもなく陥落する。それを、敢えて彼が一日延ばしにしているのは、フィレンツェ政府に政務官が書き送る書状を差し押さえ、中身を読んだからです。

ピサが滅亡すれば、傭兵隊長の仕事は終わる。

この頃のヨーロッパ諸国の王や公は直属した大軍隊をほとんど持たず、戦闘は傭兵任せでした。報酬次第で傭兵は、昨日戦った敵に今日雇われることを厭《いと》いません。すぐれた傭兵隊長は危険な存在になる。優秀な傭兵隊長たちが勝利を勝ち得た後に雇い主に死刑に処せられることが多々あった。同じ運命が待ち受けていることを、プリンツィヴァッレは知ったのでした。

プリンツィヴァッレは、「信頼できる護衛兵や弓兵だけを選抜して率いピサの市壁内に入ったら、ピサ守備軍に加わり、フィレンツェ軍を撃退する」という申し出をグイドの父に託したのでした。しかも、入城の際は三百輛《りょう》の車に積み込んだ弾薬や食糧をすべて供する、とまで告げます。

ただ一つ、条件がある。グイドの妻ヴァンナを、一夜だけ、プリンツィヴァッレの陣屋に送れ。グイドは激昂《げっこう》しますが、ピサ市の運命を託されたヴァンナは、敵将の望みを容れます。

プリンツィヴァッレの雇い主であるフィレンツェは、「明日の黎明《しののめ》までに総攻撃を開始しなければ、謀反人とみなし、直ちに捕縛する」と通達してきます。〈それなら今夜はまだ私のものだ。〉その貴重な一夜に、ヴァンナがあらわれる。ヴァンナはまったく記憶していないのですが、子供のころ二人は会っており、それ以来ヴァンナを恋し続けてきたと、プリンツィヴァッレは告げます。語り合ううちに夜明けが近づき、命令に反して攻撃をかけないプリンツィヴァッレを逮捕すべく、フィレンツェの大軍が彼の陣屋を包囲します。ヴァンナはプリンツィヴァッレを伴って脱出し、ピサに連れて行きます。激怒する夫に、二人の間は清らかだと、ヴァンナは言い張ります。女性の貞操《ていそう》（死語ですね）を重大視するのは、日本においても戦前までの風潮でした。姦通《かんつう》罪が適用されるのは妻だけで、妾を持つのは男の甲斐性《かいしょう》とまで言われていました。夫グイドは、ヴァンナが敵将を捕虜にするために策を弄《ろう》して連れてきたのだと誤解し、その気転を褒めます。

ラストの場面を、私はまたも記憶違いしていました。ヴァンナが突然態度を変えるのですが、それを、男たちの身勝手を痛烈に暴き責め立てる、力強い科白《せりふ》、というふうに思い込んでいたのです。古本を手に入れながら読み返していなかった。この稿を書くため再読したら、まるで違いました。初めて読んだ子供のころ、ヴァンナの気持ちを私は理解していなかったのでしょう。それまで取り繕ったことしか口にしなかったヴァンナが、初めて本心を吐露《とろ》した。ヴァンナの急変は、恋した男を独占したいという願望から出たものでした。それまでの史劇的な広がりのある部分は登場人物がおかれた状況の説明に過ぎず、最後に個人の心理に圧《お》し縮められたという印象を再読して持ちました。小説誌に短編を提出するようになった初めのころ、私は歪《ゆが》んだ独占欲の話を幾つか書いていました。明瞭に記憶していないのに、この戯曲の結末が意識にすり込まれていたのかもしれません。

「モンナ・ヴァンナ」の六年後に、「青い鳥」が発表されます。以降、作風が少し変わるらしいのですが、未読です。初期の暗澹《あんたん》たる諸作こそがメーテルリンクの神髄《しんずい》だと、私は勝手に思っています。

045 『ある受難の終り』とマリ＝クレール・ブレ

〈直訳すれば『エマニュエルの人生の一季節』となる原題を『ある受難の終り』としたのは、本邦にはじめて紹介されるブレの代表作としては、直訳の日本語があまりにさりげなさすぎはしないかという判断から、編集部と訳者との合議で、よりサジェスティヴだと思われる本題をつけることにしたのである。〉

訳者矢野浩三郎《やのこうざぶろう》氏は、〈あとがきに代えて〉で、こう記しておられます。私が書店でみかけ興味を持ち購入したのも、この訳題に惹《ひ》かれたからでした。一九六五年に刊行され、邦訳が出たのは一九七四年です。戦前の白水社《はくすいしゃ》の翻訳書を思わせる装丁ですが、集《しゅう》英社《えいしゃ》刊です。この頃の集英社は、海外の新しい文学の翻訳刊行に熱心でした――いい時代だったな、海外文学に関しては――。いいや、今も、素晴らしい海外小説はいろいろ邦訳されているのだと思います。以前のように貪欲に片端から楽しむことができなくなったのは、私の消化力が老衰したためでありましょう。

作者マリ＝クレール・ブレが生まれ育ったカナダのケベック州は、大きい特色を持っています。北米大陸のオンタリオ湖を水源としセントローレンス湾に注ぎ入る大河セントローレンス川の北側一帯は、フランスからの植民者が住み着いた土地でした。フランスの植民者は、先住民と良好な関係を保っていたようです。一方、川の南は、イギリスの植民者が先住民から一方的な契約で土地を騙《だま》し取り、あるいは先住民を殺戮《さつりく》しつつ開拓した地です。土地を奪われ家族や仲間を殺された先住民の復讐《ふくしゅう》は、「野蛮なインディアンの残虐な行為」と、喧伝《けんでん》される。十八世紀、フランスとイギリスのヨーロッパにおける戦争が植民地にも及び、フランスの敗北によって、カナダは英領になります。アメリカが戦争を経て英本国から独立した後、敗残の王党派がカナダに移住し、ゴールドラッシュの時期は、さらに大勢のアメリカ人がカナダに雪崩《なだ》れ込み、英語圏の人々が住民の大半を占めるようになります。イギリスはプロテスタントですが、ケベックにおいては、カトリックであるフランス系住民に改宗を強《し》いず、英語を公用語とすることも強制しなかった。英領カナダの一部でありながら、ケベック州のフランス系住民は、フランスを祖国とみなし、公私ともにフランス語を用い、〈イギリス系人の権勢にたいして（略）誇り高き祖国の伝統にしがみつく、という形で抵抗を示してきた。そしてそれはケベック人に頑迷なまでの保守性とカトリック教への絶対的服従という因襲を根強く植えつけることになる。〉（訳者）

そういう土地柄のせいでしょうか。本書を読みながら連想したのは、ジュール・ルナールが『にんじん』において描いたフランスの農村社会でした。

子供たちを描きながら、一人として、大人が「子供らしい」「好ましい」と受け入れる子供は登場しない点でも、『ある受難の終り』は『にんじん』に通底すると感じます。

児童文学と呼ばれる分野で描かれる子供の多くは、悪戯《いたずら》もする、腕白《わんぱく》だったりもする、でも、根底にあるのは子供はこうあってほしいという大人の願望の具現であり、大人にだってできない理想を登場人物である子供に託したりする。挫折《ざせつ》しても立ち直り頑張って好結果を獲得する子供だの、勇気だの友情だの――ヤメテクレ――。

大人の建前の枠の中に、子供を閉じ込めるな。せめて、物語のなかだけでも。と私は思うのですが、どうも逆なのですね。せめて、物語のなかだけでも、大人に都合のいい子供であってくれ、となるらしい。

半世紀になろうという昔、大人の小説を書くようになる前、ファンタスティックな童話や少年を主人公にした物語を書いていきたい、そのためには基礎を学ばねばならないだろうと、児童文学の講座を受講したことがあります。その関連の講話の会で、私の習作、ごく短い童話「こだま」が取り上げられました。秋深まり登山路が閉ざされる直前、最後の登山客が冗談で「バッカヤロォー」と大声を山に送り、その声が谺《こだま》になって残ります。山の兎や野ねずみたちに、谺は、それ一つしか言えない「バカヤロ」＝「こんにちは」で挨拶する。当然、相手は怒る。みんな、去ってしまう。谺のひとりごと「バカヤロ」＝「さびしいな」に「マヌケ」と答えたものがいる。別の登山客が残した「マヌケ」の谺でした。「バカヤロ」＝「こんにちは」。「マヌケ」＝「こんにちは」。「バカヤロ」＝「あそぼうね」。「マヌケ」＝「うん、あそぼ」。やがて谺たちは山の霧の中に消えていくでしょうというようなあらすじの掌篇でした。講師から、「子供というものは、知らない子がいたら、みんなで誘って仲間にいれてあげるものです。仲間はずれにするなんて、あり得ません」と講評を受けました。本気で、あり得ないと思っておられるようでした。あってはならないことは、あっても、先生の目には見えなかった。講座を主催する組織の先生方が、戦後民主主義を子供に教え込むことを使命とし、社会主義の視点で描く生活リアリズムを重視し、小川未明《おがわみめい》も立原《たちはら》えりかも否定する方々だと知ったのは、後になってからでした。

フランス系カナダ人の作者マリ＝クレール・ブレは十九歳でデビュー作を出版し、その早熟性から、しばしばフランソワーズ・サガンと並べられたそうです。しかし、内容にサガンとの共通性は皆無です。ブレが二十五歳で刊行した本書と並べるなら、アメリカ南部の作家カースン・マッカラーズが二十二歳で著した『心は孤独な狩人』だと私は思います。どちらも、若いからこそ、表皮を引っぺがした人間のありようを、冷静に、きれい事なしに、しかも読むものを惹きつける力をもって、描き尽くせたのではないかと感じます。

本作は、貧しい暮らしをあるがままに描いているけれど、フレーズの一つ一つがそうしてその総体が醸《かも》し出すのは、美しい幻想詩です。そして、おのずと滲み出るおかしみ。

〈アントワネットおばあさんの足が、部屋をいっぱいに占領していた。黒い半長靴におさまってびくとも動かず、それは息をひそめて獲物を狙う二匹の獣が、いつでも跳びかかろうと身構えているのに似ていた。永年の野良仕事で傷だらけになった足。〉冒頭です。

〈冬の朝、この世にひっそりと生れてきたエマニュエル〉に、祖母は話しかけます。

〈「まったく、悪いときに生れてきたものさね。季節は悪いし、戦争はあるし、おまけに飢饉ときてる。それにおまえは十六番目なんだからね……」〉

十六人の子供たちの何人かはすでに死んでいます。エマニュエルが顔も知らない、お墓の中の兄ちゃんや姉ちゃんたち。

襤褸《ぼろ》をまとい、頭は虱だらけの兄弟姉妹のなかで、痩せこけのジャンと、七番目（フォルチュネと名前があるのですが、ほとんど、七番目と書かれています）の二人の日常に、本書の前半はフォーカスをあてます。

こっそり地下室に降りて酒を飲む、なんだか愛《いと》おしい痩せこけのジャンと七番目。七番目が重病人が血を吐いた話をすると、〈「おれだって血を吐くぜ」痩せこけのジャンは自分が妹のように慈しんでいる病気に、みんなが尊敬の念をはらわないので、つむじを曲げていた。〉痩せこけのジャンは結核におかされています。腹がへったので、ジャンは食い物を調達すべく台所に行きます。皆が夕食をがつがつ食っている。ジャンはテーブルの下に潜りこみ、〈気怠そうに投げだされた幾本もの脚のあいだに坐りこんで、自分はいま〝腐れ足畑〟のまんなかにいるのだと想像しながら〉祖母の協力を得てチーズの切れ端その他を獲得し、酔っ払った小さい弟のいる地下室に戻ります。
弟の前で、ジャンは自作の詩を朗誦する。

ぼくの頭は水族館
きみの罪　ぼくの罪がゆらゆらと
龍の落し子よろしく泳ぎまわる

弟も、自作の詩をひけらかします。

ぼくの飲むスープのなかに
ぼくには見える　魚やら
猫やら狐やら、うじゃうじゃ泳ぐのが
そいつらを殺したことを想い出し

おばあちゃんが降りてきて、洗濯物の籠《かご》の中に逃げ込んだ二人を引きずり出し、七番目の頭に水をぶっかける。
二人は、ベッドの中での悪徳にも馴染《なじ》んでいます。朝になったら司祭さまに懺悔《ざんげ》すればいいさ。〈ジャンは弟のからだに馴染みすぎてしまって、ときどき彼のことを忘れ、くるりと背を向けてほかの話をはじめたりする。〉
翌朝、迎えにきた司祭に連れられ、痩せこけのジャンは修道寮に入れられます。祈《き》禱《とう》、黙想、祈禱、自省。
夜、ジャンの許に悪魔があらわれるようになります。最初は遠慮がちに。次第に頻繁に。〈月光のなかから現れ、寄宿舎の窓から入ってくるのだが、その姿は黒い法衣をまとい、毛皮の帽子をかぶって、片手に泥のついた靴をさげていた。〉〈昼間、明るいときに見ると、悪魔はテオデュール修道士の姿をしていた。〉〈修道寮もほかと同じように、美徳と悪徳との優美な植物が、その枝々をからませ合いながら繁茂する奇怪な庭園であることに、ジャンは気がついた。いまは医者の命令と、テオデュールの後めたさのまじった看病とで、ジャンはベッドに釘づけにされたまま、悲しみに打ち沈んで自叙伝を書きつづけていた……。〉

修道寮に入れられるまでの日々を、ジャンは綴ります。

〈ぼくは虱の王冠をかぶって生れてきた！（略）自分の人生を考えるとき、ぼくのペンはせかせかと動き、インクは泉のように溢れ出る。

結核。肺結核。おまえのような才能のある少年にとって、なんという惨めな運命だろう、痩せこけのジャンよ、ねずみがおまえの足をかじったのか……。〉

惨めな話なのに、死の気配がしじゅう漂っているのに、重苦しくも陰惨でもない。絶望も虚無も、そこはかとなく明るい。
午前中は学校に行き、午後は祖母が面倒を見ている年寄りの納屋から盗み出した品々を売りさばき、夜は祖母のお祈りの時間をさぼって地下室で稼ぎを数える。〈金額は少なかったが、ろうそくの光でピカピカ光るのを眺めるのは楽しかった。〉
七番目が学校に放火する――七番目的には理由があるけれど、大人はその正当性を認めない――のを手伝って、二人とも感化院にぶち込まれ、〈夜になるとぼくは、院長が手斧をさげてぼくらの共同寝室に忍びこみ、飢えと苦痛でお互いに抱き合い重なり合っている、ぼくらの体臭を嗅ぎまわっているような気がしてならなかった――そして寝台の手摺の外にだらりと垂れているぼくらの虱だらけの頭を、ひとつひとつ斬り落していくのだ。〉
面会に来た司祭が、ジャンの窶《やつ》れように驚き、祖母のもとに二人を連れ帰ります。
その後、司祭の提案でジャンは修道寮に入れられたのでした。
〈さて、ぼくの物語もまもなく終りになる。修道寮がぼくの墓場だ。あとは息を引きとるばかりだが、どうしても死ぬ気になれないのだ。〉

ジャンが最後にただよう夢の中——彼にとっては現実——は、儚く美しく、そうして恐ろしい。

眠っているテオデュール修道士のベッドの傍《そば》をそっと通り抜け、ジャンは外に出ます。〈みんないた。運動場のベンチにそろって腰をおろしていた。〉息切れし、歩行もおぼつかないジャンに「いっしょに遊ぼうよ」弟たちの声が届きます。でも体から力が抜け、行きつけそうもない。ようやく門の鉄柵を開ける。スケート靴を履いた弟たちが、楽しげに滑っている。ジャンは弟たちに囲まれて、いっしょに滑る。〈とうとう自由になれたのだ！〉突然、光は消え、イエズス会士の裁判官たちが滑ってくる。法衣を着た院長が近づく。〈蒼白な顔にうかんだ淫猥な微笑〉に、ジャンは震え上がる。〈「院長さま、ちょっとだけ猶予をください。便所に行きたいのです」

「今夜はだめだ。今夜きみは死刑を宣告される。（略）きみが咳をせず、泣いたりもしなければ、痛くないようにやってあげよう。さあ、向うをむいて、頭をさげるんだ」

ジャンはシャツの襟を開いて、頭をさげた。あとは雪の中に膝をついて、待つだけだった……。〉

後半で、テオデュール修道士の告白により、ジャンの死の真相が明らかになります。

アメリカの文芸評論家エドマンド・ウィルソンが寄せた序文には、本作を原稿の段階で読んだとき、これを刊行する出版社があるかどうか危ぶんだとあります。聖職者の実情を暴く内容の書を著した人物が、教会から激しい非難を浴び、職を追われた前例があるからです。保守的なケベックにおいては、二十世紀の半ばを過ぎても、聖職者の醜《しゅう》行《こう》は公に指弾してはならない不可侵領域でした。

後半を詳述する紙数はないのですが、ジャンの姉エロイーズが修道院で不幸な時を過ごした後、娼婦《しょうふ》となるサイドストーリーがあります。これも教会が許さざる話です。

しかし、本作は思いのほか好意的に受け止められ、フランスの文学賞メディシス賞を授与されました。新鋭作家と新しい小説を対象とする賞です。

おぞましい素材をもちいながら、穢《きたな》らしさをいっさい感じさせないこの物語は、長年手元にあって表紙が傷《いた》み、小口も変色した状態ですが、今なお手放せない一冊です。

046 『鮫』と真継伸彦

いま、私の手元にある『鮫』は、昭和五十五年刊の文庫版です。中篇「鮫」とその続篇「夜明け」から成ります。

最初に読んだのは昭和三十九年に刊行された単行本でした。西暦でいえば、一九六四年です。文庫版が一九八〇年。

なぜ、刊行年を真っ先に書いたか。この凄まじい迫力のある長篇は、現在であれば、書くことすら許されないのではないかと思うからです。

私事ですが、二〇一八年秋、単行本未収録の短篇が編纂《へんさん》され刊行されることになり――これはたいそうありがたいことで、編纂してくださった方にも担当編集の方にも、収益には繫《つな》がらない本をだしてくださった出版社にも深謝しています――校正刷《ゲラ》がでました。「ねえや」「水夫」その他多くの言葉に「差別ととられることがありますがよろしいですか」「使用を避けたほうがよい表現と思われますがよろしいですか」という校閲の方のチェックが入っていました。戦前、ねえやが存在した時代の話です。現在、家事代行をする人をねえやと書いたのではない、と異議を申し立てました。この問題は、担当編集の方の熱心で行き届いたご尽力と上司の方のご理解によって、わだかまりなく解決しましたが、この出版社だけが特別厳しいのかと思い、調べてみて驚きました。いつ、誰が決めたのか、あれもこれも差別語、不快語と指定され、使用すべきでないとされていました。幾つかの言葉が禁じられたのは知っていましたけれど、あまりにも増えている。悪口、隠語のたぐいは全部不可。そのリストが正確なのかどうかはわかりませんが。

ある時代に使われていた言葉を、現代の言葉に言い換えたら、その時代の実態が不明になります。例えば、沖仲仕《おきなかし》は差別語に指定され、港湾労働者と言い換えることになっていますが、昔の沖仲仕と今の港湾労働者は、まったく異なります。沖仲仕が活躍していた時代を描く場合、言い換えたら、荒々しく粗野《そや》な沖仲仕の姿は消えます。

〈十五で姐《ねえ》やは嫁に行き〉と童謡「赤とんぼ」を歌ったら不快に感じる人が今いるのでしょうか。作詞した詩人三木露風《みきろふう》は差別者だと非難されるのでしょうか。

他人の家に住み込みで雇われ、朝早くから米研《と》ぎ、ご飯炊き、冷たい井戸端で洗濯、掃除、赤ん坊のお守り、主家の子供の世話、と酷使《こくし》されるねえやは、それは辛《つら》い哀しい日々を送ったと思います。

ねえやのいない家では、それは全部、お嫁さん＝主婦の仕事でした。女性は家事労働力であり、子供を産み育てるのが役目としか見なされていない時代でした。私が物語を書き始めたころも、その風潮はしっかり残っていました。女が、しかも家庭の主婦が、小説を書くなんて。担当の編集者にさえ、旦那《だんな》さんが気の毒だね、と言われたのでした。女が小説を書くなら、離婚ぐらいして、その経緯を小説にしろ、という声もありました（繰り言、ストップ！）。

しかし、ねえやという呼び名を差別語、不快語に指定して抹消《まっしょう》し、いなかったことにしてしまうのでしょうか。戦前のねえや、戦後のお手伝いさん、今の家事代行サービス、それぞれ、まるで異なります。今はどんな職業も対等ですが、その感覚で昔存在したものの呼び名を抹殺、排除したら、当時の生活状態は伝わらなくなります。実際、職業、身分による差別は甚《はなは》だしかった。戦前、私のうちにもねえやが二人いましたが、母は、給金を払っているからには使用人の時間はすべて主家のものと思っており、日中、一休みすることも許さなかった。母に限らず、一般にそうでした。名前も、「きよ」なら「きよや」、「よしえ」なら「よしや」と上の二音に「や」をつけて呼ぶ慣わしでした。土曜日曜の休みもない、実家に帰るのは年に二回の藪入《やぶい》りのときだけ。ねえやたちの指の先は、あかぎれでひび割れ、黒い練膏《れんこう》を針の先にとって火鉢の火であたため、傷口に詰めていました。そういう実態を知らなければ、ねえやが、今ではなぜ差別語とされるのかは伝わらない。子供にとっては、ねえやは、いっしょに遊んでくれるたいそう親しい、今思い返せば懐かしい存在でもありました、と、そっと言い添えることさえなんだか憚《はばか》られる。実家が貧しいために奉公に出されるだけではなく、さして暮らしに困らなくても、行儀見習いと、主家の引きでよいところに縁組みさせてもらえないかという親の思惑で送り出される場合もあったようです。

文庫版『鮫』の裏表紙に記された紹介文を引きます。〈越前・三国湊近くの海辺に非人の子として生まれ、〈鮫〉と呼ばれて飢えと差別のなかで育った若者は、母の死を契機に京に上る。時は中世、応仁の大乱たけなわの頃であった。〉

非人という、今では使用を禁じられている言葉を用いなくては、この作は書けません。また、差別語を使っているからという理由で、消されてしまっていい作ではありません。未読の方にこの渾身《こんしん》の作を紹介するために、小文でも、差別語を一々断り書きをせず用います。

〈小さいとき、おれは鮫《さめ》と呼ばれた。しかし、これはおれの名前ではない。死んだ兄もまた、浜の衆から鮫と呼ばれていたゆえである。〉

〈兄弟二人の鮫は、沖へでて鮫をとって暮らした。海が凪ぐ日の夜明け、兄は艫《とも》に立って櫓をこぎ、おれはその前にうずくまって餌の入った桶をかかえた。〉

〈鮫は槌で頭を割られ、包丁で腹を切り裂かれ、はらわたをひきずりだされてもまだ生きている。（略）歯をむきだして嚙みつこうとし、尾はおれを打とうとはねまわる。〉

兄弟が獲った鮫は、すべて浜の名主《みょうしゅ》様のものです。母と兄弟の三人暮らしです。父はだれともわからない。母は一日中、佃と畑で働く。佃の米もまた、すべて名主様のもので、畑でとれる粟などを三人は食べる。浜の衆の村落から離れた墓地の傍に、三人の住む小屋はありました。〈村に死人《しびと》がでると、母と兄が墓穴を掘り、二人して棺をかついだ。けがれた仕事や分のわるい仕事をすべて前世の因縁とあきらめ、二人は黙々と耐えていたのであろう。〉

ヨーロッパでもある時期まで「屍体《したい》」にかかわる仕事をするものは忌み嫌われ賤視《せんし》されていました。刑吏《けいり》や墓掘り、動物の皮を剝《は》ぐ職業の者などは市壁の中に住むことを許されず、市民と接触することも固く禁じられていました。いずれも人の営みに欠かせない仕事であるにもかかわらず。十七世紀の三十年戦争を扱った拙作《せっさく》『聖餐城《せいさんじょう》』で、そのあたりをも記しました。刑を命じるものは名誉ある地位にいるのに、それを執行する刑吏は極度に賤《いや》しめられる。不条理きわまりない。けれど、その時代に生まれたものは、どのような扱いを受けようが、その制度の中で生きていくほかに術《すべ》がない。中世の日本でも同様でした。

沖に漕ぎ出して漁の最中、跳ね上がった鰐鮫《わにざめ》が兄の右手を咥《くわ》え、海中に引きずり込みます。〈おれ〉は声の限り助けを求める。けれど、浜の衆の舟が〈いっせいに浜へ漕ぎもどるのを知ったとき、自分は見捨てられても仕方のない非人の子じゃ、と〉鮫は思ったのでした。

悲惨な飢饉《ききん》が何年も続きます。貧しい人々は蛙や蛇やとかげを食い、筵《むしろ》をほぐして藁を煮て食い、生き延びます。

〈餓死にせまられた何百という乞食が一揆を起こすのをおそれて、代官様は先手をとって河原や浜の乞食小屋に火をかけた。松並木の街道を遠くから砂埃をあげてせまってくる騎馬武者の列の前を、一目散にこちらへ逃げてくる何十という乞食の群れをおれは見た。追いつめられて、振りおろされる大刀の下にくずおれる老人がいた。松の木に矢で縫いつけられる女童《めわらべ》がいた。〉

雪の降りしきる冬、外から戻ってきた鮫は、小屋の傍に残る乱れた足跡、そうして賊に犯され死んでいる母を見出します。

京に上ろうと、十になるやならずの鮫は思い立つ。道中、女と道連れになります。京に行けば、願阿弥《がんあみ》様というお坊様が毎日粥を施《ほどこ》してくださる。そう女は言います。彼の道中食が尽きたとき、女は自分の食べ物をわけてくれた。女の持参する食べ物は、いっこうに無くならない。鮫は、あるとき、見てしまいます。〈女の足もとに、衣類をはがれてうつむけに寝かされた死骸の〉皮膚を剝かれた尻と、血の滴《したた》る包丁を持った女。恐怖に駆られ、〈おれ〉は逃げる。〈女はいよいよ食物が無くなれば、おれを殺して喰うつもりであった〉と気がつきます。

京への旅を続ける〈おれ〉は、女が示してくれたやり方で飢えをしのぎます。〈女はおれに人肉の喰らい方を教えてくれたと同時に、それが人眼をはばかる、忌まわしい行ないであることも教えてくれた。炙った脂の濃い肉を喰らいながら、おれは自分の後生が、兄者を海へさらいこんだ、あの鰐鮫になってしまうのではないかとおそれていた。〉

京にたどり着けさえすれば生きる道が開けると、それを唯一《ゆいいつ》の頼みに屍肉を喰らってまで旅を続けたのですが、その京は、〈広い石河原に、ふくれあがった屍や白骨が無数に散らばっていた。〉願阿弥様はたしかにおられたけれど、これが最後の布施《ふせ》だと仰せになった。蓄えをはたき、富家や諸寺院に寄付を乞うてきたが、もはや一文の銭、一粒の米も出してはくれない。願阿弥は、鮫に、〈死ぬるときがくればな、きっと南無阿弥陀仏と唱えるのじゃぞ。そうすればおまえは浄土に生まれかわる。〉と教えます。
飢饉の在所を捨て、一縷《いちる》の希望を持って京に上ってくるものは後を絶たない。〈河原に遺棄されていた屍のなかに、公卿も武家も酒屋も土倉も、また彼らを檀家とする僧侶も、ひとりもおらぬ。屍はそれらに仕えた下衆のものであり、日銭をかせいでつつましく生きた町衆のものであり、呪いの生涯を送るべく定められた非人や乞食のものであった。〉
六条河原《ろくじょうがわら》の四郎左《しろざ》と名乗る男が、鮫に目をつけます。右腕を失っている四郎左は、鮫を盗みの手先にします。何でもものを盗ってこい。人を殺《あや》めてでも、盗め。何も稼いでこなければ、飯を与えない。子犬を棒で打ち叩いて仕込むように、四郎左は苛酷《かこく》に鮫を扱う。
風流踊りが流行《はや》っています。

歌えや歌え　うたかたの
あわれ　昔の恋しさを

今も遊女の　舟遊び
　世をわたる　ひとふしを歌いて
いざや遊ばん

〈河原を埋めた髑髏が、ふたたび起きあがって白粉をつけ、頰紅を刷いて踊り狂うているかのように思われた。〉

土一揆が都に押しかけ、鎮圧しようとする騎馬武者たちとの間に騒擾《そうじょう》が起き、あちこちの土倉の門が破られ、放火される。盗人にはよい稼ぎ時で、燃える倉から下人らが放り出す高価な品々を掻っさらい、売り飛ばす。

心のなかにある虚《むな》しさは、埋めようがない。そのような日々を何年も繰り返すうちに、臆病でひ弱な子供だった鮫は、兄に劣らぬ逞《たくま》しい体軀《たいく》になっている己に気がつきます。白髪が増え体が縮んだように見える四郎左の背に、鮫は鎧通しを突き立てます。

後に応仁《おうにん》・文明《ぶんめい》の乱として知られる内戦が始まった応仁元年、鮫は十七歳。侍になることを望みます。足軽になら、非人の子でもなれる。手柄を立てれば、行く行くは侍に取り立てられるだろう。

再読していて、思い当たりました。前述の拙作『聖餐城』で、孤児のアディは、養い親に命じられるままに、戦場で掻っ払い稼ぎをしている。アディは思うのです。やられる側にいるより、やる側になろう。そのために、傭兵《ようへい》隊長に仕えるようになる。書いているときはまったく意識しなかったのですが、応仁・文明の乱と三十年戦争は重なる部分がある。何十年も昔に読んだ『鮫』は、私の意識の底に在りつづけ、二十一世紀になって『聖餐城』を書いたとき、おのずと滲《にじ》み出てきたのではないか。そんな気がします。

〈足軽にもともと扶持というものはない。戦場の掠奪物だけが取り分である。〉ヨーロッパの傭兵も、稼ぎはもっぱら掠奪でした。攻撃した都市が降伏したら、何日間かは掠奪強姦《ごうかん》し放題を許されていました。禁止すれば、傭兵は隊長に牙を剝く。この粗野で残虐な傭兵隊を規律のある軍隊に改革していこうとする隊長にアディは尽くすのですが、鮫にはそんな結構な隊長はいなかった。

足軽は常に、最も危険な最前列につかされる。映画の戦闘場面を観ながら感慨を持ったことがあります。騎馬武者の群れに踏みにじられ地に伏す夥《おびただ》しい無名の足軽たち。その一人一人にそれぞれの生がある、と。休戦となれば、無用の者として足軽は追い出される。鮫は足軽仲間と徒党を組み、〈六条河原の疾風〉と名乗り、夜盗、強盗で稼ぎ、女とみれば強姦する暮らしを続けます。犯した相手は絞め殺す。四郎左に教え込まれた鉄則でした。殺さねば、相手はいつか仕返しにくる。

荒れさびた尼寺に押し入った彼は、寝所に臥せる若い比丘尼《びくに》を見つけ、他の者に邪魔されないところで愉しもうと肩に担ぎあげ、丘の上にのぼり木陰の砂地に放り出します。比丘尼は悲鳴もあげず、逃げもせず、〈わずかに両手をついて半身を起こしただけで、じっとうなだれていた。〉その姿に、彼の情欲は消え失せます。〈横雲に月がみえがくれするたびに、砂地に投げる比丘尼の影が、濃くなったり淡くなったりするのを、見るともなく見ていた。むなしさがふと胸裡をかすめたとき、比丘尼は蒼ざめた顔をあげておれを見た。

「はよう好きなようになされませ。あとで、きっと、南無阿弥陀仏と申されませ」〉

うしろめたい己を叱咤《しった》し、太刀を抜いたけれど、どうしても殺せない。比丘尼の姿と言葉は、彼の心に残りつづけます。

もう一度会いたいと足を運んだ彼は、尼寺が荒れ果て〈非人乞食の住家に〉なっているのを知ります。近隣のものに銭をやり比丘尼の消息を訊《たず》ね、かのうら若い尼僧が本願寺の蓮如《れんによ》上人《じ》の娘、見玉尼《けんぎよくに》であることを教えられます。

偶然なことから見玉尼と再会した彼は、蓮如上人のいる越前の吉崎御坊《よしざきごぼう》まで病弱な尼御前《ごぜ》を背負って旅します。聖なる者を背負うということに、子供の姿をした基督《キリスト》を背負って川を渡る――芥川龍之介も短篇「きりしとほろ上人伝」のモチーフにした――聖クリストフォロス伝説を、私は思い重ねたのでした。

蓮如は彼をおだやかに迎え入れ、側近の下間蓮崇《しもずまれんそう》に身柄を預けます。蓮崇の多屋の広間には、眼光すさみ血のにおいが身に染みついた牢人衆が数多《あまた》集まり、連日、酒盛りが行われ、信心話はほとんど話題にならず、合戦の自慢話や色事の話にふけっているのでした。

〈吉崎道場の執事として蓮如上人様から経営の一切をゆだねられた下間蓮崇殿は、信心をまもる牙の大将でもあった。〉

生まれ在所が吉崎から西に五里ほどと知った彼は、訪れてみます。そこに、彼は、瘦せこけて腹ばかりふくらんだ素裸の餓鬼《がき》を見ます。逞しい余所者《よそもの》の大人に出会った餓鬼の〈媚態、猜疑、憎悪、虚勢、いっさいが、昔のおれにかわりなかった。〉

〈飢饉の年は、くりかえしその餓鬼をおそうであろう。戦乱に、絶えまはないであろう。（略）背をむけて立ち去るおれの眼中で、餓鬼の姿はいつか二人になり、四人になり、十人になり、無限に増えて地上を埋めていった。〉

真継伸彦《まつぎのぶひこ》氏は、一九三二年の生まれです。戦場に出る年ではなかったが、戦禍《せんか》が幼い者にどれほど悲惨な運命を与えるか、身にしみて知っておられたと思います。焦土。餓えた子供の前に突っ立った、色つやのよい占領軍兵士。

松並木の街道にでたとき、〈代官様の軍勢に追われて、この道を蜘蛛の子を散らすがように逃げてきた三国湊の乞食らの姿を、一瞬みた。〉容赦なく浴びせられる矢。〈あきらめた女乞食が、ながい黒髪を逆だてて高い崖淵から海中へ飛びこんでいた。〉サイパンが陥落したとき、その地で暮らしていた日本人の女性や子供たちが、追いつめられ、崖から海中に飛びこみ自死したバンザイクリフを思わずにはいられません。〈幻覚のなかのその光景は、無限の過去と、無限の未来に重なりあっていた。〉

吉崎に戻るや、彼は見玉尼様にお目にかからせてくだされと、土下座して願い出ます。

病み衰えて床に伏している見玉尼は、彼に言います。

〈「お話しなされ、お話しなされ、妾にいっさいを話して、そして忘れてしまいなさればよい。（略）さあ、忘れるために、妾にみんなお話しなされ」〉

〈見玉尼様、貴女様のお言葉にうながされて、畜生に堕ちて過ごしたながい歳月の思い出を、おれは語った。（略）兇賊の、荒らくたい言葉で語りつづけていた。……人を殺めるのは、なんでもない。夢中にさえ、なればよい。夢中になって力をこめ、力をこめて咽喉首を絞め、胸をえぐれば、人は死ぬるわ。（略）化けてでた者は、ひとりもおらぬ。〉

しかし、追憶を語るうちに、彼は己の愚かさに気づきます。

そうして、〈他人のこともようわかってくる。（略）他人はつねにおれの憎悪、おれの呪い、おれの恐怖、おれの飢え、おれの情欲でもってしっかりつながっていた。思い出のなかでは、そのつながりが断ち切られ、人は、ひとりひとり、あざやかな輪郭をそなえてよみがえる。おれが手にかけた数多の男女の苦悶、苦痛がありありとつたわってくる。……しかし、いっさいが、取りかえしはつかぬ。語り終えたとき、おれは茫然と、見玉尼様、貴女様のお顔を見るばかりであった。〉

念仏申されませ、と、か細い声で見玉尼は言います。一度の念仏で極楽往生《おうじょう》は決定《けちじょう》しているけれど、人の生は長い。信心は生涯によって裏切られ、一度は身に得た信心もいつか偽りの信心になる。

〈「（略）そなたのおもてにいつも信心ある者の面をつけて、いっさいの情念のほろびた死人のように、寿命のつきる日まで、おだやかに過ごされませ。（略）南無阿弥陀仏と申しまする心は、いつでも身を捨てて、やすらかに死にまするという心じゃ。それゆえに、疾風殿、死んでいなされ。生きながら、死んでいなされ」

貴女様からお聞きした、それが最後のお言葉であった。〉

この後、一向一揆を題材とした第二篇「夜明け」が続きます。

047 『伝説の編集者　坂本一亀とその時代』と田邊園子

前項で書き切れなかった『鮫』の第二篇「夜明け」について、書き添えます。加賀《かが》一向一揆に材をとっています。

見玉尼《けんぎよくに》の没後十七年。かつての鮫は、下間蓮見《しもつまれんけん》の名を与えられ、加賀湯涌谷《ゆわくだに》道場を預けられます。蓮如《れんによ》を戴《いただ》いた一向宗の勢力は強大になり、弾圧する側との苛烈《かれつ》な戦闘が始まります。下間蓮見の〈所領の土民は二千五百を越えている。このたびの合戦には、五百の手勢をひきいて出陣した。身は僧体でありながら、皮肉にも、一軍の将たらんとした昔の夢を実現したのである。〉

殺生を罪とする宗教の衆が、武器を取り、敵味方、殺戮《さつりく》の限りを尽くす。

〈「武家の非道は骨髄にしみて承知しておりまする。されば非道には非道をもって応酬

せぬかぎり、仏法はけっして武家を克服できませぬ」〉
〈この合戦で死んだ八百を越す牢人衆の顔が、突然、無数の礫のようにせまってきた。「坊主め、憎い坊主め」と、血に染んで砕けた数多の顔が口々に呪いの声を放っていた。〉
〈み仏たち、おれはそなたらがどこかに今もおいでになると仮想して、これだけのことをおねがい申す。おれは死後には、むしろ虚無こそ望ましい。（略）おれは虚無の自足を欲する。しかし、かかる劣悪な自然界が夢でなく永劫に存続し、そこに苦痛をあたえあう者が在りつづけるのであれば、おれは裁きのため、地獄があってほしいと希う。非業に死ぬる者の報いには、浄土があってほしいと希う。〉

前項の『鮫』の第一篇「鮫」は、一般から作品を募集する新人賞の一つ、河出《かわで》書房新社が主催する「文藝賞」の受賞作です。
応募作を読了した「文藝」誌編集長坂本一亀《さかもとかずき》氏は「鮫」とその作者真継伸彦《まつぎのぶひこ》氏に強く注目し、作者の「著者ノート 『鮫』を書いていたころ」によれば、〈くりかえし読んで修正を要求し、受賞して校正刷ができ上ったあとも、飽くことなく手を入れさせた。百度以上書き直した箇所も多い。文藝賞詮衡委員の一人であった埴谷雄高《はにやゆたか》氏は、

「受賞作に手を入れて発表するのはアンフェアではないですか」

とシブイ顔をされたが、受賞作をそのままで発表するべきか、手を加えて少しでもよい作品を読者に提供するべきかについては、意見が分れるところだろう。〉とあります。

作者は、一向一揆を主題に、五部作を構想しておられました。その、第一部の第一篇である原稿用紙にして二百枚ほどの「鮫」が受賞作として昭和三十八年「文藝」三月号に掲載された後、第二篇「夜明け」が同誌十一月号に発表され、この二作を収録した単行本が『鮫』のタイトルで翌年四月に刊行されます。

応募作「鮫」に先立ち、作者真継伸彦氏は同人誌に長篇「杉本克巳の死」の第一、二章三百枚弱を発表しています。ちなみに、当時の「同人誌」は、今フリーマーケットに出品される同人誌とは性格がまったく異なるものでした。同人の著した作品は同人間で合評され、ときには作家を招いて講評を仰ぎ、文芸雑誌にも、同人誌の作を評するページがあり、新人発掘に熱意を持つ編集者は、編集部に送られてくる同人誌に目を通して

いました。今のフリマにも優れた作が多くあるそうで、訪れたいのだけれど体力が伴わず、心残りです。

『鮫』の著者ノートに記された言葉を引きます。〈私はこの作品で、朝鮮戦争や、それと関連して闘われた、日本共産党の暴力革命運動と平行して生きた自分の学生時代を書ききる心算であった。しかし第二章を書きあげたところで、どう書きつづけるものか判らなくなってしまった。〉

作者は大学図書館に勤務中、一向一揆を知り、〈室町時代後期の民衆が加賀の守護富樫政親を攻めほろぼし、以後九十年間、加賀一国を「百姓の持ちたる国」として存続せしめた過去の日本人の革命運動に、現代のそれ以上に惹きつけられた。〉

図書館から別の課に転属されたのを機に、退職し、一揆の小説化に専念します。日本中世史と日本仏教関係の書を買いあつめ、北陸にしばしば旅し、一行の文章を書くために、どれほど莫大《ばくだい》な準備が必要か、思い知ります。〈勉強不足であれば浅薄なものしか書けないだろう。反対に徹底すれば、研究だけで生涯を終えてしまうのである。〉

膨大な熱量のこもる応募作「鮫」を、同じ――あるいは上回る――熱量で受け止めたのが、「文藝」誌編集長坂本一亀氏でした。

その部下であった元編集者田邊園子《たなべそのこ》氏が著された『伝説の編集者　坂本一亀とその時代』には、〈編集者としての坂本一亀は、ファナティックであり、ロマンティストであり、そしてきわめてシャイな人であった。彼は私心のない純朴な人柄であり、野放図であったが、繊細であり、几帳面であり、潔癖であった。

彼の言動は合理性にはほど遠く、矛盾があり、無駄が多いように見えたが、本質を見抜く直感の鋭く働く人であった。〉と記されています。

坂本一亀氏が世に送り出した作家の名前が、目次にずらりと並んでいます。壮観です。圧倒的です。

野間宏《のまひろし》、椎名麟三《しいなりんぞう》、中村真一郎《なかむらしんいちろう》、埴谷雄高、武田泰淳《たけだたいじゅん》……三島由紀夫《みしまゆきお》、井上光晴《いのうえみつはる》、山崎正和《やまざきまさかず》、高橋和巳《たかはしかずみ》、真継伸彦……。

戦後の日本文学を俯瞰《ふかん》する感があります。かつて、私も熱読した作家の方々です。どの作も、気迫があった。目次の作家名に石川淳《いしかわじゅん》、安部公房《あべこうぼう》、花田清輝《はなだきよてる》、高橋《たかはし》たか子《こ》、福永武彦《ふくながたけひこ》、古井由吉《ふるいよしきち》、河野多恵子《こうのたえこ》と続けたら、私の戦後読書遍歴史にもなる。

坂本一亀編集長のもとにあって、編集者としての薫陶《くんとう》を受けた著者田邊園子氏は、それぞれの作家と編集長の関わりようをつぶさに見、血肉のかよった筆で読者に伝えておられます。

敗戦後の一時期、日本の文学は熱気がこもっていた。受け止める若い読者も、文学への欲求が熱かった。

野間宏、椎名麟三、武田泰淳など第一次戦後派作家は、戦争そのものを経ています。野間宏は召集令により軍務についているとき、社会主義運動の前歴から憲兵に目をつけられ、思想犯として陸軍刑務所に入れられた経験があります。

同人誌「近代文学」に掲載された野間宏の連載作に注目した坂本一亀は、作者の住まいを訪ね、その作を単行本にしたいと申し出ます。一冊の本を出したこともなく、新人賞を受賞してもいない、まったく無名の青年に、雑誌連載が始まったばかりの時点で単行本化を申し込む。〈社の経営者にも編集者にも、営利を目的としたものではない、一種の賭けの部分があると言わねばなるまい。〉

第三部以降を書き下ろしたこの『青年の環』が完成するには、二十四年間、ほぼ四半世紀を要しました。
『青年の環』が進捗《しんちょく》しないままに野間宏が文芸雑誌「人間」に第二回まで発表した「真空ゾーン」を読んだ坂本一亀は、再度訪れ、この作の単行本化を申し込みます。「人間」誌は、一九四五年、敗戦の年の十二月に発刊し、一時好調だったのですが、版元が倒産、別の社から刊行するようになったものの一九五一年の八月をもって廃刊になります。野間宏の作品が掲載されたのは、この年の一月号でした。坂本一亀の慫慂《しょうよう》を受け、野間宏は連載部分の続きを書き下ろし――九百五十枚――、『真空地帯』のタイトルで刊行されました。敗戦後数年経っているとはいえ、食糧難、住宅難が続いている時代でした。坂本一亀の回想を本書から孫引きします。〈この一作に賭ける作者の気迫はすさまじかった。(略)あの長篇には人間の体力が注ぎこまれていた。〉
『真空地帯』は、陸軍刑務所にぶち込まれた野間宏の体験が根底にあります。上官の金を盗んだという嫌疑で陸軍刑務所に入れられていた木谷《きたに》一等兵が、仮出所を許され原隊に戻ってくる。長くなるのであらすじはしょりますが、軍隊内部の醜悪《しゅうあく》さを暴き出した長篇として、戦後の読者に大きな反響を呼び、のち各種の文学全集に必ず収録されるようになります。私は山本薩夫《やまもとさつお》監督によって映画化されたのを先に観、それから原作を読んだのでした。どちらも強烈でした。最近の小説評や読者の感想で作品の美点としてよくあげられるのは、読後感がよい、癒やされる、救いがある、最後に希望がある、読みやすい、などです。戦後文学の多くには、それらの欠片《かけら》もない。木谷一等兵が彼を陥れた上官の不正を暴き、上官が罪に問われるのなら、痛快なカタルシスがあって今の読者にも受け入れられやすいのでしょうが、軍隊はそんな生易しいものじゃない。軍上層部にとって邪魔な木谷一等兵は、もっとも危険な戦線に追いやられます。ラストでは、船底に横たわった木谷は口の中で歌います。「帰るつもりで来は来たものの　夜毎に変るあだまくら　色でかためた遊女でも　又格別の事もある　来て見りゃみれんで帰れない」映画では練鑑《ねりかん》ブルースの節で呟《つぶや》くように歌っていました。やさしく相手をしてくれた安女郎との一夜が、この映画で唯一の、仄《ほの》かにあたたかい場面でした。

坂本一亀氏は軍隊経験があります。学徒動員で入隊した兵は、古参兵らから棒で殴られ、往復ビンタを食らい、苛《いじ》め抜かれた。その体験によって、軍隊を激しく憎悪していました。『真空地帯』の成功の後、目を真っ赤に泣きはらした坂本一亀を社の同僚は見たのでした。

本書に挙げられている作家の総てをここに記す紙数はないので、井上光晴氏と高橋和巳氏について少々触れます。

〈「坂本一亀頑迷。（略）ワンカメ（注＝一亀氏のこと）は小説がわかっているのか。三章全体がごたごたしているとぬかしやがった。……」〉井上光晴氏の当時の日記です。井上光晴から初稿を渡された坂本一亀は、ノートを取りながらじっくり読み、手を入れれば傑作になると確信します。井上光晴も頑固です。激しいやりとりがあったらしい。二百五十枚の中篇は、人間の暗部を恐ろしく照射するものでした。現在、この作『地の群れ』について詳述すると、非難、抗議の声が起きるかも知れない。被差別者の集団と、他の理由で差別される者の集団の間の、憎悪、争いを抉《えぐ》り出したものです。現在、差別される者に、いかなる傷をもさらに負わせてはならない。しかし、差別は、周囲の無知無理解から生じもします。『地の群れ』の抗争図は、差別を受けていない者、すなわち多くの読者に、問題を突きつけてもいると思います。長崎における原爆被害者が、原爆に対する周囲の無知のせいで、いかなる悲惨な状態におかれたか。井上光晴氏の逝《せい》去《きよ》にあたり、坂本一亀氏が草した追悼文を孫引きします。『地の群れ』は〈泥絵具をぬりたくったような作品、暗い小説、どす黒い熱気、地獄絵図、ラディカルな前衛小説――批評家はいろいろな感想を紙上に書いたが、一様にこの月いちばんの作品たることを認めていた。〉

熊井啓《くまいけい》監督で映画化され、これも小説・映画双方が、深く私の心に食い込んでいます。

私事を挟みます。井上光晴氏が開いた「文学伝習所」の、私は第一期生でした。すでに小説誌に書き始めていたのですが、インタヴューやエッセイなどでたびたび言及しているように、何をどう書いたらよいのやら、途方に暮れていました。井上光晴の小説には強く惹かれていたので、なにか学べないかと、受講したのです。講義のあとで、飲み屋の二階に受講生が集まり、法螺吹《ほらふ》きミッちゃん先生を中心に雑談したのが、楽しい思い出になっています。グーチョキパーに、親指と小指を加えたジャンケンを教わりました。

坂本一亀氏はまた〈将来を嘱望される若い作家の卵たちに呼びかけ、糾合をはか〉りました。その卵たちの中に、未来の大作家の名のなんと多きことか。

文藝賞の発足にあたり、坂本一亀は地方にも足を運び、新人たちと接します。その中のひとりに、京都在住の高橋和巳がいました。富士正晴《ふじまさはる》が主宰する同人誌「ＶＩＫＩＮＧ」に「憂鬱なる党派」を載せはじめていた高橋和巳に、是非「文藝賞」に長篇を応募せよと熱心に勧めます。規定枚数を超えた原稿『悲の器』九百枚超をたずさえ上京し、高橋和巳は坂本一亀に手渡します。コピー機さえない時代です。一文字一文字、万年筆で升目を埋めた原稿は、世にただ一部しかない、貴重なものでした。

第一回「文藝賞」長篇部門で『悲の器』は受賞します。続く第二回の中・短篇部門で受賞したのが真継伸彦「鮫」でした。

『悲の器』は私は未読なのですが、大長編『邪宗門』は、心奪われて読みました。

私にとって、「作家」「小説家」とは、ドストエフスキーを初めとするこういう方々でした。山田正紀《やまだまさき》さんが、私について「小説を書くことに恥じらいを持っているのではないか」という意味のことを、たいそう好意的に綴《つづ》ってくださったことがあります。「書く」ということより、それが「小説」と呼ばれることに、気恥ずかしさをおぼえるのです。「作家」扱いをされると、アルマジロみたいに体を丸めて真っ赤になるほど気恥ずかしいのです。ドストエフスキーと私が、同じ肩書きで呼ばれていいものでしょうか。「物語り紡ぎ」というのが、自分には一番ふさわしい呼び名だと思っています。自作で、唯一、小説と呼ばれる資格があるかと思えるのは、『夏至祭の果て』という長篇だけです。

『伝説の編集者　坂本一亀とその時代』の著者田邊園子氏の言葉を最後に引きます。

〈文芸編集者にとっては、多数の読者に乱読され、読み捨てられる本よりも、一人の読者でも、その人生に大きな影響を与えるような書物が出せたらどんなに嬉しいことか、坂本一亀のこの回想には、私も共感を覚える。〉

書き手としての私も亦《また》、読み捨てられるものを百篇書くより、再読三読にたえる一篇を、と思いはするのですが……吐息。時の重みに、やわな書き手は押し潰されます。潰されても、せめて一輪、押し花になって残ったらな。口にすべきではない愚かな言葉ですが。一冊の紙の本には書き手だけではなく、デザインをしてくださる図書設計家、熱意のある編集者、入念な校閲者と、多くの方々の力が結集しています。夥《おびただ》しい本が日々刊行され、慌ただしく絶版になり、在庫は断裁され(胸が痛い)、紙の本が手軽な電子本に移っていく。書店も古書店も経営が難しくなっている。最初から電子本として発売される本は、古書店に並ぶこともない。それでも幾つかの古書店は残って、色褪《いろあ》せた古い押し花みたいになった拙作に、どなたかがふと手を伸ばして……くださったら、いいなと紙の本が乏しくなる未来の幻景を思い浮かべています。

048

『架空の庭』『いづくへか』と矢川澄子

平成八年――一九九六年――の秋、一葉の絵葉書が届きました。ほんの数行、私の新刊が出たことへの祝意と「応援しています」というような文面で、差出人は澄子《すみこ》という名前だけでした。姓も住所も記されていなかった。

どなただろう。名を知る方で思い当たるのは、矢川《やがわ》澄子さんだけです。でも、矢川さんとの交流は何もありませんでした。

中井英夫《なかいひでお》氏、日影丈吉《ひかげじようきち》氏、泡坂妻夫《あわさかつまお》氏のお三方が、それぞれ暗号をモチーフにした短篇を書かれ、それを長田順行《おさだじゆんこう》氏が別々の手法で暗号化し、全ページ建石修志《たていししゆうじ》さんのイラストレーションが入った豪華な『秘文字』という書物が出版されたとき、ごく少人数のお祝い会が新宿《しんじゆく》の酒場で催されたこと、私もその席の隅に身をおいたことは、エッセイその他に、しばしば記しています。昭和五十四年——一九七九年——。私は物語を書くようになってまだ数年のひよこ。お三方の作品のファンであることを知っている編集者（ミステリ好きの方ならご存じであろう故宇山秀雄《うやまひでお》氏です）が誘ってくださったのでした。

矢川澄子さんもその場におられたのですが、ご挨拶することもなく、ああ、あの方が……と、私は遠くに掲げられた肖像画を見るような気持ちでいました。私の名も顔も、矢川さんはご存じなかったと思います。

私のほうでは、早くから矢川さんの御作や翻訳書に触れていました。

最初に読んだ小説作品は、一九七四年、大和書房から「夢の王国」シリーズの一巻として刊行された『架空の庭』という短篇集です。それ以前から、翻訳家としてお名前には親しんでいました。あとがきによれば、『架空の庭』は、一九六〇年に少部数出版された作品の、出版社を変えての再刊だそうです。〈発表当時にはたかだか二百人の読者をしかあてにできなかったこれらの若書きが、いまごろになってはるか年下の戦後生れの友人たちのあいだに少しずつ読者を見出しつつある事実を、作者自身ははたしてどう受取ればよいのであろうか。本人のつもりでは、この一冊は、あくまでも、内向的ということばを絵に描いたようなひとつの不毛な少女期を葬り去るための、ささやかな経帷子にすぎなかったのだが。〉

「夢の王国」シリーズは、唐十郎《からじゆうろう》、稲垣足穂《いながきたるほ》、天沢退二郎《あまざわたいじろう》、別役実《べつやくみのる》……と、異色な作家を揃えています。

まだ女性の書き手の少なかった時代です。全十七巻のシリーズに、女性は矢川澄子と中山千夏《なかやまちなつ》のみ。

『架空の庭』に収録された諸作は、当時の小説誌には見られないものでした。

ゲーテはシャルロッテ・ブッフという女性に激しく惹かれたものの、シャルロッテには婚約者がすでにいた。恋が叶わぬままシャルロッテのもとを去ったゲーテは、後に、友人が失恋して自殺した事件と結び合わせ、あの『若きウェルテルの悩み』を著します。収録短篇の一つ「シャルロッテ・ブッフの手記」は、シャルロッテの悩みを彼女の独白の形で綴ったものでした。

舞踏家元藤燁子《もとふじようこ》氏のための台本として書かれた「レダ幻想」は、ギリシア神話のレダに拠っています。白鳥の姿に化身したゼウスの愛を受け、レダは卵をはらみ産み落とす。その卵から生まれたのが、トロイ戦争の神話で知られるヘレネです。元藤燁子は、暗黒舞踏の創始者の一人土方巽《ひじかたたつみ》のパートナーでした。舞踏は、踊り、ダンス、バレエ、などとは異質です。一度、暗黒舞踏の舞台を見たことがありますが、優雅なバレエとは対極的に、泥土に埋もれた身体を揺り動かすような表現法でした。〈神聖な白鳥がその営みを終え、レダの腕から静かに飛び去つて行つたとたん、そのときから、すでにしてレダのなかには、ある別の営み、いまこそ本当に待つという、充実した営みがはじまつていたのだ。〉〈背すじからおそいかかる潮の香、波のざわめき。耳を聾するこのざわめきは何処からくる、この身の内部からか、それともはるか世界の涯ての彼方から？〉

「リュシアスの微笑」は、紀元前五世紀、プラトンがあらわした「美について」の副題を持つ『パイドロス』――ソクラテスとパイドロス（架空の人物）が、リュシアス（実在の弁論家）の恋愛に関する論について対話する――をもとに、パイドロスに恋するリュシアスを描いた瀟洒《しょうしゃ》な短篇です。

「臨終の少女」と「破局」は、現代の少女、少年の繊細で残酷な心の動きを主題にし、

「秋」は、時代を日本のいつとも知れぬ昔にとって、男女の心の綾《あや》を描く。

作者の多彩な才の萌芽《ほうが》が展示されているように、今再読して、感じます。

ポール・ギャリコの作を、矢川さんはずいぶん多く翻訳紹介しておられます。「雪のひとひら」「ジェニイ」、ミュージカル映画「リリー」の原作となった「七つの人形の恋物語」、そして美しく愛《いと》おしい「スノーグース」ほか数々。「スノーグース」は文庫版がまだ入手可能だと思います。読み継がれていくことを願います。

言葉遊びが楽しく、そしてどこか痛々しい、哀しい傷の上に愛らしい絵を描いたような詩集『ことばの国のアリス』『アリス閑吟抄』、エッセイ集『反少女の灰皿』も愛読してきましたが、矢川さんのご存じないことでした。

二〇〇二年五月、矢川さんはご自分の生の期間を自ら定められたのですが、その数年前、突然、一冊の厚い書物が送られてきました。

『矢川澄子作品集成』

発刊時までの全作品を収録したもので、送り主は矢川さんご自身でした。

「そうそう、貴女《あなた》にもお送りしなくてはと思って」添え書きは、それだけでした。長い間、親しいおつきあいをしていて、このところ、ちょっと音信《いんしん》が途絶えた間柄みたいな文面。

あの葉書は、やはり矢川さんからだと確信できましたが、不思議なのは、祝ってくださった新刊が、矢川さんが興味を持たれるはずもない、江戸《えど》の歌舞伎小屋の話だったことです。

一九八九年に新潮社《しんちょうしゃ》が「日本ファンタジーノベル大賞」を創設したその第一回から第十三回まで、矢川澄子は選考委員の一人でした。最初の選評で、候補作に女性の作品がないことを嘆いていました。

今は、女性の作家は男性と肩を並べ、あるいは凌《しの》ぐほどで、ジェンダーによる不利はなくなっているように思えますが、かつてはそうじゃなかった。創作の世界で女性が思う存分羽ばたくのが困難な辛《つら》い時期を、矢川澄子は経てきています。

第二回では女性の作が一本あったけれど、できが思わしくなかったと落胆し、そうして、第三回に佐藤亜紀《さとうあき》『バルタザールの遍歴』が出現したことに、矢川澄子は歓喜の声をあげます。〈これはもう破格というか抜群というか、このようなたのもしい新人の誕生に立会わせてもらえたことを選者として誇りに思ってもよいだろう。文章といい、構成といい、読みはじめて数ページで、あ、今年はこれだな、とうなずかせるほどのしたたかな手応えだった。〉

『バルタザールの遍歴』は、私も刊行されるや直《す》ぐに読みました。矢川さんの選評どおり、破格であり抜群でした。

その後の回の選評でも、〈佐藤亜紀さんなどはつくづく大器だったのだなと、いまにして思う。〉と記しておられます。佐藤亜紀さんはさらに『1809』『天使』『雲雀』『ミノタウロス』など傑出した作を著し続け、近年では『吸血鬼』（二〇一六年）『スウィングしなけりゃ意味がない』（二〇一七年）と、他者が塁を摩《ま》す能《あた》わぬ作品を刊行しておられます。

矢川さんと私の生年が同じ一九三〇年であることは承知していましたが、今、矢川澄子の略歴を見て、あらためて気づきました。都立の高女（これは別々）から東京女子大の外国語科に進んだ経歴も同じなのでした。私は一月の早生まれなので、学年は一年上、しかも二年の半ばから休学し、三年に進学せず退学しましたから、お互いにその存在を知らなかった。中退の私の名は卒業生名簿に載っていませんし、たとえ中退生まで載せたリストがあったとしても旧姓ですから、矢川さんはご存じなかったでしょう。

おそらく、同じ世代で、同性で、同じように物語を書いているという共通項から、親しみを持ち、応援してくださっていたのではないかと、推《すい》します。矢川さんの家庭環境は、うちよりは開明的であったようで、女は早く結婚しろ、子供を作れ、の圧力も私の周囲ほどではなかったようですが、それでも幾つかのケースで男尊女卑の枷《かせ》の強さを感じておられたと思います。女は男より常に一歩下がっていることを求められ、男の仕事が成功するよう陰でささえるのが、女の美徳とされていました。矢川澄子は、澁澤龍彦《しぶさわたつひこ》をささえた。

矢川澄子の詩集も作品集成も大事に蔵しているのに、書棚の前に本の山が聳《そび》え、取り出せない。『ことばの国のアリス』から幾つかの詩篇を引きたかったのですが、この山を崩して陰になった本を取り出し、ふたたび山を築きなおす作業は、肩と腰の壊滅を覚悟しなくてはできないので、あきらめました――いかに辺境とはいえ、図書館の体《てい》をなしていない――。

うろおぼえの、戯れ唄の一節。

〈ふるさといづこ　わがつまいづこ　ままならぬみの　わびすけつばき　あのこのむねに　このこのむねに〉

信州《しんしゆう》黒姫《くろひめ》に独り住まいされるようになってからの作でした。子供の遊び唄「はないちもんめ」をもとにしたこの唄は、上野《うえの》不忍池《しのばずのいけ》の畔《ほとり》にテントを張った唐十郎の「唐版風の又三郎」で、少し変形して歌われていたので、懐かしいのです。紅テントの舞台では「ふるさとすてて　ちまたにすめば　あのこもこいし　このこもこいし　むねに……きたかぜにっき」（……の部分は、忘れてしまったのです）と歌われていました。

「一かけ二かけて」という子供の遊び唄も、矢川さんは少し変えた戯れ唄になさった。「四かけて五かけて橋をかけ」→「四かけて五かけて恋仕掛」。「十七、八の姉さんが花と線香を手に持って」→「十七八の姉さんが　髪振り乱し駆けてきて」。これも「唐版……」で歌われていたっけな。どちらも矢川さんが提供なさったと記憶しています。作曲したのは、新宿二丁目の酒場でバイト（たぶん）をしていたアンポちゃんだったな、と、読んでくださる方を放っぽらかして、勝手な追憶に耽《ふけ》ってしまいました。何かと記憶違いがあるかもしれません。

二〇〇二年十一月に、単行本にはなっていなかった短篇三作を収めた『受胎告知』、その翌年五月に、これも『作品集成』およびユリイカの「矢川澄子特集」にも未収録であったエッセイを蒐《あつ》めた『いづくへか』が刊行されます。

収められたエッセイの一本のタイトルが「いづくへか」です。〈与謝野晶子が思わず〈いづくへか〉とつぶやいたのも、こんな秋の一日ではなかったか。

いづくへか帰る日近きここちして
この世のもののなつかしきころ
晶子

いづくへか。この十年あまり、わたし自身いく度このうたをつぶやいてみたことか。つぶやくどころではない。引用も再三に及んでいる。〉

〈いろいろあった。女としての苦労もした。けれども結局のところ、わたしが〈生まれざりしならば〉などとは一度も思わなかったこと、それどころかいま、こうして大いなる秋の静けさのなかで、こころゆくばかり〈なつかしさ〉に浸っていること。それさえ読むひとに伝わってくれれば申し分ないのだが。〉

生《あ》れざりしかば、と私はこれまでに何度思ったことか。今もなお、思ってしまう。生まれなければ、外がもたらす悲惨のみならず、我が裡《うち》に在る醜も知らずにすんだ。お釈《しゃ》迦《か》様も、人間の逃れられない四つの苦の筆頭に「生」をあげておられる。生老病死。生まれてしまったから、仕方ない。あれこれごまかしながら、生きる。

エッセイや小説からも、とりわけ、アナイス・ニンについての文章からも、矢川澄子が〈父の娘〉であったことはひしひしと伝わるけれど、それについて綴《つづ》るには私の気力が足りず、擱筆《かくひつ》します。矢川澄子の生と死は、あまりに重い。

049 『トラークル全集』と ゲオルク・トラークル

拙作『伯林《ベルリン》蠟人形館』に登場する詩人ヨハン・アイスラーと、禁断の薬に惑溺《わくでき》する愉楽を彼に教える蠟人形師マティアス・マイの造形は、同書の謝辞に記したように、杉岡《すぎおか》幸徳《こうとく》氏が『ゲオルク・トラークル、詩人の誕生』（二〇〇〇年刊行）で描出されたトラークル像に想を得ています。また、ヨハンの詩は、これも謝辞に記しましたが、杉岡氏の訳されたトラークルの詩を用いています。

グロデク

夕暮れ　秋の森が鳴り響く

280

死の兵器に、黄金の野が、
青い湖が、その上を太陽が
ひときわ暗く転がっていく。夜が抱く、
死んでいく兵士たちを、
その砕かれた口から漏れる烈しい嘆きを。

人類

砲口の前に立たされた人類、
太鼓の連打、暗い兵士たちの額、
血の霧の中をいく歩み、黒い鉄がきしる、
絶望、悲しみの脳髄に宿る夜——
ここにエヴァの影、狩りと赤い金。

夢と錯乱

夕暮れ、父は老人になった。暗い部屋で母の顔が石になり、少年のうえに退化した種族の呪いがのしかかった。ときおり彼は、病気と恐怖と暗闇に満ちた子供のころを思い出した。星降る庭の秘密の遊びを、暮れゆく中庭でネズミにえさをやった時のことを。青い鏡から妹のほっそりした姿が現れ、彼は死んだように闇の中に倒れていった。

麻薬中毒者であり、妹に濃密な愛情を持ち、コカインの過剰摂取で死亡、享年二十七、という生涯をゲオルク・トラークルは送りました。

一八八七年、オーストリアのザルツブルクに生まれたゲオルク・トラークルは、杉岡氏が作成された年表によれば、十代の後半から詩を書き始める。彼が傾倒した詩人・作家は、ボードレール、ヴェルレーヌ、ゲオルゲ、ホフマンスタール、ニーチェ、ドストエフスキー。このころから、クロロフォルムを摂取。

イプセン、ストリンドベリ、メーテルリンクの作に惹《ひ》かれ、一九〇五年、戯曲を書き、翌年、二本の作品が上演され、第一作はまずまずの好評を得たが、二作目は酷評され、のちにモルヒネ、ヴェロナールなどに手を出すようになったとあります。

ゲオルク・トラークルはその後、精神の昂揚と沈滞の激浪に翻弄《ほんろう》され麻薬に耽溺《たんでき》しながら、詩作を続けます。

二十代半ばのころ、トラークルは画家オスカー・ココシュカと親交を持ちます。

ココシュカの絵は、子供のころ美術全集に載っているのを見て、強い印象を受けたおぼえがあります。モノクロームの素描だけでしたが、棘のように描線が突き刺さってくる人物画でした。後年、幾つかの油彩画をカラー印刷で見ました。ムンクのように、不安の滲《にじ》む捻れた絵でした。ムンクより攻撃的な印象を受けました。

ココシュカがトラークルについて記した言葉を孫引きします。〈「わたしが『風の花嫁』を描いていたあのころ、トラークルは毎日そばにいた。わたしはものすごく原始的なアトリエを持っていて、彼は黙ってわたしの後ろのビヤ樽の上に座っていた。時には彼はとどろくような声で休みなく話した。そしてまたもや黙りこくるのだった。わたしたちはそのころ、二人して市民生活に背いていたのだ」〉

『風の花嫁』は、ココシュカの代表的な作品の一つです。

平穏な市民生活を営むためには、その時代の常識という狭隘《きょうあい》な枠からはみ出さないように振る舞わねばなりません。あるいは、生誕から死までの間に架け渡された常識・良識という幅の狭い吊り橋を歩み渡らねばならぬ、と言いましょうか。周囲には広大な空間がある。しかしそこを飛翔するには、強靱《きょうじん》な翼が必要です。

拙作『死の泉』のある章にエピグラフとして引いたエルゼ・ラスカー＝シューラーの詩を思い出しました。〈母には金の翼があったが／翼は世界をみつけなかった。〉

表現主義の詩人ラスカー＝シューラーと、トラークルは親交を持っています。

麻薬は飛翔に必要か。

トラークルが麻薬中毒者でなかったら、どのような作品を著しただろうか。表現は異なっただろうか。

麻薬中毒とは別のことですが、ある種の薬は幻覚を生じさせます。それは芸術に昇華され得るか。

敬愛する詩人多田智満子《ただちまこ》さんは、〈精神医学の実験という大義名分のもとに〉医師の指導下でＬＳＤの服用を試みられました。薬効がつづいた数時間、一輪の薔薇《ばら》を幻視されたそうです。「薔薇宇宙の発生」というエッセイにその経緯を詩人の言葉で記しておられます。〈私には、服用者のかなり多数が経験するような、眼をあけたまま見る幻覚も幻聴もなかった。ただ私は、眼を閉じた時だけ、見たのである。まぶたの裏側の闇のなかに、いや、闇の代りに、視野いちめんを覆いつくす一輪の花を。〉

その体験から、「薔薇宇宙」という詩篇が創作されています。一部を引きます。

一輪の薔薇――花芯を軸に旋回しひらきつづけるこの宇宙
濃密な紅い闇からもがき出て
七重八重　天国的稀薄さに向ってひろがりやまぬはなびら
そして突然　薔薇の奥から
発生する竜巻

――言葉は萼《がく》のように花を包んでいたが

遂に耐えきれず張り裂け
そりかえって泣く
（充血した花弁の複眼！）

（傍点原文ママ）

ＬＳＤとは関わりない他の詩のいずれを読んでも、多田智満子の幻視の力とそれを詩の言葉にする表現の力は、素晴らしいのです。たとえば、「わたし」という短い詩。

キャベツのようにたのしく
わたしは地面に植わっている。
着こんでいる言葉を
ていねいに剝がしてゆくと
わたしの不在が証明される。
にもかかわらず根があることも……

あるいは、「発端」。

衰える夏
そして万象を散らす風
天はたったひとつ
地はたったひとつ
今こそ美しい男の子
この世に生れ出るがよい

「美少年十選」という総タイトルで、新聞に短いエッセイを十篇、連載したことがあります。各回、少年をモチーフにした絵画や彫刻を選び、それに詩歌や断章を付しました。興福寺《こうふくじ》の阿修羅像《あしゅらぞう》の写真に、私はこの「発端」を添えたのでした。

また、詩歌の一節を私が選び、宇野亞喜良《うのあきら》さんがそれを発想のもとにした絵を描いてくださり、詩と絵をもとに私が短篇を書くという試みをしたことがあります。その中の一篇「美しき五月に」に多田智満子さんの「風が風を」を使わせていただきました。

風が風をさそった
狼を喰いに行こうと
蒼い肉　すばやい血
おお夜の杉　夜の塔

ＬＳＤがあろうとなかろうと、多田智満子の並ならぬ幻視の力と詞藻のゆたかさ、表現の鮮やかさは変わらない。

私も、一度だけ、鮮やかな幻覚を視たことがあります。二十年ほど前です。それ以前から強度の睡眠障害で導眠剤は欠かせず――これは医師の指示どおり服用する限り何の害もありません――、身辺に思いがけないごたごたが生じ心労甚《ただ》だしく、これも医師の診断と処方で安定剤を時折服用、その心労のため胃壁が爛れ潰瘍《かいよう》寸前になり、まともな食は摂れず鎮痛剤で胃の痛みを抑えている、という時に、南米取材旅行が重なりました。前から予定をたて乗り物もホテルも予約してあるのでキャンセルはできず、フリーズドライのご飯と梅干しと栄養剤を持参する状態で、広大な南米大陸を旅しました。その途次、ある日、いろいろな都合から、時間をおいて服用すべき三種の薬を、就寝直前に立て続けに服《の》む羽目になりました。同一成分が重なったのでしょう、ベッドに横たわり灯りを消したら、明確な幻像があらわれました。アンリ・ルソーみたいな色彩の密林の絵が、幻灯機で壁に投影されたというふうでした。立体感がなく、向こうが透けて見えるのです。銀の砂がその上を始終流れ落ちていました。目を開けても灯りをつけても消えず、薬効が失せるまでの現象だとわかっているので怖くはないけれど、強い色彩が煩《うるさ》くて困りました。で、それを素材にすぐれた詩が書けたかといえば、まったくそんなことはなく、気分はハイにもロウにもならず、原色に近い色の煩さが記憶に残っただけでした。快感や陶酔感は欠片《かけら》もありません。なんであんなのを中毒するほど好むのだろう。

杉岡幸徳氏の『ゲオルク・トラークル、詩人の誕生』が刊行される以前にも、一九六七年に平井俊夫《ひらいとしお》訳『トラークル詩集』、一九八三年に中村朝子《なかむらあさこ》氏の訳になる『トラークル全詩集』、一九八七年には中村朝子氏がその全詩集にさらに散文、評論、断片、書簡、戯曲などのすべてを網羅《もうら》し追加された『トラークル全集』が刊行されていたのですが、私は気がつかず、杉岡氏のご著作によって、初めてこの詩人に接したのでした。

中村朝子氏のご研究の成果である『トラークル全集』は、二〇一五年、新・新装版が刊行されました。千ページを超えるこの大著の巻末には、中村氏による「ゲオルク・トラークルの生涯」が付され、詩人を知る手引きとなっています。

さらに二〇一七年、これも中村朝子氏の訳になる評伝『ゲオルク・トラークル　生の断崖を歩んだ詩人』（リュディガー・ゲルナー著）が刊行されました。

ゲルナー氏による評伝は、トラークルの詩を詳細に分析し、またトラークルがどういう時代を生きたか、時代が彼にどのような影響を与えたか、同時代の表現者たちは同じ主題を如何《いか》にあらわしたか、などを精密に論じ、読むものはゲオルク・トラークルという詩人に、そしてその時代——やがてハプスブルクの帝国が崩壊に至る——に深く分け入ることができます。

ゲオルク・トラークルに破壊的な衝撃を与えたのは、第一次大戦に志願し、衛生部隊に配置され、戦場となった小さい町グロデクに身をおいたことでした。

病室代わりの納屋《なや》に収容され血膿《ちうみ》にまみれて呻吟する百人近い重傷者を、トラークルは一人で看護させられます。耐えかねて外に出れば、葉を落とした木々に、スパイとして捕らえられたルテニア人たちが吊されて揺れています。

夕食の際、彼はピストル自殺を図り、仲間に制止されます。本稿の最初に引いた「グロデク」（中村氏訳では「グロデーク」）の詩稿を親しい編集者に送り、一週間後、死亡します。コカインの過剰服用が、故意か過失かは不明とされています。

〈では果たして何をトラークルの言葉は成し遂げるのだろう。ルートヴィヒ・ヴィトゲンシュタインはトラークルの詩について「私にはそれは理解できません。けれどもそのトーンが私を幸福にするのです」と語っている。ヴィトゲンシュタインが言おうとしていることは第一に、うっとりさせるほどメランコリックにであろうと、痛ましくであろうと、非情にであろうと、トラークルの言葉は鳴り響くということだ。ハーラルト・ハルトゥングがこのトーンは「熟達した技巧と現実性を、言葉の魔術と真実を」一つにして鳴り響かせると言うのは正しい。トラークルの言葉は、美的な仮象を痛ましいほど真実の実在として主張する。〉（リュディガー・ゲルナー）

ゲルナー氏の書によって、ライナー・マリア・リルケとゲオルク・トラークルの年齢の差が十二に過ぎないことに気づきました、ほとんど同時代人です。意外なことでした。一世代違うと思い込んでいたのです。古典の趣きのあるリルケに対し、トラークルは現代の状況に通じると感じるからでしょうか。「グロデク」は、今地球上にある戦争と重なります。

これも本稿に引いた散文詩「夢と錯乱」の最初のセンテンス〈夕暮れ、父は老人になった。〉に、たいそう私は惹かれます。私の物語の文章も、かくありたい。

050

『文豪ノ怪談ジュニア・セレクション』と東雅夫

「ゆく河の流れは絶えずして」と鴨長明《かものちょうめい》は流麗《りゅうれい》に綴《つづ》りましたが、ふつう「川は行く」とは言わない。昭和十七年——一九四二年——、尋常《じんじょう》小学校が国民学校と名称を変えさせられた時、「文語は五年生で習う。それ以前に他の教科で文語を用いてはならぬ」という文部省の頑冥《がんめい》にして愚昧《ぐまい》な方針により、三年で習う小学校唱歌の「春の小川はさらさら流る」という雅《みや》びやかな歌詞が、「春の小川はさらさら行くよ」とぎこちないものに変えられてしまいました。国語の授業で教わる前に、文語に馴染《なじ》むのが何故《なぜ》いけないのか。

文語はますます子供の身辺から遠くなっています。子供ばかりか大人の身辺からも遠い。日常生活に文語は不要で、おのずと親しむ環境は失われ、授業でむりやり教え込まれたって興味が湧かない。数多い言葉が死に絶えました。そのかわり新しい用語が増えてはいますが、文語が消えることによって失われたものの代償にはなりません。

敗戦後、国民学校はふたたび小学校になり、その後文部省は文部科学省と名称を変えましたが、授業で教える以外の知識は不要という阿呆《あほ》の極みの方針は連綿と続いているように漏れ聞きます。小学校のテストで、授業内容を超える知識によって答を書くと、罰点《ばってん》を与える先生がいるというのは、本当ですか？　そんなアホな教師ばかりではない、子供に内在する力をのびのびと発揮させる先生も大勢おられるのだろうとは思いますが、たとえ少数であっても、その教師のクラスの子供は、萎縮《いしゅく》せざるを得ません。

若い方たちが漢字に不慣れなのは、日常の読み物から漢字が消えているのですから、当然です。私が書き始めた七〇年代、すでに、読者が楽に読み飛ばせるように書け、漢字はひらけ――ひらがなにしろという意味です――、改行を多くしページをなるべく白くしろ、というのが、読み物担当編集者の方針でした。まだ、エンターテインメントという言葉はなかった時代です（担当編集者には、その上、読み終えたとたんに中身を忘れるようなものを書け、そうすれば、読者はまた同じようなものを買ってくれる、と言われました。読者をも書き手をも軽んじた指示です。書くのを止めようと思いました。でも、止めますと言えば、そうですか、どうぞ、で終わります。そのころ、私にはほかに書く場所がなかった。私が書きたいのはこれじゃない、と泣きながら書いていました。繰り言ストップ。警告二度目。いまは、果報、身に過ぎるほど、よき編集者に恵まれています。が、もはや体力がない）。

読み捨て推奨《すいしょう》は、ノベルズの隆盛も関係していたと思います。ノベルズは、東京・大阪間、新幹線でほぼ三時間、乗ってから下りるまでの間に読み終えられる軽いものが求められました。劇画が大流行していた時期でもありました。絵の迫力は強い。劇画という新しい表現法を編み出した方々には深い敬意を払います。劇画に負けるな、という声が、小説界にありました。

書店に足繁く通ってきた身として実感するのですが、売り場の面積がコミックは広くなり、その分、文学、小説が狭くなっている。詩の棚の貧弱なこと。

話が逸れますが、ノベルズのなんともダサい装画を一変させたのは、瀕死の状態にあった本格ミステリを復興させた、講談社の名編集者宇山秀雄《うやまひでお》さんです。装画を辰巳四郎《たつみしろう》氏の垢抜けたデザインにし、綾辻行人《あやつじゆきと》さんを初めとする若い作家に力添えし、新本格という一大潮流をつくり出されたのでした。ノベルズも、読み捨て本ではなくなりました。

話を戻します。

大きい書店には、古典や近代文学の全集も揃っているだろうと思いますが、一般的には、文庫に頼るほかはない。古い版をそのまま用いている文庫は文字が小さく、読みづらく、若い読者の多くは敬遠する――老齢の者にも、小さい字は辛いです――。

行政の方針は文学軽視にあるらしい。国語の教科書に載せる文学作品が減っているというのは本当でしょうか。信じ難《がた》いことばかりです。

哀しい負のスパイラルに立ち向かったのが、東雅夫《ひがしまさお》氏の編纂《へんさん》になる『文豪ノ怪談ジュニア・セレクション』です。

一九六〇年代から七〇年代にかけては、中間小説誌は絶頂期にあり、先に記したようにノベルズが全盛に向かい、劇画大流行、マンガ、コミック興隆期でしたが、一方、海外のすぐれた幻想文学がさかんに邦訳された時期でもありました。同時期、澁澤龍彦《しぶさわたつひこ》氏、種村季弘《たねむらすえひろ》氏を初めとする方々が、内外の幻想文学を数多く紹介しておられます。澁澤氏の編纂になる『暗黒のメルヘン』（立風書房・一九七一年刊）は、泉《いずみ》鏡花《きょうか》から坂《さか》口《ぐち》安吾《あんご》、安部《あべ》公房《こうぼう》、そうして夢野《ゆめの》久作《きゅうさく》や小栗《おぐり》虫太郎《むしたろう》のような異色作家、知名度は低いけれどすぐれた作を残した椿 實《つばきみのる》など、本邦のすぐれた幻想小説を連ねた素晴らしいアンソロジーでした。

その時期、大学生、高校生、中学生、そして小学生の中にも、内外の幻想文学に魅了された方々がいました。その方々が、後に、作家として、編集者として、評論家として、翻訳家として、アンソロジストとして、幻想文学の水脈を世に伝えてくださるようになります。

東雅夫氏も、その中の傑出《けっしゅつ》したお一人です。

東氏自身の言を引きます。〈日本語の魅力と日本語で書かれた文学の魅力に開眼したのは、ちょうど十代のはじめ、小学校高学年の頃でした。たまたま書店で見つけた澁澤龍彦編纂のアンソロジー『暗黒のメルヘン』に心惹かれるものを感じて、わけも分からぬままに読み始めたのです。〉（『文豪ノ怪談ジュニア・セレクション『夢』』編者解説）

その小学生は、『暗黒のメルヘン』で初めて泉鏡花に接し、文語体の文章に魅了され、漢字の楽しさを知ったのでした。

言い添えますと、私はそのころすでに若くはありませんでしたが、内外の幻想文学に首まで浸っていました。年齢こそ大幅に違えど——二十八歳違います——、同じ時期に同じ傾向の本を読んでいたのだなと、深い感慨をおぼえます。

東雅夫氏は、大学在学中に同人誌「金羊毛」を刊行、卒業後は季刊誌「幻想文学」を石堂藍《いしどうらん》氏と二人で編纂発行されます。毎号、一つのテーマのもとに評論、翻訳、インタヴュー、座談会などを集めた、渾身の誌面でした。

東雅夫氏の「幻想文学」と、今野裕一《こんのゆういち》氏の編纂発行になる「夜想」誌は、リアリズム全盛の時代にあって、私には渇を癒やしてくれるオアシスでした。

「幻想文学」終刊の後は幻想、奇想、怪奇に主軸を据えた活動が始まります。

東雅夫編纂のアンソロジーは、シリーズの名を挙《あ》げきれぬほどです。

東氏のほかに須永朝彦《すながあさひこ》、高原英理《たかはらえいり》、服部正《はっとりただし》、南條竹則《なんじょうたけのり》、石堂藍、瀬高道助《せだかみちすけ》の諸氏が加わって編纂された〈書物の王国〉シリーズは、一巻ごとにテーマをさだめ、内外の幻想名作を網羅した、魅力に充ちたアンソロジーでした。

東雅夫氏が単独で編纂された〈伝奇ノ匣《はこ》〉シリーズは、一人一巻の形式で、国枝史郎《くにえだしろう》、岡本綺堂《おかもときどう》、芥川龍之介《あくたがわりゅうのすけ》、村山槐多《むらやまかいた》、夢野久作、田中貢太郎《たなかこうたろう》など、異色あるいは異端の名で呼ばれる作家の主に怪奇的な作品を集めたものです（七・八・九巻は複数の作家の作を集めています）。

七つ八つのころ、「現代大衆文学全集」という日本の大衆小説を網羅したシリーズと、ポオやデュマ、ユーゴーなどを集めた「世界大衆文学全集」を私は熱読しており、そのことは、しばしば書いたり喋ったりしていますが、国枝史郎の巻は、最もぞくぞくしながら読んだのでした。長篇伝奇小説『八ヶ嶽の魔神』が子供には実に面白くて……と、また脱線しそうになるので、気をつけます。

〈伝奇ノ匣〉の「国枝史郎ベスト・セレクション」には、初めて見る「レモンの花の咲く丘へ」が載っていました。異国の古い童話劇のような奇妙な魅力を持つ戯曲でした。メーテルリンクの影響を感じました。

国枝史郎は前記『八ヶ嶽の魔神』のほか、『神州纐纈城《しんしゅうこうけつじょう》』『蔦葛木曽棧《つたかずらきそのかけはし》』などの伝奇大長篇、「染吉の朱盆」「大鵬のゆくえ」などの諸短篇と、ほとんど全作品が復刊されていますが、初期にこのような戯曲を書いているのは知らなかった。「国枝史郎伝奇全集」（未知谷）にも、〈国枝史郎伝奇文庫〉（講談社）にも、掲載されていません。一九一〇年に発表され、以後埋もれていたこの戯曲を発掘し活字にしたのは、東雅夫氏ただお一人です。学生の時、大学図書館でたまたま読み、衝撃を受け、爾来《じらい》、活字化の機会を求めておられたとのことです。貴重な発掘、発表です。

ちくま文庫から刊行されている〈文豪怪談傑作選〉は、これもほぼ一人一巻の形式で、日本の文豪の作中から怪談の趣《おもむき》のあるものを精選した、秀逸なアンソロジーです。扨《さて》、その名アンソロジスト東雅夫氏がセレクトし、詳細、精緻《せいち》な注釈を加えた『文豪ノ怪談ジュニア・セレクション』は、二〇一六年十一月第一巻が発売され、第一期全五巻と第二期全三巻が、二〇一九年三月、無事刊行を終わりました。

一巻ごとに一つのテーマに沿って、文豪と呼ばれる作家たちの短篇を選び集めたアンソロジーです。

第一期は、『夢』『獣』『恋』『呪』『霊』、第二期は『影』『厠』『死』をそれぞれ主題としています。

『夢』の編者解説には、〈この本は、十代の皆さんを対象にした、文豪怪談のアンソロジー（優れた作品をテーマなどに沿って精選し配列した書物。傑作選）です。〉とあります。

日本の文学を代表する作家たちの膨大な作品群を深く広く読み込んできた東雅夫氏でなくてはできない難事です（本邦のみならず、幻想・怪奇の作に関しては、古今和洋、時代と場所を問わず自家薬籠中《じかやくろうちゅう》のものとされ、幾多《いくた》のアンソロジーを上梓《じょうし》しておられます）。

怪談を重視することについて、東氏は『影』の編者解説に次のように記しておられます。〈大正の文豪・佐藤春夫が語り、昭和の文豪・三島由紀夫が伝えた「文学の極意は怪談である」という名言にも明らかなように、優れた怪談作品を読む体験は、最も良質な文学に触れることであり、ひいては日本語の魅力と奥深さを体感することにも繋がります。〉

セレクトされた作家の名を、『恋』から引いてみます。

泉鏡花、佐藤春夫《さとうはるお》、小田仁二郎《おだじんじろう》、川端康成《かわばたやすなり》、香山滋《かやましげる》、江戸川乱歩《えどがわらんぽ》、中井英夫《なかいひでお》。名だたる文豪の間に、さりげなく香山滋が交じっているのが楽しい。香山滋はゴジラの原作者として知られていますが、探偵小説誌に奇っ怪な短篇を多数寄稿しています。映画でいえばB級作品ですが、B級ならではの奇想を臆面もなく展開させています。

鏡花、春夫、とグラデュエイションを強め、小田仁二郎の濃厚な異類との恋の譚《はなし》のあとに、川端康成のなよやかな「片腕」。つづいて香山滋の「月ぞ悪魔」をおき、その後に乱歩の代表作の一つ「押絵と旅する男」、そうして中井英夫の「影の狩人」で締めるという構成の妙。

この『文豪ノ怪談ジュニア・セレクション』シリーズは、大きめの字を用い、行間をたっぷりとり、総ルビであることによって、古い原文のままでもたいそう読みやすく、その上、挿画が豊富で、視覚をも楽しませてくれます。

ここでまた私事になりますが、小学校の低学年のころ、大人の本を読みまくることができたのは、ルビのおかげでした。大衆読み物はほとんど総ルビでした。漢字は表意文字が多いので、字面《じづら》とルビをあわせると立体的に理解できます。物語の面白さに惹かれて読み漁《あさ》っているうちに、おのずと漢字の知識が増え、高学年のころはルビなしの文学作品も楽に読めるようになっていたのでした。

本シリーズのもう一つの大きな特徴は、注釈が豊富なことです。

注釈は、章の終わり、あるいは全文の最後に何ページにもわたって、列記されることが多いのですが、これに頼りながら読むのは、かなり面倒です。一々、ページをめくり返し、付された数字を辿って、探します。資料読みであれば、この煩瑣《はんさ》は当然のことと受け入れますが、物語を読む場合、話の流れが中断され、興を削がれます。

本シリーズの注釈は、見開きの左ページをあてているので、本文を読みながら、ちょっと視線を左にずらせば、難しい語句の意味が、その場でわかります。〈傍注〉と呼ばれるやり方です。

生活習慣が変わり、世相が変わり、言葉づかいも変わり、本シリーズが読者対象としているジュニア世代には通じない表現や語句が多々あります。編纂者の注釈は懇切《こんせつ》で、時に、左の一ページを丸々占めることもあるほどです（右ページまではみ出したのもあります！）。語句の注釈のみならず、文中に出てくる人物や場所についても説明が付されれ、その関連事項まで言及されています。想像を絶する大変な仕事であったと拝察します。

ジュニア対象とはいえ、セレクトされた作品は子供向けのリライトではありませんから、大人も十分に楽しめます。テーマの選択、配列の順序などによって、一人一巻のアンソロジーとはまた異なる楽しみ方ができます。

そして、編纂者はもう一つ、大胆でユニークな試みをしておられます。巻ごとに、付録として「幻妖チャレンジ！」というコーナーがあるのです。古典文学の掌篇・短篇を、総ルビだけれど注釈は無しで、読み進むようになっています。東氏による現代語訳が続いて載っていますから、併読して意味を摑《つか》むこともできます。

このシリーズは、版を重ねているそうです。図書館や学校の図書室の需要が多いのでしょう。古い言葉、字面の美しさに、かつての東雅夫少年のように魅入られる十代がいるのでしょう。

世の価値観がどのように変わろうと、美しい言葉は美しくありつづけるでしょう。書

304

物として残っている限り。残してくださいと、辺境の小さい図書館にあって、老いた館長はひそかに強く願っています。

111

新宿薔薇戦争

清水邦夫『ぼくらが非情の大河をくだる時
――新宿薔薇戦争――』を再読しつつ

流しで二人分の茶碗と皿を洗いながら、

ゆうべあのこを抱きながら
おいらはそっと聞いてみた
遠いところへ行きたかないか
旅へ出ないかおチビさん

歌っていたら、静かにしてよ、汀子《ていこ》の尖った声。ホコ、やっと寝ついたんだから。六畳一間、流しは戸口を入った土間の脇、その隣にガス台があるのだから上等だ。二人だけのときは四畳半の貸間だった。小学校の教職に就けたので、木造モルタルのアパートの六畳間に昇格しても何とか食っていける。ノンセクト・ラジカルで闘争に参加した経歴は、就職先には伏せてある。逮捕歴がないから、ごまかせた。

静かにしてよ。ほら、泣き出しちゃった。どこへ行くのよ。

小便。

おんぶしていってよ。

背中にどさっと重みがかかり、汀子がかけてよこした負《お》ぶい紐《ひも》の両端を前で結んだ。負ぶえば泣き止む。

外で寝かしてきて。これ、と、ねんねこ半纏《ばんてん》を背中にかけられた。郷里の母親が送ってきたもので、都会ではあまり見かけなくなった薄い綿入れのやつだ。

出際に、汀子が声を投げた。女だって、外に漕ぎ出したいよ。

小走りに、共同便所に行く。サンダルをつっかけた足から腹に冷気が伝わる。背中だけは星子《ほしこ》と密着しているおかげで、いくらか温かい。アンモニア臭が鼻腔《びこう》を刺激する。黄色くなっている小便器に放出しながら、舟を漕ぎ出しゃおれのもの、メロディだけ鼻

308

歌で歌っていたら、

　舟を漕ぎ出しゃおれのもの

隣に立った奴が、声に出して歌った。部屋も隣だ。カマちゃんと呼んでいる。二丁目の店に出ているときの名前はカヲルだ。

　するとあのこは泣きながら
　おいらをそっと抱きしめた
　いいえあたいは行きたかないの
　ここにこうしていたいのよ

舟を漕いでも無駄なこと、と歌いながら出ていこうとしたら、テレビなおった？　と声をかけてきた。

だめ。

中古だ。カラーがずいぶん普及してきたけれど、もちろんモノクロで、ブラウン管の画面はしょっちゅう走査線が走るだけの、魚の腹みたいな灰色になり、音声のかわりに雑音が放送される。殴ったり揺すったりしていると、映る。マゾだ。

悲しいね。

ああ、悲しいね。

去年の暮、これで仕送りは最後だから、という手紙とともに、現金書留が郷里の母親から送られてきた。その金の一部を割いて中古のテレビを顔見知りの古物屋で買った。中古どころではない。大古だった。故買品だろう。室内アンテナ付きで鰻丼《うなどん》の梅と同じぐらいの値段だったから、文句は言えない。二月の浅間《あさま》山荘事件のとき、つけっ放しで見入った。その間は、奇跡的に不具合がおきなかった。五月、テルアビブ空港における日本赤軍派の奥平《おくだいら》ほか二人による無差別乱射テロ――自動小銃を撃ちまくった――のときは、ぼろテレビは魚の腹のままで、カマちゃんの部屋でニュースを見た。もう、やだね、あれはない、とカマちゃんは言ったが、結局いつまでも見ていた。その後も映ったり映らなかったり、気まぐれだ。

それであのことおさらばさ
おいらはそっとうちを出た

汀子が怒るのも当然な歌詞だが、林 光《はやしひかる》の曲が気に入っていて、つい口ずさむ。時に、本音でもある。

舟に飛び乗り舫《もやい》をといて
海のむこうへ楫《かじ》を取る

真性ではない、営業上だとカマちゃんは言っている。夜は出勤しているから、星子の夜泣きを気にせずにすむ。他の住人も夜の仕事が多く、堅い職についているのは彼ぐらいなものであった。反対側の部屋に住むのは小さい前衛劇団の女優で、普段はゴールデン街の飲み屋でアルバイトをしている。星子は夜は泣き通すかわり、昼は眠っている時間が長い。周囲と生活時間帯を合わせている。昼間出勤する父ちゃんの都合は無視だ。

星子の頰をつついて、カマちゃんはバアとあやし、「性教育早過ぎるんじゃない」謹《きん》厳《げん》な顔をしてみせた。「むき出しの見せちゃって」

「寝せつけてるところなんだから、かまわないでほしいな」

「にこにこしてるよ。ほら、寝ろでば、寝ろでば、寝ろでばよ」星子の尻を軽く叩く。

「郷里《くに》、東北だっけ」

「ねんねこ　しゃっしゃりませ　寝た子のかわいさ」美声で歌い、「岡山《おかやま》」と言ってから「嘘」とつけ加えた。

一足さがってじろじろ眺め「男女同権、浸透したねえ」

「内職させてるし、今日は、おれが学校で使うやつまでやらせてるから」

「ガリ切り、けっこう辛《つら》いよ。やっぱ、男社会だね」

産み月まで、汀子は孔版謄写《こうはんとうしや》印刷の会社――というのもおこがましい、家内工業みたいな印刷屋――でガリ切りをしていた。辞めてからは、内職用に仕事を回してもらうようになった。

「おれの部屋、寄ってかない」カマちゃんは誘った。「店に出るのまだ早いから。テレビ、見ない？」

「見ない」

おれはノンポリだったのに、とカマちゃんは、こっちが訊《たず》ねてもいないのにひとり語りしたことがある。タテカンだらけの校内で、たまたまセクト同士の争いに巻き込まれ、一緒くたにパクられた。留置場での取り扱いがあんまりひどくて、釈放後、過激な闘争にノンセクトで率先して加わるようになり、再度パクられる。二度目は長かった。退学。おれの兄貴は闘争が始まる直前に卒業して銀行に就職したから、無傷。おれは家に顔を出すなと親に言い渡されてる。

言葉のはしばしから、〈いい家《うち》の坊っちゃん〉だったのではないかと推察している。同じくノンセクトで闘争に加わった過去はカマちゃんには話してない。それが今、小学校の教師？　日和《ひよ》ったの？　要領いいね、などと絡まれたら鬱陶《うっとう》しい。

「ホコちゃんの泣き声、壮絶だね。壁がひび割れそう。ブリキの太鼓だ」

「三つでホコも成長を止めるかな。あれ、読み終わったんなら返せよ。貸してくれたやつから催促されてる」

「社会嫌悪を胎教したの？　銭湯、行かない？」

「行かない」

「静かになっちゃったね、新宿」

「ああ」

地下道で、通行人にガリ版刷りのアジビラを配ったりこれもガリ版刷りの下手くそな自作詩集を売ったりしていた若い子も、「誰もいなくなったね」

みんな、一生懸命通行人に語りかけていた。おれの気持ち、わかってください。

地下道で勝手に物売りをするのは、都条例だかどこかの省庁だかの命令で禁止になった。

§

一九七二年。

秋だったと思う。私は新宿の喫茶店の隅で、泣いていた。

素直に喜べばよいものを、混乱しきっていたのだ。

それより数ヵ月さかのぼる。時期を正確に憶えていないのだが、五月か六月ごろだったろうか。講談社の編集者＊＊と名乗る男の人から突然、電話がかかってきた。江戸川《えどがわ》乱歩《らんぽ》賞の最終候補に残り落選した私の応募作の名をあげ、「選考委員のお一人の南條範《なんじょうのり》夫《お》先生が、普通の小説も書けそうだから書かせてみろと編集長に言われたので、小説現代新人賞に応募してください」

あっけにとられていると、締め切りやら制限枚数やら送り先やら告げられ、切れた。めんくらった。大人の読者向けの小説を書くなど、考えたこともなかった。

小学生のころから大人の小説を耽読《たんどく》してきたことは、エッセイに書いたりインタビューで喋ったりしているので、詳述は避けるけれど、読むだけであった。ハヤカワ・ポケット・ミステリが刊行されて以来、本格ミステリの魅力に捉えられ、この年ついに、江戸川乱歩賞に応募するに至った。

落選の通知を受けてほっとしていた。当時、乱歩賞受賞者は、推理作家協会の正月の懇親会だったか何かの会合で、ミステリの鬼である先輩作家たちに犯人当ての短篇を提出する習わしがあると聞いていたからだ。その場で列席者は解答を出す。応募作を一篇書くだけで、アイディアは尽きていた。最終候補に残ったことさえ、予想のほかだった。

そのころ、私は、児童書専門の出版社から少年小説を刊行することが決まっており、この分野で書いていくつもりであった。

＊＊氏に告げられた締め切りまで、一ヵ月足らず。今のような長篇の新人賞ではなく、七、八十枚の短篇が対象であった。

エンターテインメントという呼称はまだ使われておらず、読み物は中間小説と呼ばれていた。当時の「流行作家」は宇能鴻一郎《うのこういちろう》、川上宗薫《かわかみそうくん》、梶山季之《かじやまとしゆき》。読者の大半は大人の男性。主にサラリーマン。私は外の社会で揉まれたことのない、嬢ちゃん主婦。女子大を中退して、しばらくうちで稽古事《けいこごと》──お茶とかお花とか──をして、結婚して子供が一人。社会人である男性読者のほうがよほど知識、経験があり、大人だ。

選考委員は池波《いけなみ》正太郎《しょうたろう》、山口《やまぐち》瞳《ひとみ》、結城《ゆうき》昌治《しょうじ》、野坂《のさか》昭如《あきゆき》、五木《いつき》寛之《ひろゆき》の諸大作家。小説の達人であり、人生の達人でもある。野坂氏、五木氏とは、私はほぼ同年。何とか書き上げて送ったものの、万一最終候補になったら、こんな子供っぽい幼稚なもので応募してくるのかと呆《あき》れられる。恥ずかしくてたまらなかった。

最終候補に残ったという知らせがきて、いっそう、いたたまれない恥ずかしさを覚えた。

中間小説誌は新聞の広告で見たり、書店で表紙を見るくらいで、もっぱら、ミステリと、当時翻訳が多く出版されていた海外の幻想文学ばかり読みふけっていた。幻想文学はもっとも嗜好にあっているのだけれど、自分の能力では書けないし、発表する場もなかった。ひたすら読んでいた。

やがて、＊＊氏から再び電話がかかってきて、落選を告げられた。当然だと思った。少年小説に専念しよう。ところが、＊＊氏の言葉は続いた。「次回、もう一度、応募してください。編集長の要望です」

小説現代新人賞は、年に二度、公募があることも、そのとき知った。勧めを受けて応募し落選したのは、一九七二年下半期の回であった。

「一度、社に来てください」

はい、と答えて、途方にくれながら、指定された日に音羽《おとわ》の講談社に向かった。電車の中でふと気づき、愕然《がくぜん》とした。編集者の名前をど忘れしている。駅で降り、教えられた道をたどる間も、名前が出てこない。小説現代の編集の方に呼ばれて、というだけで受付の人に通じるだろうか。

おそろしく厳《いかめ》しい石造りの建物におずおず足を運び、受付の前に立ったとたん、奇跡的に思い出した。

少し待たされて、長身の若い男性があらわれた。近くの喫茶店に伴われた。

「選考委員の評価が割れたんです。山口瞳さんが推《お》したけれど、野坂さんが反対した」

後の三人の方の票が反対二、賛成一に分かれた。五木寛之氏が「この人は何も知らないで書いている」と言われたそうで、まことに的を射た評だと思った。そのとおり、何も知らないで書いていた。

「山口さんと野坂さんが、賭けをしたんですよ。ものになるかならないか。だから、もう一作書いてみてください」

命令であった。

そこに編集長があらわれた。若い編集者よりはるかに穏やかな口調で、再応募を勧めてくださった。被疑者を前に若い刑事がびしびし責め立て、年長の先輩刑事がやわらかく宥《なだ》めたりすかしたりする。そんな場面に似ていた。

「わたし、バーも飲み屋も知りませんから、書けません」

「小説は、何を書いてもいいんですよ」苦笑を交《まじ》えて、編集長は諭《さと》した。

その後、どんな話が続いたのだったか、もはや記憶に無いのだが、連絡があって、「田辺聖子《たなべせいこ》さんが社に見えたそうだから」と、編集長は席を立って行った。

編集長は劇作家として活躍している井上《いのうえ》ひさし氏を小説の方にも引っ張ってきて成功させたりした名伯楽なのだということを、このとき編集者から教えられた。

帰途、乗換駅である新宿で改札口を出、近くの喫茶店に寄って、隅の目立たない席についた。泣いたのは、混乱の挙句《あげく》だ。絶対書けません、と、断固として辞退すればすむ話であった。しかし、あれだけ勧めてくださるのは、もしかしたら、自分ではわからない見どころが、何かあるのかもしれない、もしかしたら、大きい機会を与えられたのかもしれない、とにかく書いて見ようとは思ったが、いきなり大学の試験問題を解かねばならなくなった小学生の気分であった。ほんの少し、嬉しくもあったのだけれど。

難問に呻吟《しんぎん》している一九七二年のこのときから、更に数年さかのぼる。

一九六四年、講談社が公募している児童文学新人賞に応募したことがあった。生まれて初めて書いた長篇だ。なぜ、突然物語を書く気になったのか。子供のころから本の虫で、乱読しているうちに内部に物語を創ることへの力が高まり、溢れだした、とでもいうほかはない。隠れキリシタンを素材にし、少年たちを主要登場人物にした『やさしい戦士』は、佳作止まりであった。当時の講談社は、佳作の作品をガリ版刷りで仮綴《かりと》じの簡単な本に仕立て、本人に送ってくれるのだった。パソコンはもちろんワープロもない時代で、手書きした原稿用紙の束の右上に穴を開け紙縒《こより》を通して結ぶやり方だったから、選考委員が読みやすいようにガリ版刷りを数部作っていたのかもしれない。表紙までついて本の形になっているのは、たいそう嬉しかった——ついでに記せば、不器用な私は紙縒を作るのが苦手だった――。

読むだけの日々に戻った。

七〇年、学研《がっけん》が児童文学賞を公募しているのを知ったとき、再度、物語を書きたいという気持ちが噴き上がったのは、きっかけがある。六八年から六九年にかけ、全共闘にノンセクト・ラジカルが加わった大学闘争が凄愴《せいそう》をきわめた。一方、六〇年代中頃から、旧来の新劇とはまったく異なる表現の地下演劇が、盛んになるなどという言葉では言いあらわせない、異様な熱気を持って活動していた。唐十郎《からじゅうろう》の紅テント、佐藤信《さとうまこと》の黒テント、寺山修司《てらやましゅうじ》の天井桟敷《てんじょうさじき》、鈴木忠志《すずきただし》の早稲田《わせだ》小劇場、そうして、清水邦夫《しみずくにお》と蜷《にな》川幸雄《がわゆきお》の櫻社《さくらしゃ》。世間の良識をぶち壊すように、ことさら猥雑《わいざつ》で挑発的な舞台が多かった。

六八年十月に、中核派など新左翼の学生活動家たちは新宿駅に集合し、放火、投石の暴動擾乱《じょうらん》を起し、機動隊と激突している。野次馬が群れをなして集まり、新宿駅南口は燃え上がり、交通機能は麻痺《まひ》した。

その年、日大のバリケードを解除すべく出動した機動隊員が、校舎上階の窓から投げ落とされたコンクリートの塊に頭を直撃され死亡した。闘争はその前から全国に広がっていた。デモ行進する学生の群れは機動隊に火炎瓶を投げ、角材を振るい、投石し、機動隊は盾で包囲し催涙《さいるい》弾を発射し、双方に重傷者が出ている。催涙ガスを浴びた学生の中には失明者も出た。

六九年、東大の安田《やすだ》講堂を学生たちが占拠しバリケードを築き、機動隊が撤去を開始。学生たちは火炎瓶やコンクリートの塊を投擲《とうてき》した。激烈な攻防戦が続いた。岡山大学に出動した機動隊員が、やはり投石され、死に至っている。

高校にまで闘争は波及し、学校側が校門を閉鎖、生徒たちが門扉《もんぴ》によじのぼって、我々の学校じゃないか、中に入れろと泣き叫んだ。

攻防ともに生死をも賭した闘争であったが、後年、美容院に行ったとき、係の若い美容師が、「あのとき、僕も地方の高校生で、なんだか面白いからやろうと他のクラスをまわってけしかけた」と笑っていた。

大学生と高校生の息子を持つ母方の従姉は、真剣に気を揉んでいた。闘争が激化する大学の周辺で、学生に菓子を配り、暴力はやめて、学業に戻って、と懇願する母親たちは、キャラメル・ママと揶揄《やゆ》されていたけれど、「他人事《ひとごと》だと思って……」と従姉は憤《いきどお》っていた。大学生である長男は、高校生の次男に、「俺たちは、徹底的に破壊する。一度破壊しつくさなくては、新しいことは始まらない。建設するのは、お前たちだ」と言っていたそうだ。闘争終焉後、長男も次男も卒業し就職している。父方の叔父の息子たち——私とは年の離れた従弟たち——が、これも闘争のころ学生だった。長男は激化する前に卒業し、就職したが、次男はもろに渦中にあり、逮捕され、退学になった。後に、ＡＴＧ（アート・シアター・ギルド）の邦画——大島渚《おおしまなぎさ》だったか——を観たとき、スタッフ・協力者の中に、その次男の名前を見出した。撮影の機材を運ぶ車の運転係であったようだ。

闘争は内部のセクト間の争い、俗にいう内ゲバが凄まじくなり、リンチは始終のこと、傷害致死まで起きている。

当時、東大の学生であった橋本治《はしもとおさむ》さん（一九七七年、小説現代新人賞の佳作に入選し、小説、評論、エッセイで活躍された）が、高倉健《たかくらけん》が演じるような任侠《にんきょう》やくざの、刺青《いれずみ》入りの背中を見せた半身像の絵に「とめてくれるな　おっかさん　背中のいちょうが

泣いている　男東大どこへ行く」というフレーズを勘亭流《かんていりゅう》で配したポスターを六八年度駒場祭《こまばさい》用に作り、評判になっていた。東大教養学部駒場キャンパスの前身は、一高《いちこう》――旧制の第一高等学校――である。敗戦後、GHQの主導による教育制度改変によって廃止され、新制東大教養学部の前期二年を履修《りしゅう》する場となった。旧制のときは全寮制で、寮の運営は学生の自治に任されていた。旧制のとき、寮の祭りに一度行ったことがある。蚤《のみ》と虱《しらみ》の巨大な模型が飾ってあった。不潔極まりない寮は、蚤、虱の巣窟《そうくつ》であったそうだ。GHQは、今は死語かもしれない。ポツダム宣言を敗戦国日本が忠実に守るよう、戦勝国――つまりアメリカ――が監視、主導する組織だ。

七〇年にリリースされた「走れコウタロー」で一躍《いちやく》有名になった学生フォークグループ、ソルティー・シュガーの六九年のデビュー曲「ああ大学生」の歌詞は、一橋《ひとつばし》大学の学生だったメンバーの実感を綴《つづ》ったものであったろう。

一生懸命勉強して
やっとはいった大学は

今じゃ廃墟か幼稚園
嘆いてくれるなおっかさん

授業を受ける暇もなく
無期限ストライキ　バリケード
封鎖に内ゲバ　ロックアウト
ここが我等の学《まな》び舎《や》か

練鑑《ねりかん》ブルース——身から出ました錆ゆえに、いやなポリ公にパクられて、手錠はめられ意見され、着いたところが裁判所——のメロディを使っていた。余談だが、映画『真空地帯』（五二年。野間宏《のまひろし》原作。山本薩夫《やまもとさつお》監督）のラストシーン、上官に反抗したため、懲罰《ちょうばつ》的に、もっとも危険な最前線に送られることになった兵士が、輸送艦の船底で、娼婦《しょうふ》に心慰められた一夜を思い返しながら口ずさむ歌が、このメロディであった。〈帰るつもりで来は来たものの　夜ごとに変わるあだまくら　色でかためた遊女で

も　また格別のこともある　来てみりゃ未練で帰れない〉作詞作曲だれともわからぬ伝承歌であったようだ。

ちなみに、七二年、南條範夫先生が目を留めてくださった乱歩賞応募作に登場する麻《マー》雀《ジャン》好きの学生フォークグループは、ソルティー・シュガーからイメージを得ている。

七〇年に学研の新人賞応募作を一気に書いたのは、この時期の熱気に煽《あお》られた、ということもあるが、闘争中のアナーキーな暴力、学生のコンクリート塊投下による機動隊員の死、内ゲバによる学生間のリンチ、致死などに強い衝撃を受けたのも、モチベーションの一つになっている。

戦前から戦中にかけて、「国のために、身を鴻毛《こうもう》の軽きにおけ」「命を惜しむな」と教えこまれ、小学校の唱歌の授業では〈恥を思えやつわものよ、死すべき時は今なるぞ〉と文部省唱歌を歌った。敗戦。十五歳だった。価値観を正反対に変換することを、強制された。殺してはいけない。死んではいけない。暴力は絶対不可。すべて、戦後民主主義に則《のっと》るべし。軍国主義・愛国主義を強制した力が、それに劣らぬ力で〈戦後民主主義〉を強制していた。ＧＨＱが教えこんだ〈戦後民主主義〉から逸脱するものはすべて、悪。

暴力反対、殺すなかれ、命を大切にしましょう、の一つの例として、敗戦後、教えられた話がある。ガンジーのハンガー・ストライキと絡めて説かれたように記憶している。

川で他と分かたれ通路は橋一つという小さい村に、敵が攻撃をかけてきた。武器をとって抵抗する代わりに、村人は、素手で、ひとりずつ橋を渡り敵の方に歩む。敵は銃で撃ち殺す。何人殺されても、村人は無抵抗でひとりずつ橋を渡るのをやめない。敵はついに根負けして、去りました、とさ。

ひどい話だと思った。

無抵抗の平和主義の勝利を称える美談として語られているのだが、敵を殺さない、そのかわり、自分の村のものは、ひとりずつ死んでいく、その村人の生命は大切じゃないのか。無抵抗主義を勝利させるためなら、死んでもいいのか。何かの目的のために犠牲者がでるのを容認……どころか推進する。戦前、戦時中と、目的は違っても思考経路は同じではないか。敵が途中で諦《あきら》める保証はどこにあるのか。絶滅する可能性のほうがはるかに高い。

リンチ、殺人すらやった学生たちは、戦後生まれの、暴力は悪、何よりも命を大切に、そういう教育を最初から受けてきた青年たちであった。敗戦後四半世紀の余、GHQの指針どおりに行われた教育は何だったのか。

それらのことから、少年を主人公にした時代小説『川人《かわと》』が生まれた。〈殺さない〉を絶対的信条とする、隠れ里に住む一族が、強大な敵の攻撃を受けるという設定で、一応、ことは収まるようにしたものの、その先の滅亡を予感させる文章を最後に付した。吉川英治《よしかわえいじ》の『神州天馬侠《しんしゅうてんまきょう》』や『鳴門秘帖《なるとひちょう》』、国枝史郎《くにえだしろう》の『八ケ《やつ》嶽《たけ》の魔神《まじん》』などを、小学校の二、三年のときにわくわくしながら読みふけった。それを思い出しながら書いた。

受賞した。募集要項には、受賞作は単行本にするとあったのだが、出版社の事情で学年雑誌に掲載することになり、枚数を削らされた。朝倉摂《あさくらせつ》先生の挿絵も上がり、いよいよ掲載という時になって急に中止された。川人という一族は、指の股に水かきがあり、魚類のように水泳が達者で、その点が外の人間と少し違う、という設定にしたのだが、それが部落差別として糾弾《きゅうだん》される恐れがあると、出版社側が憂慮したのであった。部落という言葉は集落と同様の意味で一般に使われていたが、激しく指弾され、使用禁止になりつつある時期でもあった。

少年小説は書き続けるつもりになっていた。基礎から勉強しなくてはと思っているとき、児童文学の同人募集の広告を見た。同人というのがどういうものか、知らなかった。先生が指導してくれるのだろうと思って入会したら、同好者が数人集まり、原稿を集めて薄い本にするのだった。何篇か短い童話を書き、載せてもらった（今の、コミケで売られる「同人誌」とは性格が異なる）。翌七一年、児童文学の講座の開講を知り、受講することにした。月一回で六ヵ月。最初に作品を提出し、講義と講評を受ける。

ところが、出席してみて、きわめて左翼的な傾向の強い組織が運営していることを知った。戦後民主主義的な児童文学の創作と普及を綱領としていた。

童話は、発想の自由な飛躍を許される、幻想譚《げんそうたん》の書ける場所と私は思っていたのだが、リアルな日常生活を〈戦後民主主義〉の立場で書くことが称揚されるのだった。

講師の中には、小川未明《おがわみめい》の『赤い蠟燭《ろうそく》と人魚』を否定する、という方もおられて、なぜ否定するのか、よくわからないのだが、資本主義を糾弾する立場で書かれていないというような主意らしかった。甘美なメルヘンで人気のある若い女性作家の名を上げて、ああいうのは困るんですよ、と仰《おつしや》る方もいた。

「戦後民主主義を理解しているあなたたちは、〈子供〉と書いてはいけません。〈供〉は、〈お供〉の意味を持ちます。こどもは大人のお供ではありません。〈子ども〉と書きなさい」

「過去形で書かなくてはいけません。物語は、過去を語るものだからです」

講座への興味を失った。

受講者の中に、大学ではノンセクト・ラジカルで闘争に参加し、いまは小学校の教師をしているという新左翼の青年がいた。威勢のよいことは何も言わないが、時々、椅子に腰掛けたまま、ぼそぼそした声で講師をおちょくる発言をしていた。仲好くなったら、講座の関係者から、ひそひそ忠告された。「先生方は代々木《よよぎ》が多くて、新左翼は嫌いですから」〈代々木〉は共産党を指す。

もうひとり、若い女性の受講者と気が合った。美女なので、〈美女〉と呼ぶようになった。美女、新左翼、飛び離れて年上の私、と三人で、親しく喋《しゃべ》りあい——何を喋ったのか、もうおぼえていない——、講義が実作の役に立たないということで美女と私は意見が一致した。講師の言うことの逆をやればいいんだ。

三人で会うのが目的で講座に出ていた。美女は新聞社の非正規雇用社員であった。うちの社、社説で、学歴差別を非難しているけれど、口ばっかり。社内はがっちり学歴社会だよ、と美女は憤慨していた。わたし、高卒だから、正社員になれないんだ。そこらの大卒よりよっぽど能力はあるし、正社員と同じ仕事をしているのに。父親を早くになくした美女は、経済上の問題で大学に進むことができなかった。

私の提出作は、これは児童文学ではない、という講評を受けた。大人にとって都合のいい、健康的な子供像——元気で腕白《わんぱく》で、少々脱線もするけれど、友情に篤《あつ》く、助けあって——を書くのが、先生たちの求める児童文学なのであった。大人だってできないことを子供に押し付けている。両親が離婚したら子供は辛い。しかし、〈児童文学〉に登場する子供たちは、実にものわかりよく、親のそれぞれの立場を理解している。こんな子供ばかりだったら、親は、そうして大人は、楽だ。〈児童文学〉に窮屈《きゅうくつ》な定義があることを知らず、『にんじん』や『蝿《はえ》の王』『異端の鳥』、ずっと後に邦訳がでた『悪童日記』、それらが私にとっての〈児童文学〉だった。最初から、私は定義を間違えていたと、今になって知る。子供の時から、子供向けに書かれたお話の教訓臭が嫌いだった。八つぐらいのころ、岸田國士《きしだくにお》訳によるジュール・ルナールの『にんじん』を読んで、深く共感した。大人と子供の関係は、子供向けのお話が教えるような理解と愛情に満ちたものではないと、言葉にはならないけれど感じていたからだ。にんじんは、父親を「お父さん」とは言わない。ルピック氏、と他人のように言う。近年、別訳が出たが、この訳では「お父さん」となっていた。無理解で冷淡な親に対するにんじんの辛辣《しんらつ》な感情が、これでは消えてしまう。読者に不愉快な思いをさせないための配慮だろうか。『にんじん』は、本来、不愉快な話なのだ。

講義とは別に、講師の一人が、私が同人誌に載せた短い童話を取り上げ受講者たちの前で評したことがあった。登山客の「バカヤロー」と叫んだ言葉のこだまが、山に残る。栗鼠《りす》や兎たちに挨拶して仲良くなりたくても、こだまはバカヤロとしか言えない。山の動物たちに嫌われ、ひとりぼっちになっているとき、「マヌケ」のこだまと出会い、二人で「バカヤロ」「マヌケ」と楽しく話を交わしながら、次第に消えてゆく、というストーリーだった。「子どもというものは」と、講師は受講者に説いた。「知らない子がいたら、一緒に遊ぼうと誘うものです。仲間はずれにするなど、ありえません」そうであれば、幼稚園は楽しかっただろうにな。こだまは目に見えないはずです、というリアリズム一点張りの指摘は、さすがになかった。

美女が借りているアパートの部屋に、新左翼——ゴボと呼んでいた——と私と二人で遊びに行ったことがある。結婚しているゴボは、小さい女の子を負ぶっていた。負ぶい紐をほどき、解き放ったら、子供は部屋中を荒らしまわった。子供の世話を押し付けられた鬱憤《うつぷん》ばらしみたいな顔で眺めながら、ゴボは「ゆうべあのこを抱きながら……」と口ずさんだ。「……それであのことおさらばさ」

「その歌、ずいぶん女をばかにしてるな」美女が言い、ゴボは「どうして？」と訊いた。「説明しないとわからない奴は、説明したってわからない」美女は言い捨て、ゴボが黙りこんだのは思い当たったからだろう。さして険悪な雰囲気にはならず、三人で煎《せん》餅《べい》をかじった。

佐藤愛子《さとうあいこ》先生のような、怒りをからっとしたユーモアに変え、颯爽《さっそう》と表現する、その力が私には欠けているので、じめじめした話になってしまうのだが、記しておこう。

小学校にあがる前か、一年生のころか、子供用の雑誌を読んでいた。その冒頭に近い二色刷りのページに、子供の詩が載っていた。

　ボクハ　オキク　ナタラ
　ヘイタイサンニ　イカンナラン
　テッポニ　ウタレテ　シナンナラン

哀しい諦めの詩だと、思った。当時は、ひらがなより先にカタカナを読み書きさせられていたから、この詩を書いたのは学齢前かせいぜい一年生ぐらい——それを読んだときの私とほぼ同年齢——の子供だったのだろう。満州《まんしゅう》事変は私が生まれた翌年に始まっている。日支事変は七歳のときに始まる。この詩を書いた男の子も私も、物心つかないうちから戦争の中にいた。子供のために大人が作った童謡は、〈僕は軍人大好きよ　今に大きくなったなら　勲章つけて剣さげて　お馬にのってハイドウドウ〉だ。詩を書いた子供は、その先の哀しいさだめを予想していた。

大人の評がいっしょに載っていた。八十年余も昔のことで正確な文章はおぼえていないが、小さい子供でもこんなに勇ましくお国のために戦おうと決心している。立派な心がけです、と絶賛していた。〈行かなくてはならない〉〈死ななくてはならない〉の、どこに勇ましい決意がある。男の子の溜息じゃないか。大人への不信とともに記憶に残った。評者は童話や童謡の作家で、私も名を知っていた。

その方が、児童文学講座を主催する左翼色の濃い組織の長老になっておられた。戦前の戦意高揚奨励はなかったことのようだ。

同時期に、乱歩賞の応募原稿を書いたり、児童劇団の脚本募集を知って応募し、二作送ったうちの一本が採用され、舞台にかけられることになったりしていた。

その年——七一年——の十月。

清水邦夫作・蜷川幸雄演出による「鴉《からす》よ、おれたちは弾丸《たま》をこめる」が、《アートシアター新宿文化》で上演された。

明治《めいじ》通りを挟んで伊勢丹《いせたん》の斜め向かいに建つ《アートシアター新宿文化》は、特異な劇場であった。昼は映画館として機能し、最終回が終わった後、夜の九時半から、前衛演劇の舞台となる。さらにその地下にある《蠍座《さそり》》は、いっそう過激な映画や芝居を扱っていた。蠍の座名は三島由紀夫《みしまゆきお》の命名による。

映画館《新宿文化》は、ATGが配給する、利潤を上げることを目的とする大手五社では扱われることのない、多数の観客動員は見込めないが芸術的にすぐれた洋画の、封切館であった。子供が学校に行き帰宅するまでの限られた短い時間帯に、慌ただしく新宿に行って『尼僧ヨアンナ』や『火の馬』を観た。タルコフスキー、ベルイマン、ブニュエル。一時期、私にとって映画といえばATGの洋画であった。DVDがでるようになってから、何本か観返した。タルコフスキーの初の長篇映画である『僕の村は戦場だった』のDVDを何度繰り返し観たことか。騒々しい戦闘場面は一つもない、静謐《せいひつ》な映像の、訴求力は勁《つよ》い映画であった。

ATGは独立プロダクションの実験的な映画も上映するようになり、制作資金一千万円の半額を提供という形で制作費の捻出に苦しむ独立プロを大きく支援した。一千万円は、映画の制作費としては破格に低額であるけれど、質の高い作品が何本も生まれている。大島渚や実相寺昭雄《じっそうじあきお》を、新宿文化に通っては観続けた。実相寺昭雄はウルトラマンで有名だが、初期は叙情性のある仄暗《ほのぐら》い実験映画をつくっていた。篠田正浩《しのだまさひろ》の『心中《しんじゅう》天網島《てんのあみじま》』もここで観た。低予算であることから大道具を簡素にしたのが、逆に象徴的な効果をあげ、黒衣《くろこ》をさまざまな意味で用いる手法が新鮮だった。忘れられない一本に、岡本喜八《おかもときはち》の『肉弾』がある。岡本喜八は『独立愚連隊』や『独立愚連隊西へ』のような大劇場向きの傑作を作っているが、『肉弾』は、低予算のアンダーグラウンド作品でありながら、その強烈さは大作を凌いだ。もはや戦争の記憶も薄れた昭和四十三年（一九六八年）の夏、人々が楽しく群れている海水浴場に、骸骨《がいこつ》をのせたドラム缶が漂い流れてくるラストシーン。戦争末期、魚雷を結びつけたドラム缶に乗り込み、敵艦に体当りすることを命じられた「あいつ」の骸《むくろ》であった。デビュー前に初めて書いて同人誌に載せてもらった短い童話「花のないお墓」は、『肉弾』の影響を多分に受けている。加えて書くと、大劇場用の『独立愚連隊西へ』は、主題歌をおぼえて時折くちずさむほど楽しかった。全員玉砕《ぎょくさい》したことになっている小隊の生き残りが本隊に戻ってくる。〈野暮な曹長が帳簿を閉じた。貴様らとっくに死んでいる。はいィ、曹長どの、白木の箱は、大の男にゃ狭すぎて。粋な大尉が刀を抜いた。貴様らどっかへ行っちまえ。

はいィ、大尉殿、どこどこまでも、長い草鞋《わらじ》を履きましょう〉うろおぼえなので、違っているかもしれない。

〈家庭の主婦〉である私は、夜は家をあけることができなかった。したがって、映画の終映前から外に行列ができるアートシアターの舞台を観ることは叶わず、演劇誌や単行本で発表される戯曲を読み、舞台を想像するばかりであった。

「鴉よ、おれたちは弾丸をこめる」は、演劇誌『新劇』（白水社《はくすいしゃ》）に掲載されているのを浴船《ゆぶね》に浸ってくつろぎながら読んだ。

〈鴉よ
今日も火の空をとんで
恥で
くろく身を染めたからだを
燃える
街の炎で焦す
鴉よ〉

と、舞台で歌う女歌手に、手製爆弾が投げつけられる。拾った女歌手はうろたえて群衆——即ち客席——に放り投げる。思わず受け止めた群衆のひとりは、あわてて放り投げる。爆弾はドッジボールのように群衆の間をまわされ、いつか、逆に奪い合いになっている。青年Aと青年Bが、爆弾をパスしながら舞台に駆け上る。舞台でもパスし続けるが、失敗。爆弾は舞台下手の袖に転がり込む。立ちすくむ二人。不発らしい。ほっとして握手を交わしたとたん、轟音《ごうおん》。〈劇場の一部がくずれ落ちる。停電。闇の中へどっと死体らしきものがふってきた。〉

二人の青年が裁かれる法廷に、青年Aのばあちゃん鴉婆、Bのばあちゃん虎婆、その一党の婆連中が、可愛い孫たちのために、白髪《しらが》ふり乱し、手に手に、箒《ほうき》、蝙蝠傘《こうもりがさ》、三味《しゃみ》線《せん》、ものさし、などを武器に振りかざし、なだれ込んでくる。かいせん婆、はげ婆、ばくだん婆、三味線婆、ノーパン婆、絶叫婆、その他、総勢十六人。

検事も判事も弁護人も、疾風怒濤傍若無人の婆たちをどうすることもできない。なにもかもわやくちゃなところに、マイクの声が警告する。〈第八法廷の暴徒に告ぐ。人質を解放し、すみやかに退去せよ。この警告を守らぬ場合、十分後に実力行使に移る。〉

二人の青年より婆どものほうがアナーキーだ。裁判所所長が説得のために入ってくる。あんたたちの目的は何なのか。所長の問いに、バリケードとアーケードの区別もつかない婆たちの返事。〈そんな難しいことはそっちで考えておくれ。〉鴉婆は言う。〈あたしたちゃ、人間の恥で黒く染まった鴉なんだよ。あたしたちのこころんなかにゃ、人間の骨でけずり、人間の骨でつくった一本の笛が、いつも絹をつんざくように鳴りひびいてるんだよ。〉

裁判は無茶苦茶になり、数度の警告を聞き流すアナーキー婆どもに、銃弾が浴びせられる。秩序を維持しようとする裁判官まで撃ち殺される。

〈その時、集中弾が法廷の背後にあたり、大きな柱がどっとくずれる。

銃声がやむ。

と、世界が切り裂かれる。

そして、天井から細いキラキラしたガラス状のものがいっぱいに降ってくる。

その中で、老婆たち全員が、屈強の若者あるいはりりしい美青年に変身していく。〉

思わず、雑誌を取り落とした。湯でぐっしょり濡れたのを拾い上げ、ページの先に目を向けた。

〈立ち上る若者たち。

全員、素手で前方に向って怒りと憎しみの敵意を燃やす。〉

〈一斉射撃。

全員射ち殺される。〉

翌一九七二年、弟(二人いる。下の方)の友人で印刷会社を経営している人が、学研のいきさつを弟から聞き知り、仕事上つきあいのある児童書出版社の編集長に話した。「学研への応募作を出すわけにはいかないが、ほかに原稿があったら読んでみるから」という編集長の意向を弟の友人が伝えてくれたので、『やさしい戦士』の仮綴本を託した。その後、編集長に呼ばれ面会したら、「うちは読者の対象年齢が低いので、偕成社《かいせいしゃ》に紹介します。あそこは高学年向きの本も出している」と、たいそう親切な対応をしてくださった。

私が訪れるより先に仮綴本は偕成社の編集長の手元に届いており、精読してくださってあった。

今、当時を思い出しながら書いていて、ただ一作のために、なんと大勢の方々がバックアップしてくださったことか、と鼻の奥が痛くなる。

差し向かいで、編集長は作品の欠点を細かく指摘してくださった。

帰宅してから、資料を集め、隠れキリシタンの伝統が続く生月島《いきつきしま》やイエズス会が布教の拠点としたマカオに取材にも行き、ほとんど新作に近いほど大幅に書き直し、郵送した。当時はまだ、〈家庭の主婦〉が、自分だけの時間、自分だけの場所を確保するのは、なかなかに難事であった。

指定された日に、偕成社に行った。

「これは、うちで本にします」

編集長の言葉を、一語一句、間違いなく記憶している。どれほど記憶力が低下しても、この一言《ひとこと》は忘れないだろう。

編集長は、さらに細かく訂正すべき箇所を指摘してくださった。その場でも直せるような簡単な部分であった。タイトルがよくないと言われ、いろいろ考えた末、『海と十字架』に決まった。

社を辞してから、駅に向かう途中、道端の石に腰を下ろし、チェックされた箇所に手を入れた。偕成社に取って返し、編集長に手渡した。

『海と十字架』が刊行されたのは、七二年の十月であった。

偕成社は、出版記念の会を開いてくださった。恥ずかしいです、と尻込みしたのだが、これから仕事を続けていくためのお披露目《ひろめ》だから、と言われた。その後、他の方たちもデビューに際し出版記念会を開いていたから、児童文学界では、新人を励ます、当時の慣習だったようだ。新宿の中村屋《なかむらや》の二階で行われ、児童文学界の先生方が何人か出席してくださった。美女とゴボを含めた受講者も数人列席してくれた。先生方から励ましの言葉をいただいた。その一人が仰った。「この人は、ミステリーや児童劇や大人の小説など、いろいろな懸賞に応募しているそうだが、そういうのは賞金稼ぎと言って、将来、ろくなものにならない」

会がお開きになってから、集まった美女とゴボと私は、言い合わせたように腰から拳銃を引きぬき、一発撃って、くるりと回し腰におさめた。「賞金稼ぎ、うん、かっこいい」

同人誌を作ってこつこつ書き、同人仲間で批評し合い、先生を招き指導してもらい、その推薦で世に出るというのが当時の児童文学のまっとうなやり方で、新人賞応募は、その方の認識では邪道であった。純文学系も、同人誌に発表したものが認められて文芸誌に掲載されるのが、出発点の王道であったようだ。

新宿アートシアターではそのとき、清水邦夫の「ぼくらが非情の大河をくだる時——新宿薔薇戦争——」が上演されていた。

七四年に刊行された戯曲集で、私は読んだ。紀伊國屋《きのくにや》ホールで上演された二本と、新宿アートシアターで上演された「鴉よ……」（七一年）、「ぼくらが非情の……」（七二年）、そうして、「泣かないのか？　泣かないのか一九七三年のために？」（七三年）が収録されている。

後記に、清水邦夫は短く記している。

〈……街が完全に獣性を消失したから通行人は自らの獣性を放棄して潰走したのか。「ぼくらが非情の大河……」の時に、痛い程それを感じた。そして「泣かないのか？

……」は、その「街」との訣別の意味で書かれたもので、具体的には五年間の新宿連続公演にピリオドをうつためのものであった。〉

新宿の暴動――放火、投石、交通麻痺、機動隊との乱闘――を熱狂して見物した、身の内に獣性をひめた〈通行人〉たちが、アートシアターの観客であった。彼らは舞台に獣性の解放を期待した。

全共闘運動の初期においては、世人の目はわりあい学生に好意的であった。しかし、セクト同士の内部闘争、容赦ないリンチ、その結果の致死などが知れ渡り、周囲は冷ややかになった。共産主義革命指向は受け入れ難いものであり、さらに七二年の、連合赤軍の浅間山荘事件で明らかになった永田洋子《ながたひろこ》らの殺人、日本赤軍派を名乗る者たちのテルアビブ空港での無差別乱射テロに、〈通行人〉も冷《さ》めきった。

七二年の「ぼくらが非情の大河をくだる時」は、過激な闘争で逮捕されたあげく狂人となり果て、深夜、孤独な公衆便所のあたりを徘徊《はいかい》する〈詩人〉と、狂った息子をもてあまし殺そうとさえした〈父親〉、かつては〈詩人〉の同志であったが裏切った〈兄〉のやりとりが、公衆便所の汚濁《おだく》と運び込まれた棺桶《かんおけ》から溢れこぼれる薔薇の花びらの中で展開される。当時の切実なテーマが語られるのだが、客席の反応はほんの一年前までの熱狂を失っていたらしい。現実の酸鼻《さんび》な事件の連続に、舞台の薔薇は拮抗《きっこう》し得なかった。

七三年の「泣かないのか？　……」には、それまでに上演された舞台の場面が幾つか取り入れられている。法廷に乱入する老婆たちの場面。天井からキラキラしたものがいっぱい降ってくる。しかし、老婆たちは若者に変身できない。醜い姿のまま、舞台上に立ち尽くす。

蜷川幸雄は後に述懐している。「観客は、つかこうへいの芝居に移っていた」つかこうへい、そうして野田秀樹《のだひでき》へと、舞台は明るく軽やかで、楽しいものに変わっていく。観客は笑いたがっている。笑わせてもらいたがっている。苦味が舌に残らない、皮膚を剝かれて赤裸になった肉をさらにねじ切られるような痛みを感じることのない、あっけらかんとした笑いを舞台に期待している。劇団☆新感線が人気を得る。

櫻社は七四年に解散し、蜷川幸雄は商業演劇に地下演劇の陰翳《いんえい》を溶けこませた独特な舞台で〈世界の蜷川〉となり、清水邦夫は「楽屋」「火のようにさみしい姉がいて」などの幻想的で哀切《あいせつ》な名作を創り続ける。
私の再応募作は七三年上期の小説現代新人賞を受賞し、以後、おぼつかなく大人の小説を書いていくことになる。

§

ゴボは部屋に戻った。
汀子は炬燵《こたつ》に背を丸めて、カリカリと原紙を切っていた。
負ぶい紐をといて下ろすと、星子はまた泣きだした。

【れ・レ】

【ろ・ロ】

【わ・ワ】

【ゆ・ユ】

【よ・ヨ】

【ら・ラ】

【り・リ】

【る・ル】

【へ・ヘ】

【ほ・ホ】

【ま・マ】

【ひ・ヒ】

【ふ・フ】

【と・ト】

【な・ナ】

【ち・チ】

【つ・ツ】

【て・テ】

【し・シ】

【こ・コ】

【さ・サ】

索　引

【あ・ア】

【い・イ】

辺 境 図 書 館
蔵書

001
『夜のみだらな鳥』とホセ・ドノソ

002
『穴掘り公爵』とミック・ジャクソン

003
『肉桂色の店』とブルーノ・シュルツ

004
『作者を探がす六人の登場人物』と
ルイジ・ピランデルロ

005
「建築家とアッシリアの皇帝」「迷路」と
フェルナンド・アラバール

006
『無力な天使たち』と
アントワーヌ・ヴォロディーヌ

007
「黄金仮面の王」とマルセル・シュオッブ

008
『アサイラム・ピース』『氷』と
アンナ・カヴァン

009
「曼珠沙華の」と野溝七生子

010
『夷狄を待ちながら』と
ジョン・マックスウェル・クッツェー

011
「街道」「コフェチュア王」と
ジュリアン・グラック

012
『黒い時計の旅』と
スティーヴ・エリクソン

013
『自殺案内者』『蓮花照応』と石上玄一郎

0 1 4
『鉛の夜』『十三の無気味な物語』と
ハンス・ヘニー・ヤーン

0 1 5
『セルバンテス』とパウル・シェーアバルト
『ゾマーさんのこと』とパトリック・ジュースキント

0 1 6
『吸血鬼』と佐藤亜紀

0 1 7
『魔王』とミシェル・トゥルニエ

0 1 8
「光の門」とロード・ダンセイニ
「鷹の井」とウィリアム・バトラー・イェイツ

0 1 9
『神の聖なる天使たち　ジョン・ディーの精霊召喚
一五八一〜一六〇七』と横山茂雄

0 2 0
『心は孤独な狩人』とカースン・マッカラーズ

0 2 1
「アネモネと風速計」と鳩山郁子
『わたしは灯台守』とエリック・ファーユ

0 2 2
「紅い花」「信号」と
フセヴォーロド・ミハイロヴィチ・ガルシン
『神経内科医の文学診断』（正・続）と岩田誠

0 2 3
『塔の中の女』と間宮緑

0 2 4
『銀河と地獄』と川村二郎
「ロレンザッチョ」とアルフレッド・ド・ミュッセ

0 2 5
『郡虎彦全集』と郡虎彦
『郡虎彦　その夢と生涯』と杉山正樹

0 0 0
水族図書館　皆川博子

初出

「イン・ポケット」2017年4月号～2018年8月号

「小説現代」特別編集2019年5月号

「新宿薔薇戦争」は『ノスタルジー1972』所収

単行本化に際し、各篇加筆修正がされています。

皆川博子（みながわ・ひろこ）
1930年旧朝鮮京城生まれ。東京女子大学中退。73年に「アルカディアの夏」で小説現代新人賞を受賞し、その後は、ミステリ、幻想小説、歴史小説、時代小説を主に創作を続ける。『壁・旅芝居殺人事件』で第38回日本推理作家協会賞（長編部門）を、『恋紅』で第95回直木賞を、『薔薇忌』で第3回柴田錬三郎賞を、『死の泉』で第32回吉川英治文学賞を、『開かせていただき光栄です—DILATED TO MEET YOU—』で第12回本格ミステリ大賞を受賞。2013年にはその功績を認められ、第16回日本ミステリー文学大賞に輝き、15年には文化功労者に選出されるなど、第一線で活躍し続けている。最新刊に『夜のアポロン』。辺境および彗星図書館館長。

彗《すい》星《せい》図《と》書《しょ》館《かん》

第1刷発行　2019年8月5日

著者　皆《みな》川《がわ》博《ひろ》子《こ》

発行者　渡瀬昌彦

発行所　株式会社 講談社
東京都文京区音羽2-12-21
郵便番号 112-8001
電話　出版 03-5395-3505
販売 03-5395-5817
業務 03-5395-3615

印刷所　凸版印刷株式会社
製本所　株式会社若林製本工場

N.D.C.913 366p 18cm
ISBN978-4-06-516816-5